《城市新跨越》业务研讨会

《城市新跨越》业务研讨会

中央台副总编辑杜嗣琨（右）会见直播嘉宾

中央台副总编辑杜嗣琨（左二）与滨海新区常务副区长刘子利亲切交谈

中央台华夏之声总监韩长江（左）会见直播嘉宾

《城市新跨越——风筝之都，魅力潍坊》直播结束后中央台华夏之声总监韩长江（右）接受潍坊电视台采访

直播中中央台华夏之声副总监李源与后方联络

中央台华夏之声副总监诸雄潮（左一）与直播嘉宾落实各项准备工作

《城市新跨越——风筝之都，魅力潍坊》直播前，中央台华夏之声副总监胡翼（右）与主持人商谈应急预案

中央台华夏之声副总监郭翌（左三）在导播间指挥

中央台华夏之声党总支专职副书记史红（右二）带队赴丽江直播

《城市新跨越——龙腾常州》

《城市新跨越——珠海模式》

《城市新跨越——丽江，文化传承，一路向前》

《城市新跨越：芜湖——皖江明珠、创新之城》

《城市新跨越——沸腾的鄂尔多斯》

《城市新跨越——新余速度》

《城市新跨越——风筝之都，魅力潍坊》

《城市新跨越——香港》

《城市新跨越——佛山》

《城市新跨越: 丝路明珠——风情吐鲁番》

《城市新跨越: 活力滨海——宜居新城》

《城市新跨越——多彩延边州 绚丽金达莱》

《城市新跨越——幸福攀枝花》

《城市新跨越——烟雨南湖, 和美嘉兴》

《城市新跨越——阿拉宁波》

《城市新跨越》记者孙洪涛（右）、贾雯（左）在宁波采访

《城市新跨越》记者班闯（左二）、王冰月（左一）在横琴新区施工工地现场采访广东省边防总队第五支队宣传干事李小瑾

《城市新跨越——幸福攀枝花》直播中，攀枝花市委副书记、市长张剡（左）做客直播间

《城市新跨越》记者谢喆（左）采访芜湖文化学者茆耕茹

《城市新跨越：活力滨海—宜居新城》直播组在天津中船重工采访

中央台工程师周俊生为直播做技术准备

中央人民广播电台大型直播节目

城市新跨越

杜嗣琨/主编

胡翼/副主编

中国广播电视出版社
CHINA RADIO & TELEVISION PUBLISHING HOUSE

图书在版编目（CIP）数据

城市新跨越 ／ 杜嗣琨主编. -- 北京 ：中国广播电
视出版社，2013.1
ISBN 978-7-5043-6792-1

Ⅰ．①城… Ⅱ．①杜… Ⅲ．①新闻－作品集－中国－
当代 Ⅳ．①I253

中国版本图书馆CIP数据核字(2012)第314869号

城市新跨越

杜嗣琨　主编　胡　翼　副主编

责任编辑　陈丹桦
封面设计　嘉信一丁

....

出版发行　中国广播电视出版社
电　　话　010-86093580　010-86093583
社　　址　北京市西城区真武庙二条9号
邮　　编　100045
网　　址　www.crtp.com.cn
电子信箱　crtp8@sina.com

....

经　　销　全国各地新华书店
印　　刷　河北省高碑店市德裕顺印刷有限责任公司

....

开　　本　710毫米×1000毫米　1/16
字　　数　258（千）字
印　　张　14.75
版　　次　2013年1月第1版　2013年1月第1次印刷

....

书　　号　ISBN 978-7-5043-6792-1
定　　价　30.00元

《城市新跨越》

总　监　制：赵铁骑　杜嗣琨
总　策　划：韩长江
策　　　划：诸雄潮　胡　翼

常　　州：诸雄潮　邵丽丽　毛　强　宋　雪　李俊楠　刘思维
丽　　江：史　红　蒋蔓菁　刘曼斯　蔡　明
珠　　海：陈东明　班　闯　王冰月
芜　　湖：蒋蔓菁　谢　喆　蔡　明
潍　　坊：杜嗣琨　韩长江　胡　翼　陈燕霞　王　旭　李　寅　舒　鹏
新　　余：李　源　张　蓓　张子亚
吐鲁番：郭　翌　陈东明　张　蓓　陈健光
天　　津：杜嗣琨　韩长江　胡　翼　陈燕霞　孔艺霏　李　寅
延　　吉：郭　翌　李鹏飞　孔艺霏　王冰月
攀枝花：李　源　孔艺霏　张子亚
嘉　　兴：杜嗣琨　韩长江　胡　翼　邵丽丽　宋　雪　李　寅　刘宇迪
宁　　波：杜嗣琨　韩长江　胡　翼　杨春民　孙洪涛　贾　雯
鄂尔多斯：史　红　班　闯　刘　源
香　　港：胡　翼　李梦云　张子亚
佛　　山：孙洪涛　刘　源　陈健光

让最动听的声音飞翔

　　声音随风而逝，但精彩的声音是能够留住的，并驻扎在人们的耳涡里。广播精品就应该具有这样魅力，把自己最动听的一瞬，定格在空中。

　　中央人民广播电台对港澳节目中心这几年走过的路，就是努力在空中留下一缕缕动听的声音。我们坚持"以业务带队伍，靠管理上水平"的理念，以机制为保障，以人才为资源，以精品为结晶，以影响为追求，说新闻、品文化，准确把握宣传主题，并把这些宣传主题系列化、项目化，组织实施报道，使华夏之声、香港之声两个频率如一体两翼，助中央台对港澳节目节节攀升。这几年，这两个频率不断推出大型系列、直播节目，其中尤以2010年推出的大型系列节目《历史的回响》、2011年播出的大型系列节目《文化名家访谈》、2012年推出的大型系列节目《共赢之路》和系列直播《城市新跨越》等四档节目最具代表性。

　　在此，我们决定集结成书，可能与一般的读物有所不同，它是广播内容原生态的呈现，意在让读者知道这就是广播节目坚实的基础。

为了使读者能快速知晓这四本书，我们先介绍一下四档节目的简单内容。

《历史的回响》是对港澳节目中心联合香港电台、中国广播电视协会对台港澳广播节目委员会各协作台组织实施的长达20集的大型节目，节目以港、澳、珠三角为背景，以中华民族不屈不挠的民族精神为主线，生动再现中国170年近、现代史中的历史事件、历史节点，穿插、混合多种报道方式，展现中华民族的百年强国梦，盛世中华情。

《文化名家系列访谈》是一个大型系列节目，节目以人说事，以人带事，通过各位文化名人的叙述，展示文化名人的内心世界及其所彰显的时代意义，梳理现当代文化脉络及特色，报道内地与港澳文化交流，报道中华民族优秀文化的传承与发展。

《共赢之路》是对港澳节目中心联合香港电台普通话台、广州电台、珠海电台、东莞电台、中山电台、江门电台、佛山电台、惠州电台等9家电台精心策划推出的大型系列节目，集中展示内地改革开放以来，港澳企业投资内地，对内地经济发展所起的推动和影响作用；展示中央政府和内地各省市对保持港澳繁荣稳定所给予的强有力的支持，表现了港澳与内地的鱼水共存、合作共赢。

《城市新跨越》是为了迎接中国共产党第十八次全国代表大会而精心策划制作的大型直播节目，节目联合包括香港在内的16个城市台共同创作，让港澳听众了解内地城市的特色和发展现状，也让内地听众感受到香港的发展变化。

这些节目播出后受到港澳及珠三角地区听众的欢迎，其中，《历史的回响》节目获得2009~2010年度"中国广播影视大奖"，并且在2011年被澳门教育暨青年局定为澳门中小学生课外辅导教材和教师规范普通话辅导教材，这是迄今为止内地的广播节目中唯一一个成为港澳学生课外辅导教材的作品。

随着2011年11月7日香港之声数码广播的开播，对港澳广播的渠道得到拓展，《文化名家访谈》、《城市新跨越》、《共赢之路》等节目除了在华夏之声频率播出外，也在香港之声频率中播出，节目播出后，港澳和珠三角地区听众反响强烈，节目的影响力得到大大的增强。

用最精简的文字盘点一下这些美妙的声音，便是交相辉映的华彩。

行走在历史深处。《历史的回响》，每一集都让我们看到中华民族不屈不挠的坚强意志，和中华民族的光芒。

行走在文化路上。《文化名家访谈》，每一位文化名家都在给我们指点文化的锦绣，所有的锦绣都是心与血的沉淀。

行走在美丽家园。《共赢之路》，每一个历史阶段都唤醒了我们的记忆，看到了美丽家园的建成之艰辛与现在的温暖。

行走在城市群落。《城市新跨越》，每一个城市都是共和国发展的履历，都是国家方方面面的代表，都是矗立着的历史。

这确是值得骄傲的历史，因为我们达到了内地广播作品的一个崭新的高度。这几年，我们一步一个脚印，留下不少精品节目。两个频率，留下两行历历可看的印迹。

我们拉近了广播与听众的距离，我们把名家摆放在了案头，我们使广播作品进入了教科书，我们的步子走到了国内众多的城市，我们也找到了一条广播与听众的共赢之路。

我们在留下了精品的同时，也留下了有形和无形的资产。

精湛的功力：中央台对港澳节目因我们迈出的坚实步子有了质的飞跃。

精干的人力：我们的人员因在不断反复的实战淬火中有了提升。

精准的能力：我们对各种不同形式的节目有了相对自如的把控

能力。

精彩的笔力：我们的作品已经走入中央台乃至中国广播界那光辉一页。

我们的声音已经留存在听众的脑海，我们还希望这声音向远处飞翔。

中央人民广播电台对港澳节目中心
2012年秋

目　录
CONTENTS

龙腾常州

（《城市新跨越》大标版）

男：有一种城市，穿透千年的时光；

女：有一种跨越，坚挺时代的脊梁；

男：衔东海，跨云贵，它是腾飞的巨龙；

男：起山巅，入南川，它是翱翔的雄鹰。

（压混：常州、丽江、珠海、鄂尔多斯、佛山、潍坊、新余、芜湖、香港、吐鲁番、天津滨海新区、遂宁、攀枝花、嘉兴、澳门……）

男：聆听城市的声音，

女：见证跨越的力量。

男：《城市新跨越》——中央人民广播电台华夏之声携手内地及港澳15家电台联合直播。

毛强：中央人民广播电台，常州人民广播电台。

晨露：常州人民广播电台，中央人民广播电台。

毛强：由中央人民广播电台华夏之声联合内地及港澳15家电台推出的大型节目《城市新跨越》今天开始启程。我们的第一站就设在了被誉为"中国龙城"的江南名城——常州。我是中央台主持人毛强。

晨露：我是常州新闻电台主持人晨露。我们现在正在美丽的江南水乡向常州听众、港澳听众，向全国各地的听众朋友问好！常州在江苏的南部。说起江苏，人们用这样一副对联来形容它：大江、大海、大河、大湖、大平原，名都、名城、名镇、名村、名人群。

毛强：这副对联对江苏的归纳太精彩了。在整个中国，拥有"大江大海大河大湖大平原，名都名城名镇名村名人群"的省区只有江苏。而常州，就是镶嵌在苏南大地上的一颗明珠。

晨露：谢谢！其实人们还用这样一句诗来形容常州："中吴隆起龙城千年郡

望；巨子迭出毗陵万百名流。"常州在古代曾经出过15个皇帝。早在唐朝，常州就已经成为全国州府的十望之一。望，就是全国的政治文化中心，所以常州别称龙城。常州诞生的名人成千上万，光是进士就有1947位，两院院士62人，在全国所有城市中位列第四，但是常州市人口数只占全国总人口数的千分之四。这就是我们常州，经济发达，文化灿烂，人民幸福。

（《龙腾常州》片花）

中华龙城，江南常州。

一个拥有2500多年历史的江南文化古城。一个长江三角洲地区重要的现代制造业基地。

常州，科教名城、宜居福地、爱心之都、慈善之城。

常州位居长江之南、太湖之滨，处于长三角中心地带，与上海、南京两大都市等距相望。

常州是一座有着悠久历史和璀璨文化的江南古城，历代儒风蔚然、人文荟萃、人杰地灵，历史上曾出过15名状元。春秋时期著名政治家季札、《昭明文选》编纂者萧统、《永乐大典》主编陈济、清代思想家龚自珍等都出自常州。

常州是近代中国民族工商业的重要发祥地，也是全国最早的经济体制改革试点城市、对外开放城市和唯一的社会发展综合实验区。2011年，常州获得"全国文明城市"这一含金量最高的综合性奖牌。

《城市新跨越之龙腾常州》正在播出。

毛强：在我们节目进行当中，香港电台普通话台主持人陈曦也从千里之外送来了问候。

香港电台普通话台主持人陈曦：

【出录音】收音机旁以及国际互联网上的听众朋友们，常州的听众朋友们，大家好，我是香港电台普通话台的节目主持陈曦。很荣幸能够参加这一次由中央人民广播电台华夏之声和我们港澳地区以及内地15家电台联合制作播出的《城市新跨越》节目，相信通过这一次大型的合作计划，一定会将我们的互动交流以及合作带到一个新的层面，在这里也预祝《城市新跨越》专题节目可以顺利以及圆满地完成。香港作为一个国际大都会，尤其在金融服务业方面是相当的成熟，甚至成为很多内地企业集资的一个重要平台以及渠道。另外我们也知道，常州的经济处在快速发展的阶段，在金融贸易服务方面，常州、香港可以有哪些方面更多、更具体的合作空间呢？提到常州，除了人们自然会想到它厚重的人文历史，另外时下常州也在打造创意文化的城市品牌，香港在7月会迎来回归十五周年，新的特区政府的管制班子也将会更为重视文化的保育、传承、发展，香港和常州之间，在文化的互动交流以及创意文化的发展方向方面，其实还可以继续互相的学习、交流、共同发展，其中两者之间的合作机会又有多大呢？

毛强： 晨露你听到了吗？陈曦不仅送来了问候，还带来了很多问题。这些问题在稍后的节目当中，我们的领导、专家等多位做客直播间的嘉宾会一一解答。

晨露： 下面简单介绍一下，今天将先后做客直播间的嘉宾他们分别是：常州市副市长居丽琴女士，香港三屋置业有限公司董事长刘学进先生，中国城市发展研究院专家郑樱女士，常州著名学者、苏轼第32世孙苏慎先生。

毛强： 今天我们的直播间将高朋满座，同时，我们也欢迎听众朋友与我们交流互动。听众朋友可以通过短信平台与我们交流，编辑数字1034+内容发送到106218859。

晨露： 或者利用QQ群：64866867这样一个平台参与到我们的节目中来。让我们一起走进龙城，倾听常州。

第一篇：腾飞的经济巨龙

（《腾飞的经济巨龙》片花）

在中国的经济版图上，长三角是当仁不让的经济中心。其中，苏锡常的组合又声名远扬，这其中的常，就是指的常州。常州是一座历史文化古城，也是中国长三角地区现代制造业基地。目前，城市综合竞争力连续多年位居中国内地前20强。2010年4月，常州又被列为"国家创新型试点城市"。2011年常州GDP超3600亿元，户籍人均水平超过1.2万美元。在中国城市发展研究院最新统计的"居民实际享有水平"排名中，常州位列榜首。

城市新跨越之龙腾常州，第一篇腾飞的经济巨龙。

毛强： 中央人民广播电台。

晨露： 常州人民广播电台。

毛强： 您现在正在收听的是由中央人民广播电台华夏之声联合内地及港澳15家电台推出的大型节目《城市新跨越》。我是中央台主持人毛强。

晨露： 我是常州台主持人晨露。

毛强： 我们今天走进的城市是被誉为"中国龙城"的江南名城——常州。

晨露： 是的，毛强你知道吗？从近代中国民族工商业的重要发祥地，到80年代全国最早的经济体制改革试点城市，今天的常州，经济发展已经是五大产业齐头并进了。作为中国最先进制造业基地的代表，常州的装备制造、电子信息、新能源及环保、新材料、生物技术还有医药等产业在全国已经具有很高的知名度和极强的产业配套能力。

毛强： 晨露说起常州的新产业那是如数家珍啊，能不能给我们举个例子？

晨露： 可以啊，在我们常州有家企业叫中国南车集团戚墅堰机车车辆厂。你肯定听过有首歌叫《天路》，里头有句唱词很好听，看你会不会唱："那是一条神奇的天路……"对，你很熟悉，这个天路，也就是青藏铁路上跑的火车，车头就是我们造的，水平领跑世界。

毛强： 是的，2005年10月14日，中共中央总书记、国家主席、中央军委主席胡锦涛来到常州考察，和百年企业中国南车集团戚墅堰机车车辆厂的干部群众亲切交谈。

晨露： 在考察当中，他还登上最新研发的内燃机车，在驾驶舱里亲身感受新型机车的魅力。并且寄语作为百年老厂的戚机厂，要充分发挥央企的引导作用，为经济社会发展再做新贡献。

毛强： 对，产业的发展离不开优秀的人才，常州的配套优势在人才培养这方面显得尤为突出。我听说，在常州有一句话叫做"常州无名校，但是名校聚常州"，指的就是常州以常州科教城为主要载体，吸引、集聚国内外著名科研院所，大力开展产学研合作。

晨露： 你太了解了。是的，总书记来到常州的时候，还特别视察了常州高等职业教育园区，也就是现在的常州科教城。在视察期间，他曾经六次停下来询问教学工作中的相关情况。

毛强： 是呀，国务院总理温家宝也非常关心常州的职业教育。2009年1月初，正是全国上下迎战席卷全球的"金融危机"的关键时期，温家宝总理来常州考察，对常州的职业教育给予了高度评价和热切期望。

【出录音】国务院总理温家宝：大家好！我来看望你们，今天天气虽然寒冷，但是看见同学们，我们的心都沸腾起来了！在席卷全球的金融危机到来的时候，我们有这样大批的、职业学校的学生，我们从青年的身上看到了我们国家的未来和希望，也坚定了我们克服困难的信心、勇气和力量。

晨　露： 是不是特别激动。

毛　强： 确实。

晨　露： 温总理的这段话现在听来还是很让所有的人感动和激动。你知道吗？总理视察常州大学城时，还发生了一段送围巾的故事。当时还是大二学生的颜士青，小姑娘，看到总理穿得单薄，就把原本织给爸爸的一条灰色的羊毛围巾代表全体同学，送给了总理，总理当时就愉快的戴上了。小颜后来跟我说，近距离看总理，觉得他比电视上还要可亲，更加温暖。

毛　强： 我们现在是不是就连线已经从大学毕业两年的颜士青呢？

晨　露： 颜士青，你好！

颜士青： 主持人好，听众朋友们大家好。

晨　露： 能告诉我们你现在在什么位置？

颜士青： 我现在在江苏省南通市。

晨　露： 现在做什么工作？

颜士青： 我目前就职于中天宽带技术有限公司，从事生产管理工作，担任光分路器车间主任。

晨　露： 快人快语哈！你觉得职业教育对你现在的工作起到怎样的作用？

颜士青： 对我的帮助非常大，首先感谢学校的经历培养了我的专业知识，尤其是动手能力；其次感谢学校的老师教会了我做人、做事的道理；第三就是感谢学校给了我进入中天科技集团的平台，因为我们公司与常信院建立了长期的产学研合作，校企合作也让我的学习和工作无缝对接。

毛　强： 听起来小颜还是非常兴奋。总理的话对你有什么启发？

颜士青： 总理的话不是对我一个人讲的，而是给所有选择职业教育的师生讲的，总理让我们不仅要学会学习、学会聆听、学会沟通，更要我们学会生存，而职业教育给了我们生存的能力和发展的空间。这四句话也给了同学们强烈的启发，启发我们要珍惜宝贵的在校时间，不断的提升自我，掌握实践动手能力，走上工作岗位实现自我价值，回报社会，服务人民。

晨　露： 嗯，你现在已经在基层领导岗位了啊！也可以看得出来你是得到了教育，用总理的话说，你选择职业教育，你这条路走对了！谢谢颜士青，祝你工作顺利！再见！

毛　强： 如今，开放的常州张开双臂，用最肥美的水土，最优惠的政策和最周到的服务迎接八方来客，我想，港澳企业应该是其中的典型代表。

晨　露： 是的。近年来，常州和港澳地区、特别是香港特别行政区的友好交流和经贸合作关系越来越紧密，缘分也是越来越深厚。常州已连续7年在香港举办城市产业推介活动。常州与香港的人缘加深、财缘茂盛、商缘不断。

毛　强： 目前，常州籍企业创生医疗、瑞声科技、银河电子、常茂化学等6家公司在香港上市，累计募集资金24.52亿元。另外，香港在常州共投资开办2624家企业，协议注册外资149.5亿美元。

晨　露： 好，刚才我们听到一组组数字之后，我们有感觉，就是这些年来常州和香港的经济合作一直很热，而且是越来越热。那么说到常州和香港的经济热度，有一个人的体会可能是最深的，他就是香港常州商会的会长赵国雄赵先生，下面我们就连线赵先生。您好，赵先生。

赵国雄： 您好，您好！

晨　露： 我想问问您，您第一年来常州投资是哪一年？

赵国雄： 我本身是常州人，我爸爸，我们是武进的，对常州有一点点印象，那个时候是范燕青书记到香港来招商，是常州招商，我特意看了一下，跟市里面的领导谈的也好，所以那时间觉得常州应该是个投资的好地方，2007年的时候，我们特意过去常州，跟区里面的领导，跟区长谈过，他们给我们推荐了几个地块，后面我们还是选了红梅公园旁边这一个地块。

晨　露： 作为香港常州商会的会长，您觉得常州整体的投资环境怎么样？

赵国雄： 我们商会成立后，我们经常到常州，差不多每年都过去，每年都觉得常州进步非常大，我有一个特别好的印象，常州市面非常干净，绿化环境非常好，常州城市规划特别好，特别是最近两年，我们感觉到规划好的地方慢慢表现出来了，你看我们常州的路很宽，市里面的基建弄的非常好。市里面政府的领导对企业非常支持的，有什么问题我们跟他谈，他们也是乐意坐下来跟我们谈，共同研究怎么可以解决这个问题，达到双赢的局面。现在我希望退休后可以回到常州。

晨　露： 太好了，我们张开双臂欢迎您。好的，非常感谢赵先生，谢谢您，再见！

赵国雄： 谢谢！

毛　强： 听了赵会长的介绍，相信会有更多的香港企业家愿意来到常州一探究竟。

晨　露： 是的，我们同样也能欢迎更多的企业家来常州投资发财。

毛　强： 今天我们的直播间里，还请来了一位特殊的香港客人，他就是著名爱国实业家刘国钧之孙，香港三屋置业有限公司董事长刘学进先生，刘先生您好，为了我们的节目一路风尘仆仆赶到这儿，可见您对常州的感情是十分得深厚啊！

刘学进： 各位听众、常州的父老乡亲们，你们好！两位主持人好！昨晚我刚参加完在香港常州统战部举行的香港常州商会青年联谊会活动。今天又被邀请参加《城市新跨越》大型节目，感觉很荣幸。

毛　强： 也是我们的荣幸。

晨　露： 是，不遗余力在香港和常州之间奔忙。听说您今天做客我们的直播间，不少听众发来短信问候您，欢迎您回来！手机尾号是5073的朋友问，您的祖父刘国钧先生曾经被称为纺织大王，有关大成纺织从创业到崛起再到辉煌的故事，您从小一定听家人说了不少，有没有哪一段给您留下特别深刻的印象？

刘学进： 常州不仅是历史文化名城，还是我国近现代民族工业的重要发源地之一，特别是纺织工业在全国具有深远影响，我祖父刘国钧先生在常州纺织工业近代史上，他主要是把常州纺织业发展起来。我祖父刘国钧自幼家境贫寒，从小历经艰辛，但艰苦创业雄心不改。他早年在常州主要就是引进外国机器，然后还有"土纱救国"，1930年他就创办常州大成纺织染公司，8年间使大成企业由1个厂发展到4个厂，纱锭由1万枚发展到8万枚，资金由50万发展到400万，被当时经济家马寅初先生誉为罕见的奇迹。

晨　露： 罕见的奇迹哈！当时据说还创立了两个著名的品牌。

刘学进： 其中一个叫蝶球走向全世界，还有一个正东，他就是想把日本人做的东西比下去。

晨　露： 正东（征东）、正东（征东），征服东洋货。

毛　强： 其实说到中国新型工业化的根本要求就是转型升级，您觉得常州传统的纺织产业应该怎么样去转型升级？

刘学进： 在1949年，我祖父就把大成一、二、三、四厂江苏省第一个公私合营，然后我祖父的女婿查济民先生十几年前把其中一个大成三厂拿下来，主要也是作纺纱织布。2009年，我们决定在常州规划建设中华纺织博览园项目，得到了江苏省委、省政府常州市市政府的大力支持。中华纺织博览园项目主要就是实现工业遗存保护发掘、特色旅游开发与纺织工业科普教育三个功能的有机结合，展示运河文化与纺织工业文化。与中国纺织工业联合总会共同打造中国人自己品牌，创建平台，通过和香港亚视联手，作为一个走秀的舞台。做中国第一座多视角展示纺织文化结合古运河文化旅游开发为主题体验式城市综合体；集文化、旅游、休闲、购物和人居功能于一体，并承担纺织工业文化和传统保护的社会责任。它将是常州市旅游的又一亮点和城市形象的又一张新名片，创新无限！

毛　强：您刚才讲得这样一个模式是不是也可以给其他传统工业的转型升级提供一个可借鉴的路子。

刘学进：我想主要是我们有一个专业的团队，他们跟建筑师一起规划蓝图，除了做纺纱织布之外，我想常州还有其他牛仔布的工业，启发一下将来有其他的创新。

晨　露：其实这是一个很新的思路也是一个很好的思路，他把老的遗存和新的理念结合起来了，把第二产业和第三产业融合起来了，其实是开创了一条新路。

毛　强：对，非常好。听众朋友，常州曾经是"苏南模式"的发源地之一。进入新世纪以来，常州再度施展新招，发展在不断超越自我。

晨　露：没错，"经科教联动、产学研结合、校所企共赢"就是现在的"常州之路"，也可以说是苏南模式的传承和创新。

毛　强：正是有了持续强劲的经济发展，常州才得以取得"居民实际享有水平"位列全国城市榜首的骄人成绩，城市经济发达，人民生活安康。在一段片花之后，我们将开启龙腾常州第二篇章——常乐之州，一起倾听体味常州人的幸福生活。

第二篇：常乐之州

（《常乐之州》片花）

这座城市，处处洋溢着幸福——

市民：现在正是春光明媚的时候，大家在公园里跳跳健身舞，唱歌，有的人学了书法，退休工资又提高了，不愁吃不愁穿，老年人的生活是丰富多彩的，生活越过越幸福。

市民：像以前我们拍个照片都要赶到外面去的，现在我们常州所有的公园都免费的对外开放，任何一个街头都有美景来给你拍摄的。常州作为我的第二故乡，我感到生活在常州还是蛮幸福的。

市民：常州的交通太好了，四通八达。公交BRT到哪里都只要六毛钱，老人家乘车还可以免费。每到双休日，我们就带着家人去自驾游，南京、扬州、上海、杭州、天目湖，不要太爽啊。

城市新跨越之龙腾常州，第二篇常乐之州。

毛强： 短短一分钟的片花，让我们了解了幸福常州的大概模样。

晨露： 是，我虽然是常州人，但是我听到这片花以后我还是很骄傲和激动。每个人对幸福的定义各不相同，但居者有其屋肯定是幸福生活的基石，居者有其屋在杜甫的年代可能是个梦想，所以他要呼喊。而我们常州的梯度保障房制度，却已经让梦想照进了现实。

毛强： 那就不妨让我们把目光转回到2010年8月20日，就在这天下午，家住景秀世家12幢501室保障房的刘巧英、祁云生夫妇迎来了一位特殊的客人，中共中央政治局常委、国务院副总理李克强同志。

晨露： 两年时间过去了，刘巧英一家人现在的生活怎样呢？带着牵挂，中央台记者俊楠走进了常州景秀家园小区刘巧英、祁云生夫妇的家。

（出录音专题《常州有我温暖的家》）

（压混：同期声）

记者：你好你好你好。

刘巧英：你好你好。

祁云生：坐坐坐。

记者：这是几居啊？

刘巧英：两室一厅啊。

记者：带我们看看行不行？

刘巧英：好的，这是厨房间那边是卫生间。这是我的房间那边是我儿子的房间。

常州市近年来不断加大对困难群体的住房保障力度。从今年3月开始，像刘巧英这样的困难家庭每月只需要"一平方米交一块钱"，这完全摆脱了因住房而背负的生活压力。

刘巧英：今年3月开始交58块钱一个月。一平方米一块钱。按实住面积交。

记者：按实住面积交。

刘巧英：哎，就是按实住面积交，物业费什么的都不用交了。

谈起2010年李克强副总理到家里做客的情景，丈夫祁云生至今印象深刻。

祁云生：总理讲我身体好了，一旦能够做尽量还是去找个工作挣点钱，要靠我老婆确实是不够。总理走的时候对我讲，他会把我的话放在心上的，一年搬几次家不简单。

朴实的夫妇俩对现在的生活心满意足，当记者问他们未来的愿望时，刘巧英说现在最大的心愿就是看到自己的儿子能够结婚成家。

刘巧英：我打算让儿子找个老婆结婚，就有这个打算。

祁云生：每个人亲戚都讲，这是党的政策给了我们的机会，如果没有党的政策，常州市政府把政策想到老百姓实际生活中去。

刘巧英：感谢总理，感谢政府，感谢国家对我这样优厚的条件，呵呵。

在常州像刘巧英夫妇这样搬进政府提供的保障房开始全新生活的家庭还有很多。"应保尽保"是常州保障房建设的一项总体目标。除了让老户居民安居乐业，常州市委、市政府还不断探索全新保障模式，吸引高层次人才留在常州。为了一探究竟，记者来到常州出口加工区。实地采访一种名为"青年公社"的保障房工程。

（压混：同期声）

记者：你好，打扰了。

工作人员：他们记者想来参观一下。

记者：多大面积啊？

王贤锦：这个是五十多平方。

记者：简单的两张床铺，网线都有，空调都有。

王贤锦：对，都有都有的。

所谓"青年公社"是指由政府搭建平台统一规划，采取社会化运作管理模式的公共住房租赁平台，投入使用后有效解决了工业聚集区外来务工人员以及大学毕业生住房居住难的问题。王贤锦和毛红婷两年前来到常州，就职于当地一家光伏企业。入职当天就搬进了位于厂区周边的这座"青年公社"。

毛红婷：当时入职的时候填个申请表然后就立马安排过来了。我有同学过来玩住在这边说比他们那边条件好多了，他们那边也是青年公社但是条件没有我们这边好。

以"青年公社"为主体的保障房服务体系，解决了外来务工人员及大学毕业生的后顾之忧。为企业留住人才，人才留在常州起到了积极的作用。

记者：住宿解决了，现在上班心情怎么样？

毛红婷：应该是没有后顾之忧吧，不像有的人找工作考虑住宿，还得自己出去找房子，像我们一来就立马安排了，没有什么烦心的。

记者：那有没有考虑留在常州发展下去。

毛红婷：有这个打算，常州蛮好的。

5月3日，常州市政府召开的新闻发布会宣布，常州在继续推进保障性质住房建设的同时，将通过大量收储社会租赁房源配租给困难家庭，常州市住房保障和房产管理局局长孙勇：

这种方式能够有效解决集中建设保障房周期长的问题，能够有效配置社会房屋资源，能够在较短时间内迅速筹集到大量保证房源，确保我们从今年就能够做到廉租住房、公共租赁住房、经济适用住房应保尽保。

春天，万物复苏、欣欣向荣。在这个春天里，我们都有一个梦想，乐居常州！

（歌曲《我想有个家》）

晨露： 小康不小康，关键还是看住房，房子的问题解决了，后顾之忧也少了，住得起，住得好，是常州人幸福感的第一重体现。

毛强： 我知道很多香港朋友曾经这样形容常州，说这是一个来了就不想走的城市，为什么呢？除了64座市政公园免费开放全国第一、公交6毛到底出行方便又便宜、菜场像超市、公厕全免费这些关乎生活品质的部分之外，从2009年开始，已经惠及500万常州百姓的幸福广场周周演，更把常州人的幸福感推到了一个新高度。

晨露： 好的一起来听中央台记者乐惜从现场发回的报道。

（出录音专题《幸福广场周周演》）

听众朋友们大家好，我是华夏之声的记者乐惜，我现在所在的位置就是常州市幸福周周演的演出地点了。今天和我一起体验幸福周周演的还有一位特别的朋友，他就是来自香港已经在常州工作生活了5年的投资商人吕先生。

记：吕先生您好，听说吕先生来常州投资已经5年多了，当初在众多的内地城市当中为什么选择了常州作为您的工作重心呢？

吕：常州最主要是地理位置，我觉得是地理位置，还有就是这里比较不排外，

记：您的意思是融合起来很容易哈！

吕：对，外地人和本地人没什么差别。

记：那您现在在常州是不是也有稳定的生活和娱乐的圈子呢？

吕：我朋友很多，我在这里学太极拳有拳友，我也在车会有车友，还有我

是房产界的，他们房产界有一个协会，然后，我打球有一帮球友。

记：不知道您是否了解，包括我们现在所在的幸福广场在内的常州市区内所有的公园都是免费开放的？您了解这个政策吗？

吕：我知道！现在政府好像有规定，它要改善居住环境，几百米之内必须要有公园。好像有这个规定。

记：您平常也会到这些免费公园逛一逛吗？

吕：会的！我也经常到公园逛一逛，我到过红梅公园，青枫公园，还有人民公园……太多了，有些名字都记不住了。

记：您到常州这些年来变化大吗？

吕：还是蛮大的！我觉得常州市的变化还是很大的。我记得我2007年来的时候在那里等个的士要等半个小时，现在差不多你一站就有的士了，那时候公交车也很少，现在有BRT很方便，几分钟一部，直接到市区。这个城市五年之内的发展很快！

记：那您从常州到香港交通方不方便？

吕：很方便！有时候是早上我在常州吃完饭，晚上在家里吃了！

（礼花声音）

记：我们听到，开场的礼花声音已经响起了！我们赶快到台前去欣赏节目吧！

记：平常经常来看这个活动吗？

（不同观众声压混）

记：一般都来哈！觉得节目怎么样？这种表演形式怎么样？

（不同观众声压混）

记：想不想也上台表演节目？你能不能也给我们唱个歌当个小演员？

（儿童歌声）

记：如果咱们现在给幸福指数打个分，5分是满分的话，你们给常州的生活打几分？

（不同观众声压混：肯定是5分）

毛　强：听完了刚才那段录音我感觉太热闹了，我都想去看一看。

晨　露：欢迎啊，记住每周六晚7点，幸福广场跟你不见不散！现在，我们就请出做客我们直播室的常州副市长居丽琴女士。居市长，欢迎您！

居市长：你好！

毛　强：听说您今天做客我们的直播间，很多常州市民纷纷发来短信，我这里看到手机尾号是0119、2060的朋友都提到这样一个问题说常州的市民幸福感这么高，这个幸福感由何而来呢居市长。

居市长：好的，我想我们每一任的市委书记，市长，他们都是把老百姓放在心上的，像我们新任的市委书记阎立他到了常州第三天，他就冒着风雪来到我们的菜市场，来到社区卫生服务中心，他看望老百姓去了。所以我们常州市政府，每年都把一些重要的工作，去公布给老百姓，其中有一项重要的工作，就叫民生幸福工程，我们宣传常州的口号，叫常州，常州，常乐之州，那个常州老百姓为什么而乐？我想就因幸福而乐。我归纳一下我们常州老百姓的幸福，有这样几个原因：第一个就是居者有其屋，要是困难群众就是应保尽保，保证每一个老百姓都居者有其屋。第二个原因就是我们的警察非常好，他为老百姓服务，去建设平安社区，让每一个常州人都感觉有安全感，比如说我们政府给老百姓老小区去免费的安装楼道的防盗门，去装小区围墙的报警器，还有各种各样为安全服务的便民措施，老百姓对在常州平安这种满意度很高。第三个就是出行方便，我们常州号称是一个不堵的城市，我们现在到了有些大城市去太堵了，觉得不方便，还是我们的家乡好，我们常州精心打造公交优先，我们的公交专用车道，在马路中间叫快速公交车道BRT，全是空调车，老百姓上车，一直乘也只要六毛钱。去年全市公交的出行率达到了28%，也就是说，将近3个常州人有一个常州人选择了公交出行。

毛　强：我相信他们也是体会到了公交出行的方便。

居市长：对，非常的方便。第四个就是我们的公园开放，刚才我们的录音里面，听到了很多老百姓在说我们的红梅公园，青枫公园，那么温馨和谐。我们常州市有60多个开放的公园，这些公园都免费的为老百姓提供健身的，休闲的场所，所以我们老百姓感觉到休闲着，锻炼着，也快乐着。在我们这样一个常州，还有一个幸福的原因，就是家门口有个好学校，我们常州市政府的口号是，让70万中小学生家门口的学校很精彩，让70万老年人也去就近入学。

毛　强：70万老年人？

居市长：老年人也就近入学，为什么呢？我们把市一级的老年大学，区一级的老年大学，社区里的老年学校办的很多，我们要把更多的老年教育送到老年人的家门口，所以我们常州人很幸福。

毛　强：刚才居市长以精彩的回答，回答了刚才朋友们提出的问题，就是常州居民为什么幸福感如此之高，那接下来我们有请专程从首都北京赶来的中国城市发展研究院专家，郑英女士。郑女士，您好！

郑　樱：您好！大家好！

晨　露：郑女士，不少听众朋友通过QQ群：64866867这样一个平台对您来到常州表示欢迎。

郑　樱：谢谢大家！

晨　露：我们来看昵称是大大的梦想的这位朋友说，刚才在节目中听到，中国城市发展研究院最新统计的"居民实际享有水平"排名中，常州位列第一的，这让我们感觉很自豪。

郑　樱：没错，是这样，刚才居市长介绍的一些情况，恰恰我这两天来了之后先体验了一下。

毛　强：非常有感受。

晨　露：所以你就一直频频点头。

郑　樱：对，没错，刚才一直在附和。像交通也好，包括咱们的公交，免费的公园我今天都去试了一次。所以这样再说的话呢，就说到我们去年发布的《2011中国城市科学发展综合评价报告》中公布的数据和排名，常州市在全国287个地级及以上城市中，综合排名为第5名；但城市居民实际享有水平的排名是第1名。

毛　强：刚才您介绍了几个数据，这几个数据说明什么呢？

郑　樱：这样说吧。我们的《报告》核心主题始终是围绕"城市与人"，关注的是实实在在的民生，主要说的居民实际分享的成果与城市发展水平之间的关系。这么来看假如把287个城市看做287个兄弟姐妹的话，常州在这个超级大家族中它的排名就是第5名，城市居民能享有的城市发展成果的水平，它能排在全国首位，能取得这样的成绩其实很不容易。这样说，可能弱化的数据听众不会太感兴趣，那么我现在以一个老百姓的身份，也就是我刚刚所提到的这两天常州给我的一些感受，很直接。我知道常州是全国第一个实现市政类公园全部免费敞开的城市。

晨　露：对，64座。

郑　樱：64座没错，这个数据没错。那么我觉得这个第一不能小看。我们《报告》中说明呢，常州的人均GDP的排名，在2005年是第15位，2010年已经是第9名。而2011年，常州市的人均GDP已经达到了77473元，一个城市的经济发展进入到这个阶段，对很多城市居民来说，其实物质需求反倒不再是唯一或者第一要务，那种改善生活品质、追求精神愉悦的深层次诉求就变得越来越强烈。所以就像刚刚居市长介绍的一个城市的公园所象征代表的绿色、自然、空间……种种舒适感，其实是现代城市必不可少的，完全免费就意味着我们老百姓有了更多、更直接的追求舒适感的自由。

晨　露： 触手可及，没有门槛。

郑　樱： 没错。就是这个意思。

毛　强： 所以说幸福就是在这样的舒适方便中不经意体现出来。

郑　樱： 主持人这个总结很到位。就像刚刚主持人说得那样，不经意这三个字用的很准确。其实我们老百姓也就是从这些生活中不经意的细节去感受和认识政府的执政能力和执政水平的。所以我说只要政府、城市能够多关注这些百姓生活中不经意的细节，一项一项去改善这些细节，而且把这种关注这种改善的模式呢固化成城市一种常态化的管理理念，如果能做到这一点我想这座城市一定大有可为。

晨　露： 我们刚才看到郑老师在说的时候，我们居市长也是频频点头特有感触。

毛　强： 非常认可。

居市长： 因为我也是一个市民吗，我也生活在小区里。

毛　强： 也有切身的感受，其实一个城市市民感觉富足与否不光取决于人均收入，更要看政府是不是舍得在民生上投入作大文章，那常州政府呢恰恰在这点上也给了群众以富足感。赢得了百姓的尊重。

晨　露： 没错，好，一段片花以后呢我们将会把幸福常州的主题继续延续下去，一起来听一听继承中有创新的文化常州。

第三篇：文化常州

（《文化常州》片花）

这里是——

江南通衢、谦美之国、

锡剧《赠塔》

春秋远邦、名士部落、

常州吟诵

八邑之都、学派名域

瞿秋白《秋之白华》

齐梁故里、多情城郭……

吆喝

城市新跨越之龙腾常州，第三篇文化常州。

毛强： 中央人民广播电台。

晨露： 常州人民广播电台。

毛强： 您现在正在收听的是由中央人民广播电台华夏之声联合内地及港澳15家电台推出的大型节目《城市新跨越》。我是中央台主持人毛强。

晨露： 我是常州台主持人晨露。刚才大家听到的那段片花呢其实是常州文化的有声展示，现在大家听到的是评弹《常州景》，仔细听。常州延陵郡谈古到今常州的风土人情在这段《常州景》里面可以说是充分展现。这两天你也逛过常州了，有没有听出这个《常州景》里面有什么常州景致呢？

毛强： 我刚才试图听来着……但还真听不出来！吴侬软语确实很难懂啊。

晨露： 加深印象再听听看。好了，我们就不为难你这么一个北方人了，我们这个吴侬软语你一时半会儿可能还真的难懂，我给你介绍一下，这里头有享誉全国的恐龙园、还有秀美无边的天目湖、后头还会有东南第一丛林天宁寺等等。

毛强： 都是非常著名的景点。

晨露： 对，常州非常美。所以呢常州是中华文化版图上的一颗明珠，而我们又知道成语是中华语言文字库中的明珠，你知道吗，江苏省中华成语研究会前一阵而刚刚在常州市成立，它可是全国唯一专门研究成语文化的省级社团。而且你可能不知道，有很多大家耳熟能详的成语，就是出自常州，描述常州的！

毛强： 那我真的要学习学习都有哪些成语了。

晨露： 那咱们一块共同来学习学习。我们常州台记者高玉就此采访了会长莫彭龄教授，听听她的采访。

（出录音专题《成语里的常州故事》）

"与常州相关的成语有好多，越是历史积淀深的地方，一定是成语比较多的。"莫彭龄教授说，粗略梳理一下，分为三种类型，一是"季札挂剑"，和常州有关的典故。第二种类型，故事发生地就在常州，比较典型的是高山流水，莫彭龄："我们常州奔牛镇就有伯牙桥和俞伯牙的碑，我亲眼所见，碑就在奔牛中学的里面。奔牛的地方志就有有关记载。"第三种类型是，一些有名的诗人和文人到常州，写下的和常州相关有关的诗文中衍生出的成语："比较有名的如孟郊，他曾经担任溧阳的县尉，《游子吟》就是他在担任溧阳县令的时候写的，这首诗中间产生了一条成语寸草春晖。"

莫彭龄教授等人还把"闻鸡起舞"等成语编成儿歌操，在学校普及。

常州百草园小学：（音频压混）每天2:10，是学生们跳《闻鸡起舞》成语儿歌操的时间。随着深厚典雅又明快清新的旋律，学生们面带笑容，跳起了刚健有力又抒情柔美的舞蹈操，四年级学生王思琪："这成语儿歌操是我们学校编的，我们非常喜欢这个成语儿歌操，每次音乐一响起来，脸上都会带着灿烂的笑容。"

整套儿歌操分：立志、诚信、勤学、坚毅、团结、忠孝、修身、取义八个小节，每节由四个成语组成，分别以朗诵、吟唱等形式表现，更为难得的是，一招一式还和成语本身含义密切相关，让孩子们在运动的同时，增强了对成语的理解和记忆，更有学生把成语运用到了作文中，六二班学生葛恒衡："用成语更加押韵，更加紧凑，比如说同学之间，互相在讨论，就可以用议论纷纷，课堂比较活跃的时候，可以用人声鼎沸，显得生动一点。"

葛恒衡告诉记者，他还从这套儿歌操里学习到了和常州有关的成语，"季札挂剑"时刻提醒自己做事要诚实守信："季札他在出使其他国家的时候，结交了一个好朋友。好朋友非常喜欢他身上的佩剑，希望能够送给他。但是在当时，佩剑意味着一个使臣的身份和地位，所以他决定等出使结束再把剑送给徐君，然后回来的时候，他发现徐君其实已经死了，但是还是不忘以前诺言，把剑系在徐君墓前的树上。"

毛强： 我们刚才是通过成语了解了常州的瑰丽文化，可以用灼灼其华、源远流长来形容，那么常州在继承了如此丰厚文化遗产之后，在文化发展方面又有哪些新亮点，能给我们的文化长卷留下哪些新印记呢？

晨露： 那可太多啦，比如说离我们老百姓生活最近的饮食文化，就不得不提。像我们常州的大麻糕、甜白酒、四喜汤团还有加蟹小笼包等等传统小吃不仅注重色香味，还可以细细品味出地道老常州文化来呢。你看我说着常州话都出来了。

毛强： 哎，你刚刚说的那个大麻糕，是不是就是常州街边长得很像我们北京的烧饼的那种点心？

晨露： 没错了！不过我们的麻糕和北京的烧饼除了长得比较相像以外，其实还是有很大差别的，我说不清，我们请我们常州的民俗专家季全保老师来介绍一下：

【出录音】常州民俗专家季全保：为什么叫麻糕呢？首先你看到它上面都是芝麻，而且里面的制作工艺跟烧饼也完全不同，用酥油放在面粉里，经过12小时发酵以后、然后再贴在1350度高温烘焙的。它用的是脱壳芝麻，特别香、特别脆、吃在嘴里回味无穷。所以这就是常州大麻糕的特点，在老百姓中间，他就把它作为一种地方饮食的一个代表。

晨　露：瞧，挑芝麻都特有讲究，脱壳芝麻。怎么样，把你说馋了吧？

毛　强：没错！晚饭时间现在好像还没到，我肚子真有点咕咕叫了！另外刚才你还谈到一个叫甜白酒的东西，这个我特别有兴趣，这是一种什么酒呢？

晨　露：这个常州的甜白酒不是酒，它是一种很有特色的甜味的饮品叫酒酿，还是请季老师给你说说。

【出录音】常州民俗专家季全保：它这个是吴国和越国打仗的时候发明的这个甜白酒，我们常州人原先家家户户在家里做的，其实甜白酒是用糯米经过了传统工艺发酵，酿成了这种甜甜的、有点酸酸的酒酿，专门有一个双桂坊的甜白酒，就是在这个地方做出来的甜白酒是最好的也是最原始、最本土的。

毛　强：恩，这下我可明白了。在我们《城市新跨越龙腾常州》节目进行当中，很多听众朋友通过短信平台、QQ群发问，说常州都有哪些文化名人呢？能给我们介绍介绍吗？

晨　露：我们要请出常州的著名学者，苏轼的第32世孙苏慎先生，来向大家介绍介绍。

苏　慎：好的，常州地处吴地，常州人文始祖季札也就是季子三次让国的高风，以及对国计民生的热切关注也成了支撑常州人文精神的两大特色，即重道德和重经世。

毛　强：重道德和重经世。

晨　露：是，这点我们常州的小朋友都很清楚，刚才那个季札挂剑的故事讲得多生动。季札挂剑的故事教会了我们做人要讲究诚信。

苏　慎：是的，苏东坡情系常州，堪称常州文化的先驱人物。苏东坡是文学家，他发扬光大的常州文风中另一种传统，即重文采。

晨　露：那么新时期的常州文化体现出什么样新的风尚呢？苏老师。

苏　慎：我这样认为的，我们常州的人文精神可以体现在以下几方面：重文兴教，兼容并蓄，经世致用，崇尚创变。

毛　强：重文兴教，兼容并蓄，经世致用，崇尚创变。

苏　慎：是的，是的。新中国成立后，尤其是改革开放以来，常州以一种新时代的面貌展现在人们眼前。既勇于创新，又勤于务实的常州新学风已经逐渐形成。

晨　露：是的，那么刚才苏老师是给我们讲了一下古常州、古常州人的人文情怀，我们看到常州历来就是人才辈出，最后他又给我们留了一个线索，我们古常州的文化需要继承和发扬。那居市长，现在国内有许多专家都提出来率先基本实现现代化，要特别重视文化的传承，那在这点上您能介绍一下我们常州都有哪些优势吗？

居市长：好的，刚才苏先生讲了一个传统文化的常州，我想说，今天的常州正在由传承走向创新，我们常州是一个创意之城，我们建设了一个8平方公里的创意产业基地，聚结了文化部认定的动漫软件等很多企业，同时我们还有文明全国的动漫主题公园——中华恐龙园，在这里文化产业注入了创意的元素，我们的文化创意产业的结构，正在变清变好。2011年常州市的创意产业基地，产值达到了150亿，中华恐龙园接待的游客超过了年400万人次，当下的常州还是一个创新之城，我们有一个主题公园叫环球嬉戏谷，它有两个体验平台，线上网络上，有一个叫嬉戏族门户网站，线下有一个叫环球动漫嬉戏谷，就是说把虚拟的游戏实体化，我们欢迎各位游客，各位朋友到我们常州环球嬉戏谷去体验线上的游戏怎么在实景中找到了体验。其实这个环球嬉戏谷它的核就是网络科技，就是信息技术。创新使文化科技创意延伸商务等融合式发展，应该说创新使我们常州的文化产业正在强起来。当下的常州人，当下的年轻人，应该说有很多时尚的消费习惯，比如说网络文化的消费习惯，这一种巨大的消费市场，促使我们文化和产业，都要朝着消费的需求一起结合起来，瞄准他们，所以我们常州有这么一个企业叫运河五号，它提个口号，叫古韵河畔老工厂，文化产业新码头。它把工业遗存非物质文化遗产，创意时尚等多种元素结合起来，供人们去体验，因此历史的常州，创新的常州，时尚的常州在这里都得到了充分的表达。

（出音频常州之歌《甜白酒》）

（音频渐弱）

毛强：中央人民广播电台。

晨露：常州人民广播电台。

毛强：由中央人民广播电台华夏之声联合内地及港澳15家电台推出的大型节目《城市新跨越龙腾常州》到这儿即将接近尾声了。

晨露：在我们节目直播过程当中，不断接到听众朋友送来的祝福。

毛强：手机尾号3059的听众发来短信：常州文化悠久灿烂，作为一个常州人我很骄傲，生活在这样一个美丽舒适的城市非常幸福！希望香港同胞能够到常州来吃吃我们的小吃，游一游运河，感受一下秀美的江南。

晨露：手机尾号8479的听众说：常州日新月异，新常州人也在为常州的未来默默耕耘，我曾经去过香港，维多利亚港的美景让我非常震撼。祝福香港，有机会一定再去。

毛强：好，听众朋友，今天的直播到此结束，下周的同一时间《城市新跨越》我们将走进云南丽江，感受古城丽江的崭新魅力。朋友们，再见！

晨露：再见！

丽 江 印 象

（《城市新跨越》大标版）

男：有一种城市，穿透千年的时光；

女：有一种跨越，坚挺时代的脊梁；

男：衔东海，跨云贵，它是腾飞的巨龙；

女：起山巅，入南川，它是翔翔的雄鹰。

（压混：常州、丽江、珠海、鄂尔多斯、佛山、潍坊、新余、芜湖、香港、吐鲁番、天津滨海新区、遂宁、攀枝花、嘉兴、澳门……）

男：聆听城市的声音，

女：见证跨越的力量。

男：《城市新跨越》——中央人民广播电台华夏之声携手内地及港澳15家电台联合直播。

（丽江片花）

每个人心中都有一个魂牵梦绕的圣地，

每个人眼里都有一片繁花似锦的古城。

（穿插相关民族歌曲）

梦境映照视野，

声音传递真情。

中央人民广播电台华夏之声大型专题节目城市新跨越：丽江，文化传承，一路向前。

（垫乐）

主持人开场——

张凯：翠色山峦下，商居掩古城。花溪迎曲巷，岁月久悠增。

曼斯：这是一首五言绝句·寻丽江古城，非常优美的一首诗，也点出了我们今天的直播城市——丽江！（垫乐减弱）

收音机前的听众朋友，大家好，您现在收听到的是来自中央人民广播电台华夏之声、香港之声和丽江人民广播电台共同直播的城市新跨越《丽江，文化传承，一路向前》，我是中央人民广播电台主持人曼斯。

张凯： 我是丽江人民广播电台主持人张凯。

曼斯： 本期节目，我们将通过丽江古城风貌、文化保护和旅游开发等来立体展现丽江这座城市的发展变化。

张凯： 首先，我们有请丽江市委书记王君正给收音机前的听众朋友介绍下丽江。

【录音】

丽江作为国际旅游城市，既有客观优势又有主观的优势，从客观上来看，它有独特的自然风光，像玉龙雪山，是北半球距赤道最近的雪上之一、丽江古城是世界文化遗产，丽江是三个遗产的所在地，东巴文字，三江并流的自然保护区，丽江古城为丽江旅游创造了良好的基础。同时在民族文化发展中，也为丽江建立了深厚的历史文化积淀。像纳西族的特有文化，彝族的文化，神秘的摩梭文化，同时丽江这么多年的发展了一定的经验，积极的探索了丽江旅游的发展道路，丽江旅游的优势为丽江的发展今后的腾飞提供了一个强劲的动力。

曼斯： 听了王书记的介绍，感觉丽江旅游资源非常丰富。我是第一次来到丽江，之前期待好久好久，今天终于得以成行，十分兴奋。

张凯： 曼斯啊，来到丽江，你有什么感受呢？

曼斯： 正如之前听来过丽江的朋友所说，首先丽江会让我的心静下来，忘记了北京这样的大都市的烦扰，整个人的节奏会放慢。就是那种柔软时光的感觉。

张凯： 我们的港澳同胞对于丽江的印象是不是也如曼斯一样呢，我们一起来听听。

（港澳同胞的丽江印象）

丽江印象

男：我觉得它是非常适合我们自己去自由行的地方，一个非常令人向往的旅游胜地。

女：它们给我的感觉就是我可以逃避诚实的喧嚣，在一个静静的下午起来走一圈，有流水、古典的屋子，不快的节奏，可以静静享受一个下午，可以叹个茶、咖啡什么的。

男：很轻松。跟其他城市不一样，我去了两次，觉得每个人把工作什么的烦的事情放下，玩得很疯。我在国内十几年去过很多旅游点，我觉得丽江是一个特别让人有想象的地方。

女：我叫×××。我在香港读书，也是香港人，没有去过丽江。看朋友拍过照片，玉龙雪山看起来很漂亮。我觉得是个很浪漫的地方，好像是一个世外桃源吧。你问我会不会很想去，我觉得终有一天会去吧。

丽江性格

男：温柔委婉又不缺乏民族风的。

女：就是很开放、很包容的一座城市，而且风景特别美。

男：热情、舒服、懒洋洋。

（垫乐起——）

曼斯： 收音机前的朋友，如果你对丽江有什么感受或者在丽江发生过怎样的事情，也欢迎大家给我们的华夏之声官方微博发消息，我们的微博开在新浪。

（丽江片花）

两山、一城、一湖、一江、一文化、一风情。

丽江，梦开始的地方，

中央人民广播电台华夏之声大型专题节目城市新跨越正在播出。

（古城风貌解说篇）

欧洲人说，这里是最适合人类居住的地方；联合国专家说，这里是世界的文化遗产；中国文人说，这里是中国历史文化名城；被称为背包族的旅行者说，这里是心灵的家园；当年行走在茶马古道上的商人说，这里是我可以把心放下的地方；流浪于情爱世界中的年轻人说，这里是情感的驿站；世居在此的两万多纳西族人则说，这里是世世代代的家园。

这就是丽江古城，这就是那座没有城墙也不需要任何设防的古城。

在海拔2400多米的高海拔地域，丽江古城依河水的自然弯道而建，依地势的天然高低而筑，水到哪里，房屋就建到哪里，房屋建在哪里，心灵的寄托就在哪里。

3.8平方公里的古城中布满了蛛网般的街巷和蛛网般的河道，行走其间会让人迷失了世俗的方向，迷失了功名利禄，迷失了与现实间的联系。梦幻般的图景让人永远也迷失不了的，就是那条通往自然的回归之路。

在丽江，每一个人都会丢失，

不论是你的人，

还是你的心。

（垫乐）

曼斯：通过刚才的一段解说，我们也了解了古城的风貌，40年代在丽江古城住过的俄国人顾彼得这样写过：丽江这个名称的汉语意思是"美丽的水"。这指的是伟大的金沙江，也就是数人熟悉的扬子江。扬子江流经城的西方和东方，形成一个大环形，而丽江坐落其中。两面的江离城仅有25英里。而要到达这个大环形北部的顶点，得花好几天。纳西人称这个城叫："巩本"，无论江和城都足以配得上"丽水"这个名称。丽江不像绝大多数的中国城镇，它没有城墙。在人口稀少的云南省的城镇中，它可算是个大地方。

张凯：顾彼得说得不错，丽江古城的确没有围墙。而且，从建城时开始，它就坦坦诚诚全身裸露，俨然一个路不拾遗夜不闭户的君子之城。在全国称得上"城"的地方而没有城墙，古城真是例外。

（垫乐减弱）

曼斯：那么接下来我们就请出今天直播现场的嘉宾——原丽江市博物院院长李锡，欢迎李院长做客我们的城市新跨越大型直播节目。

李锡：主持人好，听众朋友大家好。

曼斯：来到丽江，我们每个人都会被丽江的美丽所打动。接下来请李院长首先给听众朋友简单介绍一下丽江古城的特点吧！

张凯：李院长，来到丽江的人都会觉得时间仿佛静止了，会有一种柔软时光的感觉，您觉得为什么会这样呢？

曼斯：很多人现在都向往大城市，感受大城市的发达和繁荣，那么您觉得丽江能够吸引人的地方在哪里呢？

（丽江片花）

中央人民广播电台华夏之声大型专题节目城市新跨越正在播出。

张凯：如此有特色的丽江古城我们当然要花费很大量的人力和物力来进行保护了，就在不久之前，我们丽江市政府就做了一项很大的动作来保护丽江古城的建筑。

【出录音：古城爆破现场】

各警戒点请注意各警戒点请注意，现在发布起爆命令～进入倒计时54321，起爆！

起爆部里响起了掌声，大家能够感受到起爆非常成功！

曼斯：以上大家听到的就是来自黑白水大酒店爆破现场的实况录音，这样的一次爆破有着什么样的意义呢，李锡院长在直播爆破现场是这样解读的：

大酒店爆破，对我们古城保护的意义是非常重大，因为这个建筑首先是为了丽江的发展而建的地标式建筑，为丽江的发展做出了贡献。但是随着我们申报世界文化遗产的时候，大酒店这样的问题就突出地摆在了我们面前。丽江作为世界文化遗产，有很高的要求标准，特别是它是以少数民族纳西族为文化主体的民居建筑为主体的古城而言，在发展过程当中已经有了很多不协调的建筑，所以，要成为世界文化遗产，就必须要清除这些不协调的建筑。

在申报的过程当中，我们的政府、相关部门向联合国教科文组织做出了严肃的承诺，在有限的时间之内一定将这些不协调的建筑清除。从1994年开始到1997年申报遗产，丽江政府和老百姓为申报遗产做出了很多的贡献，清除了非常多的不协调建筑。大酒店的爆破也是为了更好的保护这个世界文化遗产。这一次爆破是一个非常好的举措……

（城市新跨越大片花）

张凯：收音机前的听众朋友，大家好，您现在收听到的是中央人民广播电台华夏之声、香港之声和丽江人民广播电台联合直播的大型节目《城市新跨越》之《丽江，文化传承，一路向前》，我是丽江台主持人张凯。

曼斯：大家好，我是华夏之声主持人曼斯。今天做客我们直播间的还有原丽江市博物院院长李锡。

李锡：大家好。

曼斯：丽江从2001年开始推出了"以城养城"这一举措，对每一位进入古城的游客收取一定的门票，用来维护古城，这也是以旅游业为支柱产业的丽江市保护世界文化遗产——丽江古城的主要经费来源。李院长，您是如何看待古城维护费的？游客支持吗？

（专家解读2分钟）

张凯：以城养城确实为丽江的古城保护提供了一定的支持。另外在2005年启动的总投资达2.5亿元的巨制《印象·丽江》，不但为丽江扩大了影响，同时也成为了丽江新的经济增长点。接下来就让我们通过一段音频，去感受一下《印象丽江》大型实景演出吧。

（音频印象丽江演出片段）

曼斯： 这是印象丽江的一小段现场声，昨天我们也特地前往观看了印象丽江，确实十分震撼。张艺谋创作团队继《印象刘三姐》之后与丽江市政府合作的大型实景演出项目，自2006年公演，截止到2011年4月，共演出3080场次，接待海内外游客共计420多万人，上缴税金3366万元，实现利润近1.5亿元。

张凯： 这也说明丽江在保护文化古城的同时，也在不断地寻找新的经济增长点。

（丽江片花）

每个人心中都有一个魂牵梦绕的圣地，

每个人眼里都有一片繁花似锦的古城。

（穿插相关民族歌曲）

梦境映照视野，

声音传递真情。

中央人民广播电台华夏之声大型专题节目城市新跨越：丽江，文化传承，一路向前。

曼斯： 调频87.8兆赫、104.9兆赫，中波1215千赫，中央人民广播电台华夏之声，欢迎收音机前的听众朋友继续收听城市新跨越，我们正在丽江人民广播电台为您直播。我是中央台主持人曼斯。

张凯： 我是丽江台主持人张凯。近几年丽江的发展变化特别快、特别大，十一五期间，丽江人均GDP上升了6600元，通过一段音频来了解一下。

（丽江"十一五"发展数据）

十一五期间，丽江人均GDP从5000元升至11600元。五年来，丽江立足实际走特色发展之路，圆满完成了"十一五"规划确定的各项目标任务，为丽江未来发展奠定了重要基础。

数据1　GDP

2010年全市生产总值达到143.02亿元，人均GDP达11600元，分别是2005年的2.3倍和2.2倍，按可比价计算年均分别增长13.6％和13％，分别高于预期目标3.6和3.8个百分点。

数据2　地方财政一般预算收入

2010年地方财政一般预算收入达到16.46亿元，年均增长32.3%。三次产业结构由2005年的23.2∶28.1∶48.7优化为2010年的18.4∶38.3∶43.3。

数据3　投资

全社会固定资产投资五年累计完成627亿元，年均增长29.6%，是"十五"期间投资总额的4倍，完成预期目标的126.7%。

数据4　民生

2010年城镇居民人均可支配收入是2005年的1.7倍，农民人均纯收入是2005年的2.3倍。五年累计减少农村贫困人口16.35万人，超额完成五年累计减少15万人的预期目标。

数据5　文产增加值

2010年丽江市文化产业增加值达到16.8亿元，是2005年的3.1倍，占同期GDP比重由2005年的8.6%上升为11.8%。

数据6　文化旅游

其中2010全年旅游总收入实现历史性跨越，突破100亿元大关，达到112.46亿元，同比增长26.84%，在旅游收入快速增长的同时，旅游人数大幅增加，全年接待国内外游客909.97万人次，同比增长20.03%。

《印象·丽江》从2006年7月23日正式对外公演到2011年4月，共演出3080场次，接待海内外游客共计420多万人，上缴税金3366万元，实现利润近1.5亿元。

《丽水金沙》7年来演出5700多场，观众达300多万人次，总收入2.5亿多元，实现利税6000多万元，

据统计，2007年至2011年，丽江市共征收旅游及其相关行业税收约5亿元。

张凯：通过刚才的一组数据，我们也和听众朋友一起感受了近几年丽江的发展变化，在这一点上我们丽江的本土人和外来客都有很强烈的感受。我们来听一下采访录音：

（音频：丽江的本土人和外来客述说丽江的变化与发展）

曼斯：这里要特别向香港的听众朋友公布一个好消息。据了解，本月底丽江将开通丽江—香港航线，初步计划每周3个航班，以旅游包机形式运作。这样将使丽江与香港的连通更加便捷，为"丽港"之间架设起一座金色的桥梁。

张凯：不仅如此，到2015年，丽江机场计划开通35条以上国内航线和5条以上国

际航线，争取旅客吞吐量达405万人次，货邮吞吐量达1.7万吨，起降航班4.2万架次，形成集旅游、商贸、加工、物流仓储、通道服务为一体的航空口岸经济区，建成滇川藏区域面向泛亚的、具有民族文化特色的国家一类航空口岸。丽江市委书记王君正在接受我们的采访时表示：

【出王君正录音】

丽江机场建成口岸机场是我们几代领导和丽江人民长期以来追求的目标。实现良好便捷的交通是旅游的一个基本要素，所以我们经过持续不断的努力，把丽江机场的改扩建完成以后，把丽江搞成国家批准的口岸机场。这为丽江的对外开放和旅游的发展都是一个良好的机遇。口岸机场建成以后我们将积极的推动与港澳的直航，与东南亚的直航，让更多的人到丽江来，让世界了解丽江让丽江走向世界。我们实现了立体交通，同时我们正在建设泸沽湖机场，铁路业成为主要力量，高速公路也在建设中，丽大高速等也在建设当中。良好的基础设施是旅游的基本条件之一，但要适应广大旅客要求我们仍然需要进一步努力……

曼斯： 相信丽江—香港航线开通以后，会有更多的香港同胞来到丽江，香港电台主持人陈曦也有一个问题想请教李院长。我们来听一下。

（音频：陈曦提问环保和文化保护方面的经验）

张凯： 就像刚才香港同行关心的那样，直航以后一定会有更多的中外游客来到丽江，但是丽江古城能够承受的客流量是有限的，那么面对这样的情况，李锡院长觉得我们怎样做才能既让更多的人来感受丽江和丽江的文化，同时也能不与古城保护相违背呢？

（请李锡院长谈）

曼斯： 丽江可以说是内地旅游城市的一个典型，那么丽江是如何来平衡现代化进程和文化传承的呢？我们来听听丽江市副市长杨一奔给我们的答案：

【出录音】

（丽江片花）

两山、一城、一湖、一江、一文化、一风情

丽江，梦开始的地方，

中央人民广播电台华夏之声大型专题节目城市新跨越正在播出：

（音乐起——）

曼斯： 今天我们在丽江，和专家一起探讨丽江的变化和发展，让我们更加深入的了解了丽江，也更爱丽江！作为一个外来客，我们爱丽江，向往丽江，我们也共同祝福丽江越来越美!

张凯： 我们也欢迎中外的游客来到丽江，感受丽江，和我们一同携手为丽江的发展奉献一点点力量!

曼斯： 中央人民广播电台华夏之声、香港之声，

张凯： 丽江人民广播电台。

曼斯：《丽江，文化传承，一路向前》城市新跨越大型直播节目到这里就结束了，欢迎您来丽江!

张凯： 再见!

（歌曲《好梦在丽江》）

珠 海 模 式

（《城市新跨越》大标版）

第一部分　你不认识的珠海

（片头）

小班： 中央人民广播电台华夏之声。

冰月： 中央人民广播电台香港之声。

谢童： 珠海电台先锋951。

小班： 各位听众朋友大家好，您正在收听的是中央人民广播电台华夏之声、香港之声联合珠海电台先锋951、香港电台普通话台共同为您带来的大型直播报道《城市新跨越—幸福珠海》，我是中央人民广播电台的主持人小班。

谢童： 我是珠海电台先锋951的主持人谢童，珠海欢迎全国各地的朋友到珠海来旅游参观。

冰月： 我是中央人民广播电台的主持人冰月，尽管我只是刚到这个城市几天的时间，却被这里的风土人情深深吸引了，那么到底是什么吸引了我呢？我们特别制作了一个关于珠海的小专题来和大家共同了解一下这座美丽的城市。

《珠海简介》

珠海是珠江三角洲南端的一个重要城市。2008年，国务院颁布实施《珠江三角洲地区改革发展规划纲要》，并明确珠海为珠江口西岸核心城市。

珠海地理坐标处于北纬21°48′～22°27′、东经113°03′～114°19′之间。东与香港隔海相望，南与澳门相连，西邻新会、台山市，北与中山市接壤。珠海是中国最早的经济特区之一，珠海市陆地面积有1701平方千米，人口156万人，是广东省人口规模最小的城市。这里气候宜人，冬夏季风交替明显，终年气温较高，属南亚热带与热带过渡型海洋性气候。宁静、休闲是人们对珠海的第一印象。珠海海岸线长604公里，有大小岛屿146个，所以有"百岛之市"的美誉。年平均气温22.4℃，大部分地区全年无霜冻，是中国热量最丰富的地区之一。

珠海自1979年建市以来，始终以营造优美的城市生态环境为目标，科学规划，坚持高标准的基础设施建设，实现了经济、社会与环境相协调的可持续发展。蓝天碧水，绿色家园，空气清新，风景宜人的珠海已经形成。城市绿化覆盖率39.9%，人均拥有绿地面积114.8平方米，良好的生态环境让珠海获得联合国"改善人居环境范例奖"，"国家园林城市"、"国家环保模范城市"和"国家级生态示范区"等诸多奖项，被人们称为"浪漫之城"、"幸福之城"。

小班：没错，蓝天、白云、大海、满眼绿色，人少、车少、空气新鲜是我们对珠海的第一印象。

冰月：我还知道：珠海是"我国最早的经济特区"也是我国第一个获得联合国"国际改善人居环境最佳范例奖"的城市。

谢童：你们说的都不错，知道的还真不少，你刚才用的蓝天、白云、大海几个词也比较准确珠海的描述了大家对珠海的印象。但是有一点你肯定不知道，那就是，2011年底，深圳GDP突破一万亿元关口，而珠海只有1千多个亿。在珠三角9个城市排序中，2011年珠海GDP排倒数第二。

小班：你的意思是珠海经济在珠三角算比较靠后的，这跟我们眼里看到的青山绿水、蓝天白云有什么关系吗？

谢童：当然有关系，这是因为珠海正在走一条和珠三角其他城市不一样的发展道路。

冰月："不一样"是指什么？怎么个不一样呢？

谢童：下面这个片子将会告诉大家珠海究竟怎么不一样，一起来听一下。

《珠海走出一条不一样的道路》

20世纪80年代末，珠海放弃了"三来一补"的劳动密集型加工业，失去了特区建设发展所需原始积累的"第一桶金"；20世纪90年代初，当全世界四成左右的电脑产自广东的时候，珠海与高新技术产业近在咫尺却迟迟没有动心；进入21世纪，当广州抢占汽车制造等主导产业时，珠海仍在重化工业和高新技术产业的选择中艰难抉择。珠海一次次与机遇擦肩而过，2011年珠海GDP在珠三角9个城市中排倒数第二。但与此同时，珠海守住了蓝天白云、青山绿水，更迎来了历史发展的重大机遇的垂青。2008年，国务院颁布实施《珠江三角洲地区改革发展规划纲要》，并明确珠海为珠江口西岸核心城市。2009年8月，国务院正式批复了《横琴总体发展规划》，希望把横琴建设成为"一国两制"下探索粤港澳合作新模式的示范区、深化改革开放和科技创新的先行区、促进珠江口西岸地区产业升级的新平台。作为粤港澳合作重大项目，珠海横琴新区开发写入了"十二五"规划。这一次，珠海选择紧紧抓住，并力争走出一条不一样的道路！珠海统筹推进经济与人口、资源、环境协调发展，加快转变经济发展方式；大力实施东部大转型、西部大开发战略；统筹推进珠中江区域互动，不断深化区域合作，促进区域经济一体化，形成自身的比较优势。

如今的珠海正迎来科学发展的春天，正在争当生态文明新特区，科学发展示范市的道路上大步前行。珠海力争用5～10年时间把珠海建成产业更特色、环境更优美、城市更个性、社会更和谐、人文更彰显的科学发展示范市。

第二部分　"十二五"崛起看珠海珠海崛起看横琴

（片花）

小班： 其实珠海之所以能够吸引我们城市新跨越报道组前来的原因不外乎两点，那就是她的新气象以及她的跨越式的发展前景。

谢童： 说到新，今年1月1日起，《珠海经济特区横琴新区条例》正式施行，为横琴的开发建设奠定坚实的法律基础。而就在上个星期，中共中央政治局常委李长春来到了横琴新区的施工现场进行考察。李长春对横琴开发不到三年所取得的成就表示钦佩，对横琴开发的未来充满期待。他说，横琴开发是中央的重要决策，希望中央各单位要大力支持横琴开发，也希望珠海市和横琴新区创造更大的业绩。

小班： 横琴确实是把特殊之"琴"，只要站在已成硕大工地的横琴岛上，就能真正体会其"特"：东与澳门仅一河之隔，最窄处只有百余米，港珠澳大桥通车后其距香港也仅有30分钟车程。

冰月： 横琴开发是中央做出的重大决策，承载着带动珠三角、服务港澳、率先发展的历史使命。粤港澳共弹一把琴，我们下面通过一个短片来共同了解一下横琴。

小班： 国务院对横琴开发有关政策做出的批复中说道，同意横琴实行比经济特区更加特殊的优惠政策，以构建粤港澳紧密合作新载体，重塑珠海发展新优势，促进澳门经济适度多元发展和维护港澳地区长期繁荣稳定。

谢童： 那么横琴她到底特在哪儿？崭新的横琴会有怎样的新跨越，带着这一系列问题，我们今天特别请到了×××做客我们的直播间，和大家共同探讨横琴模式，解答大家心中最关切的问题。

（嘉宾介绍）

小班： 因为今天是我们中央人民广播电台联合珠海电台及香港电台共同直播的节目，我们的香港听众切实对珠海尤其是横琴模式是相当感兴趣的，他们也有很多问题想请教×××，我们香港电台普通话台的同仁特别针对这期节目进行了一个前期访问，他带来了香港听众最为关切的几个问题，希望您能在节目中作一回答，我们一同来听一下。

香港台问题

城市新跨越珠海站——香港听众关心问题

1. 珠海的横琴新区建设情况如何？

2. 横琴的澳大校区开创了新的管理模式，是怎样的管理模式，和内地有怎样的关系？会不会对香港以后相关管理创新有借鉴？

3. 中央政府在横琴新区会有怎样的管理模式的创新？以后港澳人士进入横琴，及内地人士通过横琴进入港澳的手续等会不会有所不同？

4. 深圳有前海特区，珠海有横琴特区，目前特区签署了合作协议，那么在前海与横琴的定位上有怎样的不同？各有什么特色？

5. 资料显示，横琴要建立人民币离岸在岸结算中心，这会不会对香港的经济地位产生影响？横琴与港澳是竞争关系还是其他的关系形式？

6. 长隆海洋乐园与香港海洋公园及香港迪士尼会不会产生利益冲突？这种竞争会不会影响各自发展？

冰月： 听完了香港朋友的问题，我们再来看一下与横琴陆路相连的澳门听众，发表了怎样的看法。

（访谈）

（片花）

小班： 横琴大开发启动时，珠海市委市政府约定了"一年有变化、两年见成效、三年大变化、五年成规模"的时间表。今年是横琴"三年大变化"的决胜之年，重大项目也在横琴接连落地。如今的横琴到底怎么样，我们城市新跨越前方报道组就在5月22日，深入到了横琴建设工地，为大家带来了最新鲜的资料。

（片花）

谢童： 其实一个城市发展的好坏，并不是看他会有多少大项目，产生了多少经济效益，而是要看生活在那里的人是否感觉幸福。横琴的开发没有放缓城市管理者们改善民生的脚步，生活在这里的居民的幸福感依然是他们最牵挂的指标。

（片花）

冰月： 这切实的政策是否让生活在这里的人，或是游客们有切实的感受呢？我们随机作了一个小小的调查。

（片花）

第三部分　上天入海的珠海

（片花）

小班： 听到这可能有很多朋友会觉得，珠海的新跨越看来只有横琴一地可谈了？

谢童： 那您就错了，除去万众瞩目的横琴岛，珠海还有一张王牌，叫做"上天入海"。"上天"说的是航空产业园和已经举办了8届、今年即将举办第9届的中国国际航空航天博览会；"入海"说的是珠海高栏港。还有直接连通香港、珠海、澳门，将于2016年竣工的港珠澳大桥。可以说十二五开局之年，珠海处处新跨越。我们通过一个短片了解一下。

（片花）

【广东省委书记汪洋录音】

小班： 我们有理由期待，在新一轮开放发展的征程中，珠海迎来一个科学发展、万紫千红的春天。

谢童： 感谢来到直播室的嘉宾，感谢收音机前的听众朋友，也感谢通过网络关注我们的广大网友！

冰月： 感谢我们的协办单位：珠海市横琴新区管理委员会，珠海市委宣传部，中央人民广播电台珠海记者站的大力支持。

小班： 《城市新跨越》今天的直播到此结束，下周的同一时间我们将走进内蒙古的草原新城鄂尔多斯。朋友们，下一站，我们再见！

（歌曲《春天的故事》）

飞腾的鄂尔多斯

（《城市新跨越》大标版）

A：中央人民广播电台华夏之声、香港之声。

B：鄂尔多斯广播电视台。

A：此刻我们在草原新城鄂尔多斯向您问好。您即将收听到的是，城市新跨越之——飞腾的鄂尔多斯。

（片花）

A：中央人民广播电台华夏之声、香港之声。

B：鄂尔多斯广播电视台。

A：由中央人民广播电台华夏之声、香港之声，联合内地及港澳15家电台推出的节目——《城市新跨越》今天来到第四站——塞外名城，鄂尔多斯。我是中央台主持人小班。

B：我是鄂尔多斯台主持人××，我们现在是在美丽的草原新城鄂尔多斯向鄂尔多斯听众、港澳听众以及各地的听众朋友们问好。

A：之前要是说到鄂尔多斯，人们或许最先想到的就是"鄂尔多斯羊绒衫，温暖全世界"这句广告语。那么对于从小生长在东北的我来说，"大漠孤烟直，长河落日圆"的美景和牧民朋友的热情、豪爽是我对鄂尔多斯一直挥之不去的印象。

B：看来小班的印象还留在上世纪90年代，这是你第几次来咱们内蒙古鄂尔多斯？

A：说实话这次因为节目直播，我是第一次来这里做客，不过我一来就被这里湛蓝的天，宽广的地和好客的鄂尔多斯人给深深吸引，我想此刻身处香港的听众朋友也和我一样，对这样一个蒙古族传统文化礼仪保存最完整的地区充满了期待和好奇。

B：说到这儿啊，我们就来说道说道咱们鄂尔多斯的地域风情，一起来听由鄂尔多斯广播电视台制作的专题节目《美丽的鄂尔多斯》。

（鄂尔多斯介绍专题）

A：这次来到鄂尔多斯，还真是让我大吃了一惊。宜人的气候，干净的街道，绿意盎然的植被和林立的高楼大厦，无不彰显了这座高原新城的气魄和魅力。

B：的确，为了增强鄂尔多斯的综合竞争力，我们积极推进七城联创，也就是创建全国文明城市、国家卫生城市、全国双拥模范城市、国家生态园林城市、国家森林城市、国际健康城市。建设一个民生殷实的鄂尔多斯。

A：是的，我们都知道曾经的鄂尔多斯，是一个鲜为人知的恬静小城，而如今的鄂尔多斯，早已具备大都市之风范，它的城市建设独具魅力。鄂尔多斯打造得大气磅礴、美轮美奂。短短几年，就在许多人还未来得及将记忆中鄂尔多斯"小城"的印象抹去之时，似乎在转瞬之间，它便长大了、变美了。

B：在我手上有一份统计资料，可以让大家对鄂尔多斯城市建设发展变化有一定的感性认识，我们来看一下：数据显示，截至2011年末，鄂尔多斯中心城区建成面积达到150平方公里，然而就在10年前，撤盟建市时仅仅依靠原东胜老城区构成的中心城区面积还不足20平方公里。

A：从20平方公里到150平方公里，10年之内城区面积快速的翻番，为鄂尔多斯完成从"小城"到"大都市"的蜕变奠定了基础。也为鄂尔多斯的城市建设带来了一片更大的舞台。那么，鄂尔多斯是如何在短时间内实现了城区规模的快速扩张，在由此带来的新一轮城市布局和建设中，又是如何做得呢？

B：今天我们也请到×××做客直播室，我们请×××领导谈谈对鄂尔多斯建设方面，市委领导的想法和未来的规划。

访谈

1. 这几年鄂尔多斯的城市建设和经济发展成绩斐然，请简要谈谈政府在城市建设方面的规划思路，政府最初是想把鄂尔多斯打造成一个什么样的城市呢？

2. 鄂尔多斯的城市建设越来越漂亮，牧民进入城市成为了城市居民，政府在打破城乡二元结构对发展的束缚方面有什么举措，都通过什么方法使这些新居民能够尽快、平稳地适应新生活？

3. 鄂尔多斯在规划绿色城市方面采取的措施。

4. 城市的经济发展一定会和生态环境保护产生矛盾，政府是采取什么方针兼顾"富起来"和"绿起来"这两方面呢？

5. 建设康巴什新城初期，我们听到一些议论说这是座"睡城"，政府是怎么看这个问题，又是通过什么方法来逐渐改变这个说法的？

（片花）

B：好，谢谢×××接受我们的采访，从对×××的采访中我们不难发现，鄂尔多斯的城市建设和生态环境都取得了令人瞩目的成就，而在这座生态改善、环境优美的城市中生活着的百姓，体会到的更是与日俱增的幸福感和自豪感：鄂尔多斯有免费公交，有"1元廉租房"，有十二年乃至十五年的义务教育等等。

A：是的，目前，鄂尔多斯正在向"科学发展，富民强市，建设全面小康社会"这一战略目标不断推进，鄂尔多斯一直把富民优先作为科学发展的第一导向，把发展经济与造福百姓统一起来，集中财力改善民生，切实解决好群众最关心的就业、收入、住房、医疗、教育等问题，发展成果更多地惠及了老百姓。

B：的确，从以前的伊克昭盟到现在的鄂尔多斯，她的迅速提升让我们为这个身处祖国边疆却自强奋发的城市而感到欣喜，相信生活在这座城市中的居民，更能够从她的变化感受到这座崛起的城市发展带来的切切实实的幸福感，接下来我们来听听生活在这里的不同民族、不同年龄的鄂尔多斯人，他们在这里幸福的生活感受……

（采访当地居民，讲故事体现幸福感）

A：其实如何让人们幸福地生活，很早就成为热议的话题。对普通百姓而言，生活幸福是最朴素的追求。尤其是经济快速发展后，追求幸福感的愿望更加迫切。

B：是的，说简单点，幸福内容就是生活中百姓生活中吃穿住用行这些小事，吃得放心、住得舒心、行得顺畅……幸福就是心情愉悦，说到底是一种主观感觉，但肯定离不开客观条件的支持。鄂尔多斯经济发展了，政府也正在千方百计改善和保障民生，多项保障和惠及民生的政策出台，就是为了尽量去解决影响人们幸福感的种种问题和烦恼。总的来说，解决好诸如就业、教育、医疗、物价、住房等人民群众最关心的问题，无疑会大大增加群众的幸福感。这也是政府执政为民的最好注解。

A：此外，在十二五之初，及西部大开发第二个十年的机遇下，鄂尔多斯加强了与区内的呼和浩特、包头两座城市，构成了内蒙古地区独特的"金三角"。与此同时，鄂尔多斯与东部沿海地区的联系也日趋密切。她与内地其他发展较快的省市之间密切的联动也为鄂尔多斯未来的发展拓宽了道路。

B：内蒙古—香港经贸合作活动周已经实现了天堂草原和东方之珠的第三次携

手。香港是我们内蒙古重要的投资、贸易伙伴，像2011年蒙港贸易额增长了26%，香港成为了内蒙古仅次于俄罗斯和蒙古国的第三大对外贸易方。内蒙古实际利用港资增长了55%，内蒙古的港资企业达到1328家，占全区外资企业的44%。

A：今年的内蒙古——香港经贸合作活动周，蒙港两地企业共签订合同类目51个，涉及投资总额459.5亿美元；协议类项目40个，涉及投资总额144.3亿美元，共签署600亿美元项目，其中鄂尔多斯市签约总额达375亿美元，占全区签约项目金额一半还多。

B：没错。香港具有独特的合作发展优势，是内地企业的重要融资平台和开展国际贸易的窗口。加强同香港的经贸合作也是内蒙古实现新的更大的发展的战略选择。

A：作为一座能源富集的城市，鄂尔多斯煤炭的储量为全国已探明储量的六分之一，天然气的储量为全国陆上已探明天然气储量的三分之一，此外，还有丰富的矿产资源。

B：但今天的鄂尔多斯早已跨越了单纯挖煤、卖煤的阶段。鄂尔多斯人把目光投向煤炭的就地转化增值和深加工——"煤从空中走"。

A：那什么是"煤从空中走"？

B："煤从空中走"就是发电。

A：是的，在我们走访鄂尔多斯，感受这座城市的同时，我们也看到了城市的发展已经由粗放式的经济模式逐渐向科学密集型的发展之路转变：一大批煤制油、煤制天然气、煤制甲醇、煤制二甲醚等深加工项目，将煤炭变成化工产品，此外，风能、太阳能、生物质发电以及云计算基地的建立，更让我们看到了一个绿色环保的鄂尔多斯。下面通过一个我们中央台记者金建军采写的专题节目《新兴城市的经济腾飞》。让我们一起更深入的了解这座草原城市。

（专题：新型城市的经济腾飞，中央台驻内蒙古记者站采写）

（片花）

A：经济的快速发展，让鄂尔多斯一举成为草原上一座令人瞩目的新城，可是同时我们也知道，鄂尔多斯同样也是一片历史悠久的人类文明发祥地之一。

B：是的，其中最能代表鄂尔多斯有着悠久历史底蕴的就是这里的国家级非物质文化遗产项目了。到目前为止，鄂尔多斯市已经有5个项目列入国家级非物质文化遗产名录，59个项目列入自治区级非物质文化遗产名录，目前还在积极的配合自治区文化厅做好《成吉思汗祭典》"联合国非遗名录"申报工作。

A：说到这，听众朋友可能会好奇，咱们鄂尔多斯有哪5个项目进入了国际级非物质文化遗产名录，我们给您说说："成吉思汗祭奠"和"鄂尔多斯婚礼"已于2006年经国务院批准被列入国家级第一批非物质文化遗产保护名录。再有就是被誉为蒙古族古典音乐的"活化石"及蒙古族古老文明的"活标本"——古如歌，以及漫瀚调和鄂尔多斯短调民歌也被列入了国家级非物质文化遗产保护名录。

B：这些民间音乐到底是什么样的呢？俗话说百闻不如一见，那今天我们就百闻不如一"听"了，让我们一起来听听这既质朴又悠远，充满了游牧情怀的古老歌声……

（渐入：《古如歌》音频）

A：我现在听到的就是蒙古族古典音乐的"活化石"及蒙古族古老文明的"活标本"——古如歌。"古如歌"中的"古如"蒙语意为"国度"或"朝政"，它源于宫廷，后因王权衰落而流传于民间，成为了一种古老的民间音乐体裁。应该说"古如歌"是蒙古族古典音乐的精品，它集中展示了蒙古宫廷礼仪音乐的面貌。2008年6月7日，经国务院批准被列入国家级第二批非物质文化遗产保护名录。

B：不知道收音机前的听众朋友听到后，有什么样的遐想呢？有没有一种想立刻想来到大草原上的冲动呢？我想着就是一种文化带给我们的魅力吧。

A：的确，悠久的历史、独特的地域，不仅孕育了鄂尔多斯韵味独特、古朴典雅的民族文化，大草原的豪气与风情，更令鄂尔多斯魅力无限。如今，经济发展的鄂尔多斯，也更加注重文化建设，更加注重人民群众的精神文化生活。今天，我们邀请到了鄂尔多斯市博物馆馆长王志浩先生。

（博物馆馆长做客直播间，鄂尔多斯博物馆长王志浩访谈）

（提示：鄂尔多斯文化在华夏文化中属于黄河文化系统，其源头为"河套文化"。鄂尔多斯地区自古以来就是众多民族共同活动的历史舞台。鄂尔多斯文化历史悠久，内涵丰富，是多民族人民共同培植的一种多元融合、风格独特的文化。河套文化、朱开沟文化、鄂尔多斯青铜文化、河套匈奴文化）

1. 作为研究鄂尔多斯文化多年的著名学者，您认为鄂尔多斯文化主要包括那些内涵？具有什么样的特质？

2. 最近您去了香港？这是鄂尔多斯文化交流走出去的规划么？有怎样的交流计划？

3. 您对香港文化怎么看？和鄂尔多斯文化有借鉴互补之处吗？

4. 目前对文化遗产深挖保护开发的措施？

5. 新城建设和文化的关系？

（片花）

A：感谢×××馆长。鄂尔多斯的文化多样性让更多的人对这片神秘的土地充满了向往，吸引着海内外的游人来到这里。

B：其实我们鄂尔多斯非常重视人与环境的和谐发展，这几年在市委市政府的领导下，我们正在大力开发绿色经济，将旅游产业作为发展重点，深入推进"天骄圣地、大漠风光、民族风情"三大类主题旅游产品建设，大力推进与周边地区旅游合作。

A：是啊，那鄂尔多斯有哪些美景可供欣赏，有哪些文化值得推介，我们的报道组早就为大家探好了路，还专门制作了一个专题节目来介绍鄂尔多斯的旅游文化，一起来听。

（鄂尔多斯旅游宣传专题）

A：诗文中大漠孤烟的景致早已经被康巴什的绿洲新家园所取代，看窗外，长河落日余晖映照下的鄂尔多斯新城现出一派勃勃生机。

B：我们有理由相信，在多民族人民共同努力下，在科学发展的正确引导下，鄂尔多斯将如草原雄鹰般展翅飞腾，迎来城市发展的新跨越。

A：节目最后，要感谢来到直播间的嘉宾，感谢收音机前的广大听众。

B：更要感谢鄂尔多斯市委宣传部，中央人民广播电台、内蒙古记者站的大力支持。

A：《城市新跨越》今天的直播到此结束，朋友们，下一站，我们再见！

（歌曲《天边》）

芜湖——皖江明珠、创新之城

（《城市新跨越》大标版）

男：有一种城市，穿透千年的时光；

女：有一种跨越，坚挺时代的脊梁；

男：衔东海，跨云贵，它是腾飞的巨龙；

女：起山巅，入南川，它是翱翔的雄鹰。

（压混：常州、丽江、珠海、鄂尔多斯、佛山、潍坊、新余、芜湖、香港、吐鲁番、天津滨海新区、遂宁、攀枝花、嘉兴、澳门……）

男：聆听城市的声音，

女：见证跨越的力量。

男：《城市新跨越》——中央人民广播电台华夏之声、香港之声携手内地及港澳15家电台联合直播。

（音频：《千江水》乐起）

谢喆：中央人民广播电台。

丁娜：芜湖市广播电视台新闻综合广播。

谢喆：伴着这悠扬的旋律，我们的心仿佛在开阔的长江上荡漾。由中央人民广播电台华夏之声、香港之声联合内地及港澳15家电台推出的大型直播节目《城市新跨越》今天来到了安徽省芜湖市。我是中央台主持人谢喆。

丁娜：我是芜湖台主持人丁娜。我们在美丽的江城芜湖向全国各地的听众朋友问好！

谢喆：今天，我们城市新跨越将从历史文化、经济建设、宜居环境等方面展示芜湖这座城市的魅力。收音机前的听众朋友可以把你的芜湖印象通过华夏之声、香港之声、芜湖新闻综合广播的新浪官方微博发给我们。

（音频：迤逦之声起江南）

芜湖，历史悠久、人文荟萃，在南唐时代已经呈现了烟火万家的繁荣气象，在宋代就开始兴商建市，而到了元明时期这里已经是十里长街百货咸集，还成为了全国的印染中心。1876年芜湖被辟为通商口岸，一时之间万商云集，成为全国四大米市之首，而后孙中山先生路经芜湖，夸赞此地，是"长江巨埠、皖之中坚"。

《城市新跨越：芜湖——皖江明珠、创新之城》第一篇：迤逦之声起江南。

谢喆： 认识一个人，我们经常都是从名字开始，名字往往给人不可磨灭的印象。

丁娜： 那么，今天，我们一起走进芜湖，了解芜湖，探寻她的历史与文化，感受她的精神和风貌，同样也要从这座城市的名字开始。

（音频：探寻芜湖城名）

中国人起名自古就有"女诗经，男楚辞"的说法，意思是给女孩起名可以从《诗经》里去找，而给男孩起名则要参考《楚辞》。如果把芜湖比作一位袅袅婷婷的江南女子，我们对芜湖城名的探寻就从《诗经》开始吧……

滔滔东流的长江之水，在芜湖这里拐了一个大弯，向北直奔江苏，所以，在地理上，芜湖在长江之东。所谓"江东富庶之地"，就包括芜湖。在远古时期，这里原本是一片水乡泽国，有很多水鸟栖息于此，其中最有名的一种水鸟叫"鸠鸟"。翻开中国第一部诗集《诗经》，开篇第一首："关关雎鸠，在河之洲。窈窕淑女，君子好逑。"就是咏叹这里发生的一段美好的爱情故事。因古书上记载"鸠集于兹"，所以，在春秋时期，芜湖的地名就叫"鸠兹"。

人与自然的和谐，成就了芜湖的美名。这里从古至今皆为鸠鹊聚会之所，山水园林之城，引无数骚人墨客倾心于此，他们以浓墨重彩的笔触，成就了以"半城山，半城水"著称的芜湖江南名城之风韵。

（历史上吟诵芜湖山水风光的诗作轮颂、叠混）

望天门山 （李白）

天门中断楚江开，碧水东流至此回。

两岸青山相对出，孤帆一片日边来。

南陵道中 （杜牧）

南陵水面漫悠悠，风紧云轻欲变秋。

正是客心孤迥处，谁家红袖凭江楼。

赭山 （黄庭坚）

玉峰凝万象，绿萼绕群螺。

古剑摩空宇，寒光启太阿。

减字木兰花 （吴敬梓）

卸帆窗下，一带江城浑似画。

羽客凭阑，指点行舟杳霭间。

赤铸山 （汤显祖）

干将昔此铸芙蓉，风雨千秋石上松。

借问阖门腾虎气，何如江上锁蛟龙？

谢喆：从《诗经》中走来，芜湖之美也充满了浓浓的诗韵。

丁娜：是的，用诗意来形容芜湖一点都不为过。你看，六千多公里的长江，每一段都有一个充满诗意的名称，最上面叫"通天河"，接下来叫"金沙江"，到湖北时叫"楚江"，我们这里叫鸠江，再下去叫"扬子江"。我们芜湖市有一个区就叫鸠江区。芜湖最早有记录的建制是春秋时，属于楚国的，叫"鸠兹邑"。但鸠鸟到底是什么样子呢？大家众说纷纭。但不管是什么样子，我想一定是一个像鸳鸯一样重情、像天鹅一样纯洁、像黄鹂一样音色动听。今天，我们芜湖的中心广场，取名就叫"鸠兹广场"，并请工艺美术大师韩美林先生设计了一尊大型铜塑鸠兹鸟，用艺术塑造了芜湖的新形象。

谢喆：那说到这我也特别好奇，芜湖究竟有什么样的魅力，总是源源不断的触发着艺术家的创作灵感呢？

丁娜：这个问题啊，我们请芜湖的知名文化学者茆耕如老师来为我们解读一下芜湖的历史与文化，感受它穿越古今的魅力，他的解读从给芜湖带来经济繁荣的徽商开始——

（音频：芜湖历史文化访谈）

（茆耕如访谈录音，中插《芜湖铁画小题》）

说到芜湖的铁文化，当然最为浓墨重彩的就是芜湖铁画。以铁为画，这是芜湖人的创造，是中国对世界艺术的伟大贡献之一。现在人民大会堂外宾会见厅墙壁上，就是一幅大型黄山迎客松铁画，他成了我们共和国很多领导人会见外宾留影的背景。铁画是明末清初徽州铁匠汤天池与徽州画家肖云从在芜湖激情碰撞、灵感迸发而创立，铁画艺人以锤代笔，以炉为砚，以铁当墨，以钻为案，依据画稿取料入炉，经过锻打、焊接、钻挫、整形、防锈烘漆等工艺，然后衬以白底，装框成画。画面保持铁的本色，不涂彩。构图采用中国画的章法布局和笔意，远景赋以疏细线条，近物则以粗犷布势，使山水能分远近之趣，楼阁能得透视之感，人物能具传神之态，花鸟能显栩栩之姿，且具强烈的立体感。1997年香港回归祖国时，安徽省人民政府向香港特别行政区政府赠送的贺礼就是芜湖铁画《霞蔚千秋》。

（音频：创新之歌傲江东）

走进芜湖，到处都能感受到"崇尚创新、宽容失败、支持冒险、鼓励冒尖"的创新文化。经过多次解放思想大讨论和科学实践，创新已然成为芜湖城市的内在精神风貌，正不断激活着这个千年商埠的后发优势，引领八百里皖江阔步向前。

《城市新跨越：芜湖——皖江明珠、创新之城》第二篇：创新之歌傲江东。

谢喆： 中央人民广播电台。

丁娜： 芜湖新闻综合广播。

谢喆： 您现在收听到的是由中央人民广播电台华夏之声、香港之声联合内地及港澳15家电台推出的大型节目《城市新跨越》。我是中央台主持人谢喆。

丁娜： 我是芜湖台主持人丁娜。我们在美丽的江城，继续带领大家感受芜湖的城市风采。

谢喆： 刚才我们一起了解了芜湖从古到今灿烂的历史和文化，真的可以说是独具特色，魅力无穷啊！

丁娜： 给你印象最深的是什么呢？

谢喆： 我觉得就是芜湖的铁文化了。

丁娜： 是的。不过无论是冶铁历史还是铁画艺术，这些只能代表芜湖的过去。今天，芜湖人早已经把对"铁"的情感融入了工业革命的热潮中了！

谢喆： 能说得具体一点吗？

丁娜： 大工业时代是离不开铁的，飞船、飞机、汽车、轮船、高楼大厦，都离不开铁，广义的铁工业，就是制造业。我们芜湖在这方面一点也不逊色，建造的8.2万吨散货船为目前安徽省建造的最大吨位的船舶。球墨铸铁管的生产规模、综合技术实力居世界领先水平。拥有国内最大的汽车民族自主品牌企业奇瑞，亚洲最大的水泥企业、产能居世界第一的塑料型材企业海螺集团，全国最大的余热发电装备生产基地，全国最大的超白光伏玻璃生产基地，中国第二大家用空调器生产基地，全国排名第三的铜基材料基地，以及全国前列的光电产业基地。从广义的铁文化的角度讲，我们无愧于我们的祖先，我们正在把芜湖打造成为先进的制造业基地。

谢喆： 在这我特别想追问一句，芜湖人之所以能把铁文化发扬光大，究竟靠的是什么呢？

丁娜： 如果因为我们的青山秀水就将芜湖定义为一个风情万种的女子，那么你错了。芜湖之美不仅在于她的婉约，更在于她勇立潮头开拓创新的精神。

谢喆： 是啊，如果一座城市，能够把创新视为自己的灵魂，那么她必然会迸发出一股赶超一切的力量。

丁娜： 那么是什么促成芜湖取得今天的成果？我们的杨敬农市长说——

（音频：杨敬农市长采访录音）

芜湖人总结出自己的城市精神，即"开放、诚信、务实、创新"。任何一个城市，在她的发展过程中，不同的历史时期都有自己的特点，这样就必须要走一条符合自己的发展道路。这条道路，根本就是要有利于城市竞争力的提升，有利于企业竞争力的增强和人民生活水平的提高，有利于为老百姓提供更好的生活和生产环境，就是有利于科学发展……

丁娜： 杨市长说得真好，芜湖这些年的快速发展确实是有目共睹的。就在今年的5月21日，中国社科院发布了"2012年中国城市竞争力蓝皮书"，比较全国294个城市10年综合竞争力指数变化发现：芜湖表现抢眼，位列28位。

谢喆： 在中国从事城市发展研究的权威机构——中国城市发展研究院多年来也一直关注着芜湖的发展，对于芜湖市近年来在经济社会发展方面所取得的成就，中国城市发展研究院城市规划研究项目负责人丁宇女士给予了很高的评价。

（音频：丁宇采访）

丁娜： 可以说芜湖的发展之所以突飞猛进，正是源自于创新！

谢喆： 创新这个词对于芜湖人来说绝不仅仅是一句口号，他早已伴随着芜湖的发展融入了芜湖人的生活，并成就了芜湖这座城市与众不同的精神气质。

丁娜： 在芜湖，说到创新，人们就会联想到傻子瓜子，以及傻子瓜子的创始人年广久，想到他在瓜子行业上的开拓和创新精神。被誉为"中国第一商贩"的年广久，在改革开放总设计师邓小平的关注下，打出了中国民营经济的第一张名片——"傻子瓜子"，由此开启了中国民营经济发展的新纪元。1992年，邓小平在南方讲话中肯定了年广久对市场经济的探索。

丁娜： 创新成为了芜湖城市精神的灵魂，创新也为芜湖的快速发展提供源源不断的动力。中国入世之初，汽车曾是国人最为担心的产业之一，而今，奇瑞汽车却成就了连续10年自主品牌出口第一的骄人业绩。可以说，芜湖谱写了一曲中国汽车企业自强崛起的高歌。这一成绩的背后，是奇瑞孜孜不倦的中国式创新之路！

谢喆： 创新不仅需要智慧，更需要一种精神，当奇瑞开始走中国汽车工业自主创新之路的时候，尤其是起步阶段，在当时工业基础条件还相对薄弱的芜湖，可想而知会面临什么样的非议和困难。我们《城市新跨越》也采访了奇瑞汽车股份有限公司副总经理金弋波先生，谈到奇瑞的创业之路，他道出的是一种苦尽甘来的滋味。

（音频：奇瑞采访谈创业）

万娜： 创新为创业打下了坚实的基础，奇瑞今天的成就大家也都有目共睹。芜湖是明清时期徽商纵横商海起航的港口。在徽商故居里有一副非常有名的楹联，当中有这样一句话："创业难守城难知难不难。"未来，对于产业不断升级的奇瑞来说该如何守城？金弋波的回答显得信心满满，这样的自信同样来自于创新。

（音频：奇瑞采访谈未来）

（音频：城市新跨越片花）

男：有一种城市，穿透千年的时光；

女：有一种跨越，坚挺时代的脊梁；

男：衔东海，跨云贵，它是腾飞的巨龙；

女：起山巅，入南川，它是翱翔的雄鹰。

（压混：常州、丽江、珠海、鄂尔多斯、佛山、潍坊、新余、芜湖、香港、吐鲁番、天津滨海新区、遂宁、攀枝花、嘉兴、澳门……）

男：聆听城市的声音，

女：见证跨越的力量。

男：《城市新跨越》——中央人民广播电台华夏之声、香港之声携手内地及港澳15家电台联合直播。

谢喆： 您现在收听到的是由中央人民广播电台华夏之声、香港之声和芜湖新闻综合广播联合推出的《城市新跨越》——芜湖，皖江明珠，创新之城。我是中央台主持人谢喆。丁娜，香港电台普通话台的主持人陈曦也有问题要问你，一起来听一下：

（音频：香港电台陈曦提问方特乐园）

大家好，我是香港电台普通话台主持人晨曦。很多人对香港的印象是购物天堂、时尚之都，其实香港还是娱乐天堂、创意之都。很多人来到香港都会前往迪士尼乐园，作为全球最知名的主题乐园，香港的迪士尼乐园运作是非常成功的。不过听说芜湖也有一座非常知名的主题乐园，叫做方特乐园，我们香港人也非常好奇，方特乐园都有什么新鲜有趣的东西？和迪士尼乐园相比有什么不一样呢？

丁娜：看来香港的朋友对咱们芜湖还是非常感兴趣的，刚才陈曦提到我们芜湖的方特乐园的时候，我心里也挺自豪的，我自己就特别喜欢方特。不过他的话只说对了一半，芜湖的方特不是一座，而是两座，是全国少有的一城两园，一座叫方特欢乐世界，另一座叫方特梦幻王国，而且这两座主题公园完全是咱们中国人的自主知识产权，是不折不扣的民族品牌。我先请大家听一小段录音，感受一下这座能够带给你无限欢乐的奇异王国吧。

（音频：《猴王》片段）

谢喆：这个我知道，这就是方特梦幻王国每天上演的大型原创舞台剧《猴王》，我昨天去了，感觉非常不错！

丁娜：对，就拿这台《猴王》来说，拥有科技含量很高的多层次、多块状升降舞台和空间立体升降系统，以及先进的舞台灯光、音响设备和原生态的舞美置景。节奏明快，色彩绚丽，魔幻般地创造了一种新颖奇特的娱乐视野。在这些方面绝不逊于迪士尼乐园。而且尤其值得向香港朋友们推荐的是，它完全是咱们中国原创的，全剧融多种中国传统艺术形式于一体，像杂技、功夫等等，异彩纷呈。

谢喆：是啊，米老鼠、唐老鸭、白雪公主这些卡通形象成功塑造了让世界上无数儿童和青年人为之疯狂的迪士尼乐园，但是也总让我们感到一些遗憾：我们的年轻人为什么不可以在自己的地盘尽情玩乐于"中国制造"的主题乐园？今天，芜湖的方特就是民族自主品牌的主题公园，它完全迎合了中国传统文化和动漫、主题公园的对接，公园所有的创作灵感完全来源于中国悠久的文化，被誉为东方迪士尼。

丁娜：如今，芜湖围绕"转变经济增长方式、实现产业转型升级"这个目标，大力发展创意设计、动漫游戏等新兴文化产业。作为全国文化体制改革先进地区和国家级动漫产业发展基地，芜湖先后制定了一系列扶持政策，谋求动漫产业异军突起，这里已初步形成产业集群。近几年，每届动漫交易会都吸引资金超过百亿元。被誉为"创新之城"的江城芜湖，动漫产业将迎来"高速时代"。

谢喆：文化产业的异军突起让芜湖在发展道路上不断萌生新的思路。2010年，芜湖荣获商务部研究院、中国会展研究会授予的"2010年度中国十佳品牌会展城市"称号。芜湖是安徽省第一个自觉培育和发展会展经济的城市，会展也成为芜湖展示城市品牌的重要窗口之一。先后培育出中国（芜湖）科普产品博览交易会、中国国际动漫创意产业交易会、中国（芜湖）国际旅游商品博览交易会、中国（芜湖）国际茶业博览交易会、中国（芜湖）汽车博览会、中国（芜湖）新型建材博览会等知名会展品牌。

丁娜：奇瑞的异军突起、方特乐园的精彩呈现可以说是芜湖自主创新的一个缩影。自主创新，为芜湖实现跨越式发展、增添了不竭的动力。

谢喆：2008年，安徽省批准设立合芜蚌自主创新综合试验区，2010年，国务院批准成立皖江城市带承接产业转移示范区，在这两个区域发展的黄金区位上，芜湖都是核心城市，而为芜湖赢得这一发展机遇的，创新是最重要的因素之一。

丁娜：在安徽，提到创新，就让人不得不想起芜湖，创新成了芜湖的一张城市名片。

丁娜：芜湖是皖江城市带承接产业转移示范区的核心之一，接下来我们就有请芜湖发展改革委员会汪自强总经济师，请您给我们谈谈，芜湖在同时承担着"承接"和"创新"两个责任的情况下，是怎么处理在承接中创新，在创新中升级这二者之间的关系呢？

江自强：主持人好，听众朋友好……

谢喆：也请汪总给我们介绍下港澳企业目前在芜湖的发展状况。

丁娜：皖江城市带与港澳的产业之间有什么互补关系，港澳在皖江城市带建设方面又面临哪些机遇？

谢喆：我们来看一下华夏之声、香港之声、芜湖新闻综合广播新浪官方微博上听众的留言——

（音频：和谐之韵谱新篇）

每一个芜湖人，心中都会有这么一首歌，嘴角轻扬，品出其中幸福的味道。每一位来到芜湖的人，听到这样的旋律，总是会心一笑，有种回家的感觉。当江南的底蕴与现代都市完美融合，当千年古城焕发出时尚之光，芜湖带给人们的，莫过于此刻的快乐。《城市新跨越：芜湖——皖江明珠、创新之城》第三篇：和谐之韵谱新篇。

谢喆：中央人民广播电台。

丁娜：芜湖新闻综合广播。

谢喆：您现在收听到的是由中央人民广播电台华夏之声、香港之声联合内地及港澳15家电台推出的大型节目《城市新跨越》。我是中央台主持人谢喆。

丁娜：我是芜湖台主持人丁娜。我们在美丽的江城，继续带领大家感受芜湖的城市风采。

（音频：舌尖上的中国片段）

丁娜：这段时间，纪录片《舌尖上的中国》成了人们热议的话题，它不仅吸引无数观众深夜守候，垂涎不止，更是让许多人流下感动的泪水。

谢喆：没错，美食在这个片子里面只是一个窗口，打开这扇窗口，让更多的人看到了中国人对待事物的那种态度，对待生活的那种热爱。说到美食、小吃，香港电台普通话台主持人陈曦就有个问题想了解——

（音频：香港电台陈曦提问芜湖美食）

晨曦：大家都知道我们香港人是特别的有口福，因为在香港能够吃到世界各地的美食。但是我们也听说芜湖也有特别好吃的小吃，相信这方面的内容对于香港的听众朋友来说也是非常有吸引力的，是不是也在这里为我们推荐一下芜湖的美食呢？很期待哦。

丁娜：也许是巧合，这部刺激了人们的味蕾，更唤醒了人们对美食背后人情记忆的纪录片的制片人，中央电视台纪录频道总监刘文就是芜湖人。不知道在刘文的心中"舌尖上的芜湖"留给他的是什么样的一种滋味，这番滋味背后又蕴含着一种怎样的人文关怀呢？让刘文来告诉香港的朋友。

（音频：刘文说芜湖）

谢喆：刘文说到的小笼包子，我们都尝了，确实与众不同！

丁娜：在芜湖，早上吃一笼小笼包子，晚上去镜湖边的鸠兹广场散散步，生活很惬意！

谢喆：我感觉芜湖人幸福指数挺高的，生活没什么太多烦恼，今天在赭山公园我就随机采访了两位芜湖的市民，我们来听听他们心中的芜湖。

（音频：采访市民幸福感）

谢喆：什么是幸福，我想芜湖人已经用朴实的话语做了很好的诠释。

丁娜： 而芜湖人也希望把自己的幸福分享给更多的朋友，你知道吗，现在在网上，芜湖人用这样的方式向全国各地的朋友发出了盛情的邀请——

（音频：如果在芜湖遇上你）

要在芜湖遇上你，我们一起去凤凰美食街，门口那家辣子村，酸菜鱼和毛血旺味道好极了，你可能吃辣的哎？

要是在芜湖遇上你，那我们一起到滨江公园逛一逛，我可以为你拍很多很多的照片，一起看日出日落，一起听长江水流的声音，惊涛拍岸的声音，看着看着，视野就开阔了，心情一定会好多了。

要在芜湖遇上你，我们一块到赭山公园吧，一定要礼拜天早上去，暖暖的阳光下，一块听我们芜湖的大美女赵薇的歌，不晓得多好听；我还要拽着你跑来跑去，一块认那好多好多不认识的花花草草，然后笑你笨，一块坐在板凳上喝着奶茶吹吹风。

要在芜湖遇上你，我们一起去北门吃牛肉面吧，我蛮喜欢吃的。再来一笼小笼汤包，哇哦，味道好极了……

（普通话）

如果在芜湖遇上你，你会带着多少回忆？

如果在芜湖遇上你，你会不会学会珍惜？

只是想在芜湖遇上你，只是因为对这城市太熟悉，熟悉的街道，熟悉的空气，熟悉的记忆，熟悉的我生活在这宜居的江南鱼米之地……

也许你来过吧，只是擦肩而过。

也许你从来都没回来过，只是把过去都埋在心里，

如果在芜湖遇上你，你会出现在雨后的步月桥上，而我会在湖面小船中等着你！

（音频：《千江水》）

谢喆： 您现在听到的旋律，就是在我们今天特别直播节目的一开始为您放送的这首《千江水》，它是迄今为止中国著名作曲大师林海和著名词人方文山联袂创作的唯一一首歌曲，是艺术家献给风姿芜湖的一份礼物。2010年中秋之夜，中央电视台中秋晚会在芜湖向全球华人直播，《千江水》在芜湖全球首唱，芜湖之美也唱响了世界。

丁娜： 芜湖依傍长江，青弋江穿城而过，镜湖坐拥城中，四周河网密布、湖汊纵横。芜湖的水在时光之水面前轻盈地流淌着，流去许多又带来许多，只要水不枯、流不断，它就会一天一天从繁荣走向繁荣，就会永远是一位

江南的美丽女子，水灵灵的散发着幽香。

谢喆：千百年前，孔子面对悠悠流水微笑着给了我们"智者乐水"的启迪，而今的芜湖，再一次的翻腾起灵感之波，在中国城市发力赶超的进程中给世人一个新的启示。

谢喆：中央人民广播电台。

丁娜：芜湖新闻综合广播。

谢喆：由中央人民广播电台华夏之声联合内地及港澳15家电台推出的大型节目《城市新跨越芜湖——皖江明珠、创新之城》到此结束。朋友们，再见！

丁娜：再见！

（音频《半城山半城水》）

风筝之都·魅力潍坊

（城市新跨越总片花）

男：有一种城市，穿透千年的时光；

女：有一种跨越，坚挺时代的脊梁；

男：衔东海，跨云贵，它是腾飞的巨龙；

女：起山巅，入南川，它是翱翔的雄鹰。

（压混：常州、丽江、珠海、鄂尔多斯、佛山、潍坊、新余、芜湖、香港、吐鲁番、天津滨海新区、遂宁、攀枝花、嘉兴、澳门……）

男：聆听城市的声音，

女：见证跨越的力量。

男：《城市新跨越》——中央人民广播电台华夏之声携手内地及港澳15家电台联合直播。

开 篇

（音乐起）

中央台：中央人民广播电台华夏之声、香港之声。

香港台：香港电台普通话台。

潍坊台：潍坊人民广播电台。

中央台：听众朋友，大家好！我是中央台主持人肖兵。您现在正在收听的是由中央人民广播电台华夏之声、香港之声、香港电台普通话台携手内地及港澳15家电台联合推出的大型直播节目《城市新跨越》，今天我们这一站来到了被誉为"世界风筝之都"的山东省潍坊市。

香港台：大家好！我是香港电台普通话台的主持人陈曦，今天很高兴来到有着悠久历史和深厚底蕴的文化古城——山东潍坊。

潍坊台：大家好！我是潍坊人民广播电台的主持人梁臻。魅力潍坊，风筝之都，在这里，我们借助一只只美丽的风筝，向潍坊听众、港澳听众以及全国各地的听众朋友问好!

（潍坊总片花）

男：风筝之都，魅力风采依旧；

女：黄河口岸，古城风韵犹存。

男：心系风筝一线，可忆起昔时故乡。

女：舞动时代变迁，共凝视今日潍坊。

男：风筝情，传千年；

女：时代声，听潍坊。

男：《城市新跨越——魅力潍坊》正在直播。

女：《城市新跨越——魅力潍坊》正在直播。

序

（压低混，带垫乐版，开场白）

中央台： 提到风筝，大家都会不约而同地想到山东潍坊。可以说，风筝就是潍坊的城市印象。曾在潍县做了七年县令的郑板桥，在他的诗作《怀潍县》中，形象地描绘了潍坊风筝留给他的印象："纸花如雪满天飞，娇女秋千打四围，五色罗裙风摆动，好将蝴蝶斗春归。"

香港台： 对于我们这些外地游客来说，潍坊留给我们的印象更多地来源于这里的传统文化。这几天我们在潍坊的大街小巷转了转，参观了风筝制作、认识了杨家埠木版年画的民间艺人。在我眼中，潍坊是一座注重传统文化的美丽城市。

潍坊台： 两位都提到了城市的印象，作为东道主，我的家乡令我印象最深刻的便是这清新宜人的环境和包容开放的人文气息。

中央台： 我们希望今天的节目能给您留下一个不一样的潍坊印象，感受印象，体验发展正是我们《城市新跨越》报道的初衷。或许今天，您能感受到这里的文化底蕴和民俗风情。

香港台： 或许今天，您能感受到这里的包容开放和创新动力。

潍坊台： 或许今天，您能感受到这里的宜居宜业和幸福安康，今天和我们一同感受潍坊印象的还有三位特别的嘉宾，他们是：潍坊市市长刘曙光先生，中国城市发展研究院研究部副主任白南风先生，潍坊著名民俗文化学者齐鲁滨先生。

中央台： 同时，我们也欢迎听众朋友通过短信平台与我们交流互动，说一说您心中的潍坊印象。交流的方式是：编辑短信，发送到610-6789即可。

潍坊台： 接下来就让我们共同走进"风筝之都"潍坊的悠悠古韵当中。

第一篇　民俗潍坊

（垫乐：民俗篇·正文）

（小片花）

男：纸鸢腾空，系千里一梦；

女：年画半墙，是祈福一乡。

男：叮当作响，那是穿透历史的绝唱；

女：铿锵有力，那是镌刻文明的乐章。

男：古城潍坊，余韵悠长；

女：穿越历史的尘埃，留下城市的记忆。

（总垫乐·呼台）

中央台： 中央人民广播电台华夏之声、香港之声。

香港台： 香港电台普通话台。

潍坊台： 潍坊人民广播电台。

中央台： 您现在正在收听的是由中央人民广播电台华夏之声、香港之声、香港电台普通话台携手内地及港澳15家电台联合推出的大型直播节目《城市新跨越》。我是中央台主持人肖兵。

香港台： 大家好，我是香港电台普通话台主持人陈曦。我们今天走进的城市是被誉为"世界风筝之都"——山东潍坊。

潍坊台： 大家好，我是潍坊人民广播电台主持人梁臻。欢迎大家到美丽的潍坊来做客，我们潍坊地处山东半岛中部，古称潍县，是一座历史文化名城，这里有许多世界闻名的非物质文化遗产，其中最有名的当数这潍坊的风筝了。

中央台： 下面我们就通过一个小的专题节目简单地了解一下潍坊的风筝。

（专题：潍坊风筝文化）

（音响起）

潍坊风筝，是地方性和艺术传统的结合，又是实用性和美的结合，它受到潍坊民间艺术泥塑、刺绣、木版年画的影响，具有浓郁的地方生活气息和生动活泼的气韵，成就了造型优美、扎工精细、色彩艳丽的独特风格，逐渐形成了以木版年画风格为主的杨家埠风筝，和以潍县老艺人及喜爱绘画的文人雅士为主的老潍县风筝。所以有人说：潍坊风筝，美在丰富的文化内涵。国家级非物质文化遗产项目代表性传承人王永训就深深地领悟到了潍坊风筝的文化内涵：风筝的精神就是飞得更高，飞得更远。风筝传友谊，银线连四海。通过风筝传播了友谊，通过这风筝，给这些企业搭建了好的平台，让世界真正的了解我们潍坊这种风筝精神，值得大家学习。

风筝是心的翅膀，情的传承；放飞它，是妙不可言的享受和心旷神怡的感动。就让这传承万代、绵延不绝的潍坊风筝演绎出人间万千风情吧，古韵悠长留住中国味道，将博大精深的中国民俗文化带向世界，展示人们对幸福美满的至臻追寻。

（音响止）

中央台：是呀，这两天我们走在潍坊的街道上，风筝气息扑面而来。在这里，不但有随处可见的风筝店铺、风筝广场，有我国第一座大型风筝博物馆，就连主要道路两旁的路灯都是风筝的造型。从1984年开始，潍坊已连续举办了29届大型国际风筝盛会，一只小小的风筝使越来越多的人喜欢上了这座文化古城。

香港台：我们香港每年也会有代表团参加这个大型国际风筝盛会，而且内地的风筝艺人也到香港访问交流，向香港市民介绍风筝的传统文化和技艺。

潍坊台：是啊，"银线连四海，风筝会友谊"！潍坊近二十多年来也正是借助风筝走出齐鲁、走向国际，广交天下朋友，共谋发展。这小小的风筝和它背后深厚的风筝文化深深影响着这里的人们。

中央台：其实，除了风筝，潍坊人的生活中还有一项重要的民间艺术形式，也是潍坊的另外一张艺术名片，那就是杨家埠木板年画了。

香港台：说到这里！我们香港是中西文化融合的都会！传统的农历新年习俗也非常重视，香港民众也很喜欢在新年来临时贴上挥春和年画，祈求阖家欢乐、吉祥如意，甚至也影响了很多西方人士，像我们英文台的同事在新年期间会在直播室贴上春联呢！

潍坊台：木版年画是中国黄河流域地区地道的农民画，潍坊的杨家埠木版年画更是以浓郁的乡土气息和淳朴鲜明的艺术风格成为民间艺术宝库中的一朵奇葩，汇聚了劳动人民的艺术才能和对美好生活的强烈愿望。

中央台：杨家埠的木版年画至今已有300多年的历史了，杨家埠素有"家家雕木刻版，户户描绘丹青"的说法，木板年画植根于民间，装饰于节日，还记录下了丰富多彩的百姓生活，对于文化的研究也有一定的参考价值。

香港台：我觉得像吉祥如意、欢乐新年、恭喜发财、年年有余等等，贴在大门上就像亲人的祝福和好友的问候一样，也是咱们对传统文化的一种传承。

潍坊台：是啊，杨家埠木版年画不仅仅是一张年画，还是第一批国家级非物质文化遗产。作为这项特殊技艺的传承人，86岁高龄的杨洛书老人至今仍然坚守着木版年画的制作，并在传承和创新方面做着自己的贡献。

（音响：杨家埠木板年画传承人杨洛书）

（音响起）

杨洛书：我的徒弟，国外的，日本人就是两个。在外省的徒弟还有四五个，连徒弟，不带我自己的子女，光外边的徒弟就是二十多个，最小的徒弟也就二十来岁。现在我带着我的徒弟，每年都有创新，没有创新就没有发展，你看我86，我现在有创新的杨家将（板画）。甭管它86岁了，我还有这个精神，领着我的徒弟，领着我的儿孙，把这个传统文化进行到底，不让它消失。

（音响止）

中央台：从风筝到木版年画，我们领略了潍坊传统文化的深厚底蕴、也让我们再次感受到"民族的才是世界的"这句话的真谛所在。

香港台：我还听说潍坊的红木嵌银、针织刺绣、布艺坑具，还有剪纸、泥塑等等传统工艺品都蜚声海内外，我就特别喜欢这些传统的工艺品，还准备带几个回香港送给亲朋好友呢！

潍坊台：其实还不只是这些呢！潍坊还有许多自然和人文景观，比如世界上最大的诸城鸭嘴恐龙化石、震惊世界的北魏著名龙兴寺佛造像、世界四大产地之一的昌乐蓝宝石等等。

中央台：除此之外，作为舜的故乡，这里的人文气息也是十分浓郁啊，自古以来也是人才辈出：像齐国政治家晏婴，北魏农学家贾思勰，北宋画家张择端；还有曾在潍县做官的郑板桥、苏轼和欧阳修以及隐居潍坊青州的著名女词人李清照和丈夫赵明诚，都在这里留下了传世诗文。

香港台： 听了你们的介绍啊，我是更加喜欢潍坊了！这里的确是一座将历史传统和人文精神紧密结合的城市啊！特别是这里的传统文化，可以说和城市的发展融为一体了。

中央台： 潍坊是怎么做到的呢？还是请来自潍坊的民俗专家齐鲁滨先生解读吧。

（嘉宾：齐鲁滨《传统文化引发出城市精神与文化》）

每个城市都有自己的品格和定位，这是千百年血脉相袭、自然流淌出来的，它是城市的根，也可以说是城市精神。如今的潍坊与历史上的潍坊，格局已经没有太大的关系，但潍坊文化的源流脉动还在；城市的形貌变了，但她的灵魂还在。像成为城市形象名片的风筝、年画、刺绣、核雕、嵌银等，地产物产特色也广为人知，在潍坊流传着这样的句子：烟台苹果莱阳梨，不如潍坊的萝卜皮；安丘蒜、寿光葱、潍坊萝卜脆生生。这再次印证，潍坊人对自己赖以生存的这方水土的自豪，对生于斯、长于斯家园的归属感。这也凝成了潍坊人脚踏实地、勤劳朴实、甘于吃苦、务实忠厚、重情重义的品格特征和精神。这种精神早已融入潍坊市民的血液中，鲜活而顽强，成为这个城市独特的文化脉动。

（潍坊总片花）

男：风筝之都，魅力风采依旧；

女：黄河口岸，古城风韵犹存。

男：心系风筝一线，可忆起昔时故乡。

女：舞动时代变迁，共凝视今日潍坊。

男：风筝情，传千年；

女：时代声，听潍坊。

男：《城市新跨越——魅力潍坊》正在直播。

女：《城市新跨越——魅力潍坊》正在直播。

第二篇　合作潍坊

（垫乐：合作篇・正文，总垫乐・呼台）

中央台： 中央人民广播电台华夏之声、香港之声。

香港台： 香港电台普通话台。

潍坊台： 潍坊人民广播电台。

中央台： 您现在正在收听的是由中央人民广播电台华夏之声、香港之声、香港电台普通话台携手内地及港澳15家电台联合推出的大型直播节目《城市新跨越》。我是中央台主持人肖兵。

香港台： 大家好！我是香港电台普通话台主持人陈曦，我们今天来到的是素有"风筝之都"美称的山东潍坊。

潍坊台： 大家好！我是潍坊人民广播电台主持人梁臻。潍坊位于齐鲁腹地，受齐鲁古文化的影响，整个工商业都非常繁荣。老潍县作为山东七大古商埠之一，商贸业发展一直很繁荣。其中，山东豪德贸易集团豪德贸易广场的成功开发，就是重要的代表。

香港台： 香港豪德集团有限公司是一家以商贸物流为主营，集房地产、商贸、金融为一体的多元化现代大型企业集团。

中央台： 潍坊是香港豪德进入山东的第一站，王荣海是潍坊豪德贸易广场有限公司副总经理，到潍坊8年来，他见证了豪德集团在潍坊快速发展的全过程。我们一起来听潍坊台记者孙宽的采访录音。

（专题1：潍坊豪德集团王海荣专访）

（音响起）

记者：王总您好，香港豪德集团当初为什么选择把在山东兴业的第一个项目放在潍坊？

王荣海：当初选择潍坊作为山东第一个投资城市，主要是基于以下考虑：一是潍坊的区域位置十分优越，潍坊位于山东中部，交通十分便利，经济发展良好；二是潍坊民风亲善，不排外，很包容，市民很淳朴，治安良好，环境宜居宜商；三是政府诚信为民，办事效率比较高，为企业的发展起着重要的推动作用。

记者：王总您对香港豪德集团在潍坊、乃至在山东的发展前景怎么看？

王荣海：香港豪德集团在山东的发展我们是很有信心的，公司将根据政府的规划和公司的投资计划，脚踏实地地发展好在山东的事业。

（音响止）

中央台： 客观地说，也正是因为有香港豪德集团的进入，才使潍坊坚定了打造山东省物流中心的信心和决心。潍坊豪德贸易广场只是潍坊和香港经济交流的一个缩影。其实，香港和潍坊之间的交流遍及文化经济和百姓生活的方方面面。

香港台： 嗯，香港的企业之所以愿意来潍坊投资，主要是看重了这里优良的商贸环境。其实，我们潍港之间合作的领域有很多，给香港市民印象最深刻的便是这小小的"菜篮子"。我们香港市民餐桌上的新鲜蔬菜，很大一部分来自潍坊的寿光。

潍坊台：寿光是中国蔬菜之乡，也是我国"蔬菜生产革命"的发源地。1989年，寿光市三元朱村党支部书记王乐义带领村民率先试验成功了"日光温暖蔬菜种植生产技术"，引发了寿光乃至全国的蔬菜革命。2005年胡锦涛总书记视察寿光市，曾勉励王乐义努力服务农业，发展农业，将冬暖式蔬菜大棚推广到全国。

（专题2：三元朱村王乐义采访）

（音响起）

记者：首先来给我们介绍一下，在胡锦涛总书记来视察的时候，留下了一些什么话呢？

王乐义：2005年4月7日下午，总书记来我们三元朱村视察，当时他首先到我们蔬菜大棚里去，他说一定要把蔬菜的质量弄好。另一个，就问到我们的销售问题，蔬菜好卖么，卖到哪里去？一个是卖到中国市场，另一个，出口，所以说质量非常好，全部达到绿色食品标准或优级蔬菜标准。总书记听了很高兴。问到一个大棚一年收入多少钱，按照一亩算的话，一年3万来块钱，4万来块钱，后来能达到五六万块钱。

记者：那我们想知道，这个技术对于其他的蔬菜种植技术来说，它独特的优势在哪呢？

王乐义：独特的优势就是深冬生产，反季节生产，越冷天，我们的蔬菜生产的越好。

（音响止）

中央台：冬暖式大棚蔬菜技术在全国的推广，不仅解决了北方地区冬季没有新鲜蔬菜吃的历史，还让亿万农民朋友从此走上了致富路。我们在寿光蔬菜基地采访的时候听说，这个月的20日有一批特别定制的新鲜小冬瓜和小土豆将要运往香港，摆到香港市民的餐桌上，那么这批特别定制的供港蔬菜有哪些特别之处呢？我们一起跟随中央台记者李寅了解一下。

（专题3：寿光蔬菜产业集团经理张普三专访）

（音响起）

时间：2012年6月15日。怀揣着对于供港蔬菜的好奇，我们采访了山东寿光蔬菜产业控股集团进出口公司常务副总经理张普三。

【出录音】我们集团供香港的小冬瓜、小土豆，从外观上、形状、重量、品质等很多方面，有很高的要求，比如，重量，小冬瓜要求控制在3至4斤，小土豆要求在160克至200克之间。再说质量上，我们还要通过自检和检验检疫局进行检测，才能准许进入香港市场。

为什么香港会选择寿光蔬菜产业集团作为供港蔬菜的基地呢？张普三经理表示：

【出录音】我们集团供香港蔬菜已经有11年的历史了，蔬菜基地施行全封闭式订单、管理，从接到客户的订单后，我们安排集团自己的种植基地，我们还要进行统一的管理。全封闭式订单的管理、运作，不仅从供货都周期得到了保证，更保证了生产的蔬菜完全达到了供港蔬菜的要求，让我们的香港市民能够吃上放心蔬菜。

（音响止）

潍坊台： 在得知了寿光的特质蔬菜将要运往香港时，正在寿光蔬菜基地采访的港澳媒体的记者朋友们，谈了他们的感受。

（音响：港澳媒体寿光现场采访）

（音响起）

（音响止）

香港台： 潍坊和香港的交流除了让两地市民的菜篮子变得更加丰富之外，还使市民的家中多了更多的色彩，这鲜花就是其中之一。像我妈，三五天就会买不同的鲜花装饰家里，据了解，我们香港市民喜欢购买的鲜花也有许多品种来自著名的"中国花卉之乡"——青州。

潍坊台： 在潍坊，我们也可以随时感受到来自香港的服务。每天我们一打开煤气灶，那冒着蓝蓝火苗的煤气、天然气都是潍坊港华燃气公司提供的。

中央台： 潍坊港华燃气有限公司是由香港中华煤气有限公司与潍坊市煤气总公司共同斥资组建，2004年1月1日正式运营，这是香港中华煤气有限公司首次进入山东公共事业领域。

香港台： 香港中华煤气有限公司成立于1862年，是香港历史最悠久的公共事业机构，是亚洲三大能源供应商之一，企业管理和营运都达到世界级水平。

潍坊台： 如今，潍坊港华燃气有限公司倡导的"以客为尊"的理念，已成为潍坊市一个响亮的服务品牌。由此可见，潍坊与香港的合作成果，已经渗透到两地居民生活每个角落。

香港台： 这里提前告诉大家一个好消息，下个月10日就会在香港举办"香港山东周"，到时候您可以到现场走一走，看一看。

中央台：从潍坊到香港，再从香港到潍坊，空间距离无法阻隔我们的牵手同行。潍坊充满生机和活力，投资环境非常优越，发展空间和潜力巨大；香港是国际金融中心和贸易中心，社会繁荣发展；只有潍港紧密合作，才能实现共赢。

第三篇　创新潍坊

（垫乐：创新篇·正文）

（潍坊总片花）

男：风筝之都，魅力风采依旧；

女：黄河口岸，古城风韵犹存。

男：心系风筝一线，可忆起昔时故乡。

女：舞动时代变迁，共凝视今日潍坊。

男：风筝情，传千年；

女：时代声，听潍坊。

男：《城市新跨越——魅力潍坊》正在直播。

女：《城市新跨越——魅力潍坊》正在直播。

（总垫乐·呼台）

中央台：中央人民广播电台华夏之声、香港之声。

香港台：香港电台普通话台。

潍坊台：潍坊人民广播电台。

中央台：您现在正在收听的是由中央人民广播电台华夏之声、香港之声、香港电台普通话台携手内地及港澳15家电台联合推出的大型直播节目《城市新跨越》，我是中央台主持人肖兵。

香港台：大家好！我是香港电台普通话台主持人陈曦。

潍坊台：大家好！我是潍坊人民广播电台主持人梁臻。

香港台：这几天我在采访的过程中，听到了一首诗，叫"三更灯火……"

潍坊台：你说的是："三更灯火不曾收，玉脍金齑满市楼；云外清歌花外笛，潍州原是小苏州。"

中央台：这应该是曾任潍县知县的郑板桥先生的诗吧？

潍坊台：您说的对！在潍县生活了七年的郑板桥对当时潍县的生活场景和经济概况非常熟悉，在他看来，"潍县"当时勘比"苏州"，这也是商业繁荣的真实写照。

香港台：刚刚我们聊到了香港和潍坊合作交流的话题，其实我了解到，潍坊是历史上著名的手工业城市，在清乾隆年间便有"南苏州、北潍县"之称，曾以"二百支红炉、三千铜铁匠、九千绣花女、十万织布机"著称，对外交流合作很早就展开了。

中央台：今天，潍坊作为山东省唯一的综合配套改革试点市，在山东全省重大区域发展战略布局中，凭借优越的区位条件、独特的资源优势和良好的产业基础，打造着自己的品牌企业，力求通过品牌企业的发展带动整个城市的发展。其中，潍柴集团就是这样一个非常典型的代表。

（专题：潍柴集团介绍）

（音响起）

潍柴动力股份有限公司最初是1946年在炮火中诞生的手工作坊，如今，已发展成为中国最大的汽车零部件集团和拥有三个上市公司的国际化企业，带动了国内1000多家配套企业共同发展，实现销售收入911亿元，利税达到129亿元。

公司董事长谭旭光说，66年来，潍柴能由小到大、由弱变强，正是企业坚持自主创新、全力打造民族品牌的硕果。"潍柴就是要坚持科学发展，打造百年企业，为振兴和发展中国装备制造业，做出更大的贡献。"

1989年，潍柴从最初引进的斯太尔发动机上，找到了发动机行业的制造核心技术。通过消化吸收和坚持不懈地自主创新，潍柴人率先在国内研发出了具有自主知识产权的蓝擎发动机，结束了中国汽车长期依赖"外国心"的历史。2005年，胡锦涛总书记到潍柴视察时，对潍柴的发展提出了新的希望。"我们要树立这个雄心壮志，在整个世界发动机领域，我们潍柴要有一席之地。过去潍柴有过很好的传统，希望潍柴要更加辉煌！"

（音响止）

潍坊台：的确，潍柴跨越式发展的成功经验告诉我们，一个企业的品牌影响对于一个城市的长远发展，有着至关重要的作用。它不仅仅是一张城市名片，更是一份助推城市发展的强劲动力。

中央台：今天我们的直播间有幸请到了从北京远道而来的中国城市研究院研究部副主任白南风先生，请他来谈一谈城市发展与品牌企业的关系。

（嘉宾：白南风谈城市发展与品牌企业的关系）

　　企业是城市发展的一个重要动力，到了信息时代，二者更是相互支撑，共生共荣的关系。品牌是城市的无形资产，也是城市综合竞争力的重要标志之一，具有影响力的企业品牌或者说品牌企业，有助于提升整个城市的形象和知名度。城市为企业提供和创造发展的基本条件，包括基础设施、公共管理、社会服务等；而企业为城市创造社会财富和税收，为城市发展吸纳人才，提供居民就业机会。这种共生共荣关系，在著名品牌企业上就会表现得更加突出，甚至取代了外界对城市的记忆本身，比如说潍柴集团，已经成为城市的一张响当当的名片。

潍坊台：除了潍柴集团之外，我们潍坊还有一大批像潍柴一样的企业，活跃在经济发展的一线。像歌尔声学集团，它是世界三大蓝牙耳机的生产商之一，说不定您所使用的蓝牙耳机就是他们生产的呢。

中央台：从潍柴、歌尔声学这些企业，通过自主创新，实现跨越式发展可以看得出，创新已经成为潍坊的城市之魂。城市为企业创新发展提供了肥沃的土壤，而企业的持续创新也为城市发展插上了腾飞的翅膀。

潍坊台：潍坊市市长刘曙光先生此刻就坐在直播间里，我们请他给我们介绍一下有关潍坊城市创新的相关问题。

香港台：刘市长，您好！潍坊市提出要建设四个潍坊的目标，为什么把"创新潍坊"放在首位？

　　（嘉宾：刘市长谈城市创新）

　　1. 潍坊在蓝黄战略开发中所处的地位

　　大家知道，2009年和2011年，黄河三角洲高效生态经济区和山东半岛蓝色经济区相继上升为国家战略，对山东经济发展格局带来了重大影响。潍坊在这种格局中占据了重要的地位。为什么这样讲呢？潍坊作为蓝色经济区域内的七个城市之一，同时在黄河三角洲高效生态经济区的十九县中，潍坊有三个县区列入，集两大战略于一身，是两大战略的叠加区。蓝黄两区中，潍坊人口最多，有916万人，人力资源丰富；区位最优，处于两区的几何中心；空间最大，适宜直接连片开发的工矿存量用地500平方公里，还有4000多平方公里的浅海滩涂。最重要的是在两大战略中，潍坊处于十分重要的位置。潍坊是省委、省政府规划的胶东半岛高端产业聚集区的四个城市之一；滨海经济技术开发区是黄三角规划中率先起步的四大临港产业区之一；高新技术开发区是两大战略范围内四个重点发展的国家级高新技术开发区之一；潍坊综合保税区为三个综合保税区之一；在省委、省政府规划的蓝色经济区重点开发建设的"三区三园"中，我市的滨海海洋经济新区和滨海中外合作产业园列入其中，独占其二。可以说，蓝黄两大国家战略对潍坊的定位非常高，潍坊加快实施两大战略对全局至关重要，省委、省政府对潍坊寄予厚望。

2. 潍坊发展的比较优势有哪些

一是区位优越。潍坊地处山东半岛几何中心位置，是山东半岛的咽喉地带和环渤海经济圈的重要节点，承东启西、联通南北，以潍坊为中心，一个半小时车程覆盖区域占全省购买力的80%以上。

二是交通便捷。是全国公路交通主枢纽城市，形成了海陆空立体交通体系。有5条高速公路和5条铁路穿境而过，乘坐高铁一小时到济南、青岛，三小时到北京。潍坊港为国家一类口岸开放并对台直航，年吞吐能力已达两千万吨，并进入加速发展期。

三是资源丰富。土地资源丰富，陆域面积1.61万平方公里，地下卤水储量居全国首位，是全国最大的盐化工基地；蓝宝石储量全国第一。

四是产业基础良好。潍坊的农业全国领先，是全国重要的蔬菜基地和农副产品生产加工出口基地，禽肉、蔬菜出口量分别占全国的1/3和1/10。涌现出了潍柴动力、晨鸣纸业、山东海化、诸城汽车等一批骨干企业。

五是文化底蕴深厚。正如刚才主持人谈到的，潍坊有着悠久的历史、灿烂的文化。特别潍坊有着创新发展的悠久历史，先后探索出贸工农一体化、农业产业化、产权制度改革、激光照排等创新成果和经验，以及今天的城乡一体化、农村社区建设、社会管理创新等都在全国产生了积极影响。2008年，我市确定为全省唯一的综合配套改革试点市，一系列的改革探索都在有序推进。

除此之外，我感到潍坊最大的优势是经过多年的改革发展，潍坊形成了干事创业、加快发展的良好氛围，打造了良好的经济发展环境，全市上下重商、引商、亲商、促商的氛围空前浓厚，这是我们跨越发展的最重要保障。

3. 在自主创新和新兴产业发展方面，我们潍坊有哪些举措

创新是战略资源，是发展的不竭动力。围绕加强自主创新能力，我们确立了全市技术创新的思路和重点，大力完善鼓励引导自主创新的政策体系和工作推进机制，初步构建起了技术创新的主体框架。以企业为主体的企业自主研发体系不断健全。以公共研发平台为主体的公共服务体系不断完善。以高新区为主体的高新技术产业化基地提升到新层次。

战略性新兴产业代表未来科技和产业发展新方向。市政府出台了《关于加快新兴产业发展的实施意见》，确定在新能源、新信息、新材料、新医药、新能源汽车等9方面40类产品领域实施重点突破。半导体照明形成了从LED外延片生

长、芯片制作、器件封装到应用产品设计生产较为完整的产业链。新信息技术产业形成了以歌尔声学、共达电声为代表的电声器件产业集群,歌尔蓝牙耳机ODM(自主设计和加工)业务规模居国内第一、全球第二。新医药产业实现主营收入220亿元,形成了较为完整的产业链和产业集群。新能源产业已初步形成风力发电及装备制造、太阳能光伏、热泵装备制造安装、生物质能发电、沼气综合开发利用等为主的生产体系。下步,我们将进一步实施高端引领、强化政策支持、优化发展环境、加强战略合作,推动新兴产业快速膨胀发展。我们的目标是:到2016年,整个新兴产业争取达到3000亿元,占规模以上工业主营业务收入的比重达到15%,其中,电子信息产业主营业务收入突破1000亿元,新能源、节能环保、新医药都达到500亿元规模,新材料、新能源汽车分别达到300亿元和200亿元。

第四篇　幸福潍坊

(小片花)

男:晨钟暮鼓,这是一抹沉静的翠色;

女:车水马龙,这是一片盎然的生机。

男:水岸聆音中,敲击时代的交响;

女:高楼大厦里,倾听历史的回声。

男:文明古城,源远流长;

女:活力新都,魅力潍坊。

(总垫乐·呼台)

中央台: 中央人民广播电台华夏之声、香港之声。

香港台: 香港电台普通话台。

潍坊台: 潍坊人民广播电台。

中央台: 听众朋友,大家好!我是中央台主持人肖兵。

香港台: 大家好,我是香港电台普通话台主持人陈曦。

潍坊台: 大家好,我是潍坊人民广播电台主持人梁臻。

中央台: 您现在正在收听的是由中央人民广播电台华夏之声、香港之声、香港电台普通话台携手内地及港澳15家电台联合推出的大型直播节目《城市新跨越》,今天我们这一站来到了山东潍坊。

香港台： 来到潍坊，除了感受到文化和经济的发展，这里的大街小巷还真有些"小桥流水人家"的味道，美景一点也不逊色于江南呀！

潍坊台： 咱们都有着同样的感受啊！咱们潍坊地处山东半岛咽喉，有着良好的区位与便利的交通。这几年，潍坊市委市政府在城市的规划和发展上特别注重为百姓的生活提供便利，特别是在宜居和生态层面下足了功夫。

中央台： 城市的规划，需要真正考虑老百姓的需求，我们看到潍坊的滨河景观已经融入了市民的日常生活，经过整治后的白浪河、虞河和张面河，也让更多市民饱览两岸美景，享受舒适的都市生活。那么，我们该怎样看待城市规划与百姓宜居之间的关系呢？就这个问题，我们再一次请出中国城市发展研究院研究部副主任白南风先生，请他来为我们进行解读。

（嘉宾：白南风谈城市规划与百姓宜居的关系）

在我们国家，现阶段关于"宜居"的设想更多的还是强调经济发展的重要性，强调先发展经济才能获得宜居的经济基础。这当然有一定的客观必然性，但不能仅限于此。好在随着城镇化的快速发展，对"人"的关注，对社会服务和公共空间的关注正在逐步加强，不少地方在提出打造"宜居城市"口号时越来越重视它背后的意义，而且也确实做出了一些有益的尝试和示范。潍坊就是其中的一个代表。而从我对潍坊的简单直观印象，我觉得在城市园林化方面潍坊是做得很不错。简单说，城市规划与宜居的关系就是摆正"民生"与"民声"的关系，后一个"民声"是声音的"声"。一句话，关注民生，就得倾听民声。

潍坊台： 近年来，潍坊城市建设日新月异，中心城区面积扩大到149平方公里，文化艺术中心等一大批惠及民生的基础设施相继建成，展现出绿满城乡、天蓝水清、繁星闪烁的优美画卷。作为这幅画卷的设计者和描绘者，我们请刘市长谈谈您理解的幸福潍坊是什么？

（嘉宾：刘曙光市长谈幸福潍坊的建设）

幸福美好生活是人民群众的殷切期盼，为人民群众谋福祉是我们发展的根本目的和不懈追求。建设"幸福潍坊"，就是要把潍坊建设成为物质富裕、精神满足、安居乐业、社会公平、人文关怀的幸福城市。

这其中，物质富裕是基础前提，就是要让人民尽快富起来。

安居乐业是重要条件，就是要努力改善广大市民的生存条件，努力创造一流的生态环境、一流的教育、一流的医疗、一流的保障等。

社会公平是基石，就是要努力使每个公民的合法权益得到有效保障，让公平正义的阳光普照每位市民。

人文关怀是内在要求，就是要让全社会充满亲和力，让每一名社会成员感到温暖、尊严和希望。

精神满足是根本体现，就是要让人民群众在物质上、精神上、环境上、人际关系上、社会文明上都有一种满足感。

中央台：我们刚才听到刘市长对城市发展的规划，可以看到这份规划凝聚了潍坊人民多年来的梦想和夙愿。而我们今天走在潍坊的街头巷尾，不难发现潍坊人流露出的发自内心的那份喜悦和幸福。

（音响：潍坊市民谈幸福指数）

（音响起）

市民甲：我住在河边上十几年了，原来这里就是一个臭水沟。现在有了清水了，树把河道也覆盖了。后来，张面河又修了，比这个还好，所以这几条河，确实给群众生活带来了很大的改善，我今年82周岁，非常幸运能活到今天。

市民乙：环境靓丽了，人民的文明程度提高了，市委市政府的这个方向选的是对的。潍坊说老实话，确实比较适合人类居住了。

市民丙：我感觉潍坊的绿化变好了，市民的素质都提高了，小孩们玩的地方也多了，公园也更美丽了，健身器材也多了，我是潍坊人我特自豪！

（音响止）

市民短信互动：

中央台：手机尾号6883的朋友发来短信说，住在潍坊，倍感幸福，周末带老婆孩子到白浪河湿地、虞河景观带和植物园逛逛，感觉不比到苏杭旅游差多少。

潍坊台：手机尾号7825的朋友发来短信说，我是河南来潍坊的务工人员，孩子8岁了，去年潍坊政府出了务工人员子女可以就近入学的政策，孩子顺利地上了早春园小学，真的很感谢！

香港台：这两天，我们跟随中央人民广播电台的港澳媒体采访团来到山东，通过几天的采访大家对山东、对潍坊有了深刻的理解，我们来听听大家眼中的潍坊是个什么样子？

（音响：港澳媒体采访团谈潍坊印象）

（音响起）

（音响止）

潍坊台： 除了来自港澳地区的朋友，这些年还有一些国际友人被潍坊的发展所吸引，他们在这里创业，并留在这里开始他们全新的生活，他们也向我们描绘了自己心中的潍坊。

（音响:在潍坊创业的外国人谈潍坊印象）

（音响起）

乌克兰小伙亚当：我来潍坊快三年了，我来的时候什么都不知道，潍坊人民很友好地欢迎我们，白浪河湿地公园空气很好，很自然的地方。

加拿大姑娘米沙尔：我叫米沙尔，我是加拿大人，我爱潍坊，火烧好吃，潍坊人很好。

乌克兰小伙博格丹：潍坊很多好人，比较好的城市，我们住在这里时间比较长，进步非常大，城市长大很快，非常干净，生活比较舒服的，我想留下在这里，结婚、买房子、成家……

（音响止）

结　语

（大气垫乐·开篇与结尾）

（城市新跨越总片花）

男：有一种城市，穿透千年的时光；

女：有一种跨越，坚挺时代的脊梁；

男：衔东海，跨云贵，它是腾飞的巨龙；

女：起山巅，入南川，它是翱翔的雄鹰。

（压混：常州、丽江、珠海、鄂尔多斯、佛山、潍坊、新余、芜湖、香港、吐鲁番、天津滨海新区、遂宁、攀枝花、嘉兴、澳门……）

男：聆听城市的声音，

女：见证跨越的力量。

男：《城市新跨越》——中央人民广播电台华夏之声携手内地及港澳15家电台联合直播。

中央台： 您现在正在收听的是由中央人民广播电台华夏之声、香港之声、香港电台普通话台携手内地及港澳15家电台联合推出的大型直播节目《城市新跨越》，今天我们这一站来到了被誉为"世界风筝之都"

的山东潍坊。

香港台：转眼一个小时的直播就要结束了，说实话，真有点舍不得。不过没关系，在下个月的10日我们这些老朋友就可以在"香港山东周"再见面啦。不过，我希望有更多的港澳地区的朋友能够亲自来到山东，走进潍坊，一起放放风筝，品尝舌尖上的多彩潍坊。

中央台：古韵悠长留住了中国味道，潍坊将博大精深的华夏民俗文化带向了世界，展示了对幸福生活的执着追寻。这里深厚的文化底蕴，留给潍坊人含蓄内敛的文化传统，也让他们拥有了更为开放的胸怀和智慧，去面对文化之间的交融；而这样的智慧，也让潍坊人看到了更为精彩的，来自外部世界的风景。今天，维港之间的合作，正打开了这样一扇实现共赢的窗口。

潍坊台：通过这次的直播，我们向大家展示了一个充满活力、注重创新的现代都市。我们潍坊是一座文明和谐的城市、是一座开放包容的城市，潍坊时刻敞开怀抱，广交天下朋友，欢迎来潍坊投资兴业、生活居住，一起在风筝的故乡，放飞梦想……

中央台（普通话）：我是中央人民广播电台主持人肖兵。

　　　　　　　　风筝之都，魅力潍坊，欢迎您！

香港台（粤语）：我是香港电台普通话台主持人陈曦。

　　　　　　　　风筝之都，魅力潍坊，欢迎您！

潍坊台（山东话）：我是潍坊人民广播电台主持人梁臻。

　　　　　　　　风筝之都，魅力潍坊，欢迎您！

（歌曲《飞》）

新 余 速 度

（《城市新跨越》大标版）

男：有一种城市，穿透千年的时光；

女：有一种跨越，坚挺时代的脊梁；

男：衔东海，跨云贵，它是腾飞的巨龙；

女：起山巅，入南川，它是翱翔的雄鹰。

（压混：常州、丽江、珠海、鄂尔多斯、佛山、潍坊、新余、芜湖、香港、吐鲁番、天津滨海新区、遂宁、攀枝花、嘉兴、澳门……）

男：聆听城市的声音，

女：见证跨越的力量。

男：《城市新跨越》——中央人民广播电台华夏之声携手内地及港澳15家电台联合直播。

紫桐： 中央人民广播电台华夏之声香港之声。

晓东： 新余人民广播电台。

紫桐： 由中央人民广播电台华夏之声联合内地及港澳15家电台推出的大型节目《城市新跨越》于今年的5月9日从常州开始启程。今天我们来到了江西省最年轻的城市——新余。大家好，我是中央台主持人紫桐。

晓东： 我是新余台主持人晓东。我们在年轻美丽的"国家新能源科技城"向新余听众、港澳听众，向全国各地的听众朋友问好！新余位于江西省的中部，与江西、湖南两省省会南昌和长沙遥相呼应，是江西工业化程度最高的城市。辖一县四区，总面积3178平方公里，人口115万。

紫桐： 新余的历史源远流长，这里是"七仙女下凡"故事的发祥地，世界科学巨著《天工开物》就在这里成书，这里还是国画大师傅抱石的故里。1700多年的建城历史成就了新余厚重的文化底蕴。现在的新余可称得上是古韵与生机完美融合，工业与科技延续着辉煌。新余就如同一颗耀眼的明珠在中国的版图上散发出夺目的光芒。

晓东：首先，我来给大家说说新余城市的特点吧。1960年，为适应钢铁工业发展，经国务院批准设立新余市，新余工业基础雄厚，特别是钢铁工业发达，素有江南"钢城"的美誉。矿产丰富的新余因钢设市，为新中国的建设做出了不可磨灭的贡献，新余钢铁集团的产品在鸟巢国家体育场、北京首都国际机场扩建、上海世博会等国家各项重点工程的建设当中纷纷亮相，唱响了新余"钢城"华丽的乐章。

紫桐：我了解到，近年来，以光伏为代表的新能源产业在新余异军突起，全球最大的硅料厂在此建设，1.5万吨硅料生产线竣工在即；世界上最大的硅片生产企业实现销售过两百亿。光伏产业的迅速发展，让新余在新能源领域抢占世界制高点。不仅如此，新余还成立了全国第一所太阳能科技职业学院，设立了全国首个光伏专业，新余的职业教育享誉全国。

晓东：没错，年轻的新余是江西省发展速度最快、发展后劲最足的城市之一。目前，新余市初步形成了以钢铁、新能源和新材料为支柱的多元发展的产业体系，成为江西省工业化程度最高、城市化速率最快的城市之一。

紫桐：其实，新余市不管从人口、地域面积，还是从资源来看，都只能称得上江西省的一座"小城"。但近年来，新余市一方面大力优化经济发展环境，另一方面积极扩大招商引资，加速产业重构和优化升级，经济发展速度连续七年超过15%，居全省第一。新余已成为江西省的经济"小巨人"，目前江西省确定的三个千亿产业工程，新余就占据三分之二。

晓东：在城市飞速发展的同时，新余也特别重视城市发展的质量，新余现有人口115万，但全年实现生产总值人均水平居江西全省第一，远超江西省会南昌。人均收入、人均消费水平等众多指标在全省名列前茅。因为发展迅速，新余的经济发展模式被称为"新余现象"。

紫桐：今天我们的节目也得到了新余市委市政府的大力支持，我们很荣幸地邀请到市委书记李安泽书记做客我们的直播间，和大家一起畅谈新余的改革和发展。欢迎李书记。李书记您好！

李书记：主持人好，听众朋友们大家好！

紫桐：在不到4年的时间里，新余市由以钢铁为主的重工业化城市，成功转型为以钢铁、新能源、新材料并举的现代化工业城市。请李书记谈谈新余在推进产业转型升级方面的改革思路是什么？

李安泽书记：新余因钢设市，过去是个以钢铁为主的重化工业城市，产业结构非常不合理。近年来，在党中央、国务院和省委、省政府的正确领导下，我们坚持把加快转变经济发展方式作为深入贯彻落实科学发展观的重大战略举措，依靠科技进步改造提升钢铁等传统产业，大力发展新能源、新材料等战略性新兴产业，改变了过去"一钢独大"的局面，基本形成了以钢铁、新能源、新材料三大产业为支柱的新型工业体系。

紫桐：请问有哪些具体的做法？

李安泽书记：一是依靠科技进步改造提升传统产业。坚持用高新技术改造提升钢铁产业，加快钢铁产业向中下游延伸，大力发展机械加工业，提升钢铁产品附加值。目前，钢铁产业已形成了以新钢公司为核心、137家钢铁加工企业相配套的产业集群，产能突破1000万吨。2011年，钢铁产业主营业务收入突破742.1亿元。二是依靠科技进步做大做强新能源产业。新能源产业已基本形成以光伏产业为核心，以动力与储能电池、风电、节能减排设备制造为补充的"一大三小"格局，2011年实现主营业务收入421.67亿元。其中光伏产业形成了"硅料—铸锭—硅片—电池—组件—太阳能应用产品"较完整的产业链，已注册光伏企业106家，投产企业26家，硅片产能已达3500兆瓦，高纯度硅料1.7万吨，太阳能电池片1500兆瓦，组件250兆瓦。三是依靠科技进步加快发展新材料产业。新材料产业中的锂材料、镍材料、石英陶瓷坩埚等技术在国内乃至世界具有比较优势，技术体系比较完善，锂产品种类已达40多个，是全球锂产品体系最完善的城市。去年新材料产业实现主营业务收入91.4亿元。四是大力发展工业园区。致力把国家级高新区打造成以新能源为主的特色产业园，把新余经济开发区打造成特钢和金属材料产业园，把分宜工业园打造成动力与储能电池和新材料特色产业园，用三大园区对接三大产业。2011年，三大园区实现工业主营业务收入占全市工业的比重达57.3%，是2005年的12倍。五是重点扶持壮大骨干企业。大力实施"十百千亿"工程，力争到2015年，新增10个主营业务收入过百亿的企业，形成新钢集团、江西赛维、江锂科技三个千亿企业和钢铁、光伏、动力与储能电池三个千亿产业。

晓东：保障和改善民生是贯彻落实科学发展观的根本要求，新余市提出以"努力实现人均期望寿命80岁"为主线来统领民生工作，很有新意。请李书记谈谈为什么这样提？

李安泽书记：我们提出以"努力实现人均期望寿命80岁"为主线来统领民生工作。市委、市政府出台了《关于努力实现人均期望寿命80岁的决定》，并将"实现人均期望寿命80岁"目标列入"十二五"规划。在具体时间上,我们提出先用5年时间,到"十二"末,使人均期望寿命达到78岁;再用5年时间,到2020年实现人均期望寿命80岁。要"实现人均期望寿命80岁"目标,就必须切实抓好饮用水质、空气质量的改善,加强食品安全、医疗保障、社会保障、全民健身、社会和谐构建等一系列与人民群众生命息息相关的工作。为此,我们加大了对民生事业的投入,"十一五"期间共投入各类民生资金92.4亿元,占财政支出的比重达39.2%,每年都超额完成了省政府和市政府确定的民生工程任务。比如,率先在江西省为80岁以上的老人发放高龄补贴;率先在江西省建立了困难群众救助制度、失地农民基本养老保险制度,实现城乡基本医疗保险、居民最低生活保障全覆盖和城乡困难群众大病救助全覆盖;率先在全省实施"幼儿进园、小学进镇、中学进城"工程,使农村学生享受到了与城市学生同样的优质教育;率先在江西省开展创建国家食品安全城市等等,新余先后被评为国家森林城市、国家园林城市、全国卫生城市,连续六届荣获"全国双拥模范城",连续四届评为"全国社会治安综合治理优秀城市",连续两届荣获"长安杯"称号。

紫桐:李书记的一席话,让我们感受到了新余在新时期发展中,依靠科学发展、开拓创新所取得的新成就,我们相信,未来的新余一定会发展的更加美好。最后,您能不能向大家简单介绍下新余未来的发展。

李安泽书记:按照江西省第十三次党代会精神要求,结合我市国民经济和社会发展"十二五"规划,在去年召开的市第七次党代会上,我们提出了"建设和谐富裕文明新余"的目标。"和谐新余"是指到2015年,人均期望寿命达78岁,为2020年实现人均期望寿命80岁目标打下基础,争创全国生态文明城市,争取获得中国人居环境奖,和谐社会建设走在江西省前列。"富裕新余"是指到2015年,实现"五个翻番",即生产总值、财政总收入、城乡居民收入、固定资产投资和规模以上工业增加值分别在2010年基础上实现翻番,在江西省率先实现全面小康社会和城乡一体化。"文明新余"是指到2015年,社会文明程度和市民文明素质跻身全国前列,争创全国文明城市。

最后,借此机会,通过中央人民广播电台华夏之声、香港之声,热诚的邀请全国各地的朋友们到新余来观光旅游、投资兴业。

第一篇 转型腾飞的工业小巨人

新余江西最年轻的一座工业城市，

中国钢铁骄子，用钢铁铸就城市，享有江南"钢城"的美誉，

全球最大的硅料厂在这里建设，

数千吨硅料生产线在这里投产，

全国首个光伏专业在这里创立，

世界上最大的硅片生产企业抢占世界制高点，

腾飞的国家新能源科技城——新余，

用速度，用科技，创造了新余速度新余现象，

成为江西经济发展的"小巨人"。

《城市新跨越之新余速度》正在播出。

紫桐： 中央人民广播电台华夏之声香港之声。

晓东： 新余人民广播电台。

紫桐： 您现在正在收听的是由中央人民广播电台华夏之声联合内地及港澳15家电台推出的大型节目《城市新跨越》。我是中央台主持人紫桐。

晓东： 我是新余台主持人晓东。

紫桐： 此时此刻我们在被誉为"国家新能源科技城"的江西名城——新余为您直播。

晓东： 年轻的新余市地处江西的中部，地理区位优势明显，投资环境优越。浙赣铁路横贯东西，京九铁路傍市而过，赣粤、沪瑞、武吉三条高速公路和四条省道在新余交汇，成为全国680多个城市中少有的高密度高速公路通过的城市，构建了新余与"长珠闽"对接的5小时经济圈；率先在全省实现村村通水泥公路，形成了1小时交通经济圈。

紫桐： 新余市，人口只有100多万人，是江西省最小的地级市。1960年，因新余钢铁厂的兴建，当时的新余县升格为市。此后，直到上世纪末，钢铁工业一直是新余的核心产业。

晓东： 紫桐，你可知道，在我们新余有过这样形象的比喻。"钢铁业打个喷嚏，新余就感冒。"，进入新世纪以来，全国钢铁工业产能过剩的问题越来越突出，"一钢独大"的产业结构，让历任新余市领导越来越感到忧心。怎

么办？出路只有一条，那就是尽快调整产业结构，发展新能源、新材料等新兴产业，实现经济发展方式的转型。

紫桐： 说到这，我想问一下，新余是靠什么实现经济发展方式的转型，以及吸引新兴企业到新余落户呢？

晓东： 新余市在巩固和提升钢铁这一传统产业的同时，坚持把发展战略性新兴产业作为加快转变经济发展方式、促进产业转型升级的重大举措，举全市之力推进新能源、新材料等战略性新兴产业发展。今年2月，《新余市节能减排财政政策综合示范实施方案》正式获得财政部和国家发改委的批复。新余成为8个全国节能减排财政政策综合示范城市中首个获得批复的示范城市。

紫桐： 那么关于新余市整体工业发展的速度和情况，以及在实现经济转型的大背景下如何发展新能源，这些都是大家所迫切关心的问题。带着这些问题，我们今天也很高兴的邀请到了相关的领导做客直播间，为我们一一解答。由我先来介绍一下各位领导，他们是新余市分管工业副市长贺为华；新余市发改委能源局局长刘力恒；以及新余市工信委党组书记、市中小企业局局长曾左逊。欢迎各位领导。

（领导向听众朋友们打招呼）

紫桐： 首先想请贺副市长先跟我们介绍一下目前新余的工业整体发展情况。

贺副市长：新余是江西省最小、最年轻的设区市，但却是江西最重要的工业城市之一，素有"钢城"的美誉。近年来，我们大力发展以光伏产业为主的新能源产业，新余工业逐步实现了由钢铁之城向新能源科技城的华丽转身，成为一座新兴工业城市。2011年，实现规模以上工业增加值354.4亿元，完成主营业务收入1580.3亿元，以占全省2.58%的人口，1.9%的国土面积，创造了全省9.2%的工业增加值，8.55%的主营业务收入。新余工业的基本特征，可归纳为"三个三"，即：

三大产业支撑新余新型工业体系。形成了钢铁产业高端化、新能源产业集群化、新材料产业规模化的产业优势。新能源产业形成了以光伏为核心，以动力和储能电池、风电、节能减排设备制造业为补充的"一大三小"的产业格局。

三大园区成为工业经济发展的主阵地.我市现有园区实际开发面积45平方公里，新余高新技术产业开发区、新余经济开发区、分宜工业园三大主要工业园区产业分工明确、产业特征明显，产业集中度高，新余高新区技术产业开发区是国家级高新技术产业开发区，主要承载新能源高新技术产业项目；新余经济开发区是我省的特钢产业基地。分宜工业园是江西重点工业园区，主要承载动力与储能电池产业、金属新材料和金属深加工项目。2011年，三大园区共完成主营业务收入906.1亿元，占全市工业经济总量的67.2%。

三大龙头企业带动一批优强企业集群。新钢公司、江西赛维公司、江锂新材料公司分别是我市钢铁、新能源、新材料三大产业的龙头企业，新钢集团公司是我国大型钢铁企业，钢产量列全国钢企第16位，其船用板销量占全国25%的市场份额；江西赛维公司是全球光伏产业的龙头企业，硅片销量占全球20%的市场份额；江锂公司是全国最大的红土镍矿湿法提镍研发生产企业，成本竞争优势明显。在它们的带动下，我市涌现出一大批优强企业集群。2011年，全市主营业务收入过亿元的企业达到151家。

"十二五"是我市做大经济总量、调优产业结构的关键时期，我市将以大力培育战略性新兴产业、实现传统产业现代化为主线，实施重大项目带动战略，力争到2015年，全市规模以上工业增加值、主营业务收入、创利税总额分别达到1000亿元，5000亿元和400亿元。在产业发展方面，力争打造光伏、钢铁、动力与储能电池三个超千亿元产业；在园区发展方面，力争工业园区主营业务收入做到4500亿元，其中：新余高新技术产业开发区做到2000亿元，新余经济开发区做到1300亿元、分宜工业园做到1200亿元；在企业发展方面，打造新钢集团公司、江西赛维公司、江锂公司3个主营业务收入过千亿元企业，同时培育10个主营业务收入过百亿元企业。

晓东： 看来，工业的飞速发展带动了新余的腾飞，也让更多的人认识到了江西的这座小城。另外，我们都知道，新余曾经是"因钢设市"的，钢铁是新余的支柱产业、核心产业，那么在新能源异军突起的情况下，我们的钢铁工业会不会受到影响，现状如何？请曾局长给我们介绍一下。

【出录音】

曾局长：钢铁工业是我市的传统支柱产业，经过50多年的发展，产业规模不断扩张，产品结构不断优化，产业链条不断延伸，基本形成了铁矿采选、钢铁冶炼、钢材压延、金属制品及相关配套产业的较完整产业链。2011年全市钢铁产业共有规模以上企业120户，去年下半年以来，受欧债危机和下游产业增速放缓、房地产调控等不利因素影响，钢铁产业尽管出现极其严峻的形势，全市钢铁产业仍实现主营业务收入尽管仍然达到了742.1亿元，同比增长25.3%；税金总额16.6亿元，同比增长16.5%。生铁产量836.2万吨，钢产量876.3万吨，钢材产量885.83万吨。龙头企业新钢集团公司实现主营业务收入427.3亿元，同比增长14.1%。2011

年钢铁产业主营收入过亿元企业达到73户。目前，我市钢铁产业规模较大、基础较好，已形成了一定的比较优势。

紫桐：在巩固住钢铁地位的同时，发展新能源来实现产业的转型升级，这是近年来新余发展的新路子。实现经济发展方式的转型的背景下，新能源产业发展现状如何？有请刘局长。

【出录音】

刘局长：近年来，我市为加快经济发展方式转变，推进产业结构调整优化升级，大力发展以"光伏、动力与储能电池、节能减排设备制造、风电"为主的新能源产业，现已成为主导新余工业经济发展的主要增长极。

目前，全市已注册生产型新能源企业125户，投产企业35家，其中规模工业企业16家；全行业从业人员已达3万余人。2011年，全市新能源产业实现工业增加值120.16亿元，增长28.8%，主营业务收入421.67亿元，增长29.6%。其中光伏产业已形成硅料产能2.5万吨，硅片产能4200兆瓦，电池片产能1500兆瓦，组件产能250兆瓦，其中部分产品产能规模已居国内甚至国际领先地位。

锂电产业作为我市新能源产业的一个重要板块，拥有一批在行业内有较强竞争力的企业，以碳酸锂为主的锂盐产能已达到1.4万吨，占全国总产能近30%，是全球锂产品体系最完善的城市。规划到2015年，致力打造国内首个比较完整的动力与储能电池产业基地，力争产业经济规模达到1000亿元。

紫桐：总有一段征程让我们刻骨铭心，总有一种力量让我们激昂振奋。作为江西的工业重镇，新余已形成以钢铁、新能源、新材料为主，以电力、纺织、机械、建材、化工为辅的多元支柱的现代工业体系。

晓东：在"十二五"期间，新余将举全市之力，大力支持锂产业及动力与储能电池产业发展，力争主营收入过千亿元。按照规划，到2015年新余将形成年产5万吨电池级碳酸锂、50万组磷酸铁锂电池、20万辆电动汽车的产能。

紫桐：一个个具备核心竞争力的朝阳企业，昭示着新余灿若云霞的未来。目前新余市锂产品种类有40多个，占据了全国总产能的半壁江山。与此同时新材料产业也取得了长足的进步，为新余的经济发展增添了强劲的动力，未来的新余将成为影响世界的动力与储能电池之都。

晓东：依托雄厚的产业基础，"国家新能源科技城"的金字招牌当之无愧的落户新余，辉煌的成绩背后，饱含了勤劳勇敢的新余人民的汗水，带着国家赋予的使命，新余人用汗水浇灌着这片他们深爱着的热土；用众志成城筑起了一座有着无限发展空间的新能源科技城。

（《城市新跨越》总片花）

男：有一种城市，穿透千年的时光；

女：有一种跨越，坚挺时代的脊梁；

男：衔东海，跨云贵，它是腾飞的巨龙；

女：起山巅，入南川，它是翱翔的雄鹰。

（压混：常州、丽江、珠海、鄂尔多斯、佛山、潍坊、新余、芜湖、香港、吐鲁番、天津滨海新区、遂宁、攀枝花、嘉兴、澳门……）

男：聆听城市的声音，

女：见证跨越的力量。

男：《城市新跨越》——中央人民广播电台华夏之声携手内地及港澳15家电台联合直播。

第二篇 绿色乐居之城

城在林中、房在树中、人在绿中，

这里是国家森林城市，国家园林城市江西新余。

全市建成区绿化覆盖率52.67%，人均公园绿地面积和绿地率位列江西省第一，拥有全国绿化先进单位城市，全国卫生城市称号江西最美丽的城市——新余。

紫桐：作为一个外来客，这几天我被新余青山如黛，碧湖逐波的美景深深的吸引了。我看到一片片广阔的城市空间，与绿色森林相依相伴；一个个和谐生态的小区，与碧水蓝天相亲相融；一张张幸福与快乐的笑脸，与鸟飞荷动相辉相映。我认为，这是一座绿意盎然的城市。

晓东：是啊！正如李书记开头所说，为了让人民群众过上更美好的幸福生活，新余市在全省率先提出"到2020年，实现人均期望寿命80岁"，并把这一目标列入"十二五"发展规划，成为新余最大的民生工程。

紫桐："人均期望寿命80岁"的目标虽然是个美好的愿望，但是他该如何来实现呢？

晓东：我们新余要首先努力打造殷实的经济底子。产业的转型升级和强势发展为新余提供了源源不断的财源。去年，全市人均GDP突破1万美元，财政收入历史性突破100亿元大关。同时也树立了"既要金山银山，又要绿水青山"的发展理念。

紫桐： 看来，新余是很好地处理了经济发展与生态平衡的关系。我们看到，新余在冠以"江西经济发展小巨人"等名号之外，还又拥有着"国家森林城市，国家园林城市"的称号。

晓东： 从2008年起，新余市按照"显山、露水、透绿"的发展要求，大力实施"森林围城、森林进城、森林兴城"，打造最适宜人居住的森林之城。目前，全市林地面积达277万亩，城区绿化覆盖率达到52.67%，人均公园绿地面积达17.39平方米。经过3年努力，初步建成了一个城市生态隔离带、森林公园、城郊生态林和兼用林等各种生态要素有机组合的城市复合生态系统。当然，新余建立的生态乐居之城造福了每一个新余百姓，身居在这样环境中的他们的感受才是最真实的。下面我们来听一段记者子亚的采访录音。

（音频资料：《绿色崛起建生态乐居之城》）

江西新余是一个工业化城市，一座钢铁城市，很多没来过新余的人如果认为这里烟囱林立、废水横流，那就大错特错了。

前两天我们刚刚到达新余时，遇上新余市民小胡，他是地道的新余人，谈起自己家乡，小胡充满了自豪感。

作为一位新余的市民，我切身地感觉到新余的大变化，现在的新余山更绿了，水更清了，工作之余和家人到公园散步，周末与朋友攀登毓秀山，畅游仙女湖，让我们真正体会到生活在新余是一种幸福，市民对新余的幸福感是很高的，我们每一位市民都感到无比幸福，而且新余市也把市民的幸福度作为一项民生工作来抓。

在新余市区，我们看到穿城而过的袁河清澈见底，城区道路树木林立，绿意盈盈。城郊附近的孔目江国家湿地公园一派生机，让人惊讶这座工业城市的秀美风光和温婉绮丽。

作为一个工业城市，新余坚持绿色发展理念，把绿化生态建设融入城市建设的各个环节。新余市住建委副调研员敖小刚说：

我市几年来，先后建设了仙来大道、中山大道、毓秀大道、抱石大道、仙女湖大道等城市示范大道，成为江西省城市景观大道最多最美的城市。对于市民活动较多的广场，提高林荫覆盖率，让市民进得来、坐得下、留得住，使广场真正成为市民休养、健身、娱乐的理想之地。

为加快绿色生态新余建设步伐，新余市高标准实施造林绿化、百万树木进城入院、进村入户等工程，目前，全市城区公园达32个，居民出户500米内便有公园或游园。新余市林业局副调研员简建新说：

三年以内，我们绿化树木的总量达到复市来的总量，在农村，政府采取财政补助，或者我们林业部门免费的提供树木，目前892个自然村，栽了150多万树，涌现一批生态村，园林村，花果村，让森林走进千家万户，千庭万院，千街万路。

今天，新余被称为"国家森林城市"和"国家园林城市"，这座昔日的"钢城"已转变为一座生态宜居的"绿城"。

（片花：您正在收听的是大型直播节目《城市新跨越——新余速度》）

紫桐： 中央人民广播电台华夏之声香港之声。

晓东： 新余人民广播电台。

紫桐： 您现在正在收听的是由中央人民广播电台华夏之声联合内地及港澳15家电台推出的大型节目《城市新跨越》。我是中央台主持人紫桐。

晓东： 我是新余人民广播电台主持人晓东。刚才在报道中知道，新余人均那么高的公共绿地拥有率，着实把新余人的幸福感推到了一个新高度。

紫桐： 看来，新余正以实际行动探索经济快速发展与环境保护相互协调的新路子。关于环境保护这方面，我们也特别邀请到了新余市环保局邹建福局长，以及发改委钟桂林副主任做客直播间，和我们一起探讨。两位领导下午好！

领导： 主持人好，听众朋友们好。

紫桐： 因为我们的节目随后还将在香港电台播出，我们的香港朋友对新余在城市发展过程中所采取的环保措施特别关注，也想了解新余是如何在保障经济建设的同时处理好环境污染的。接下来我们就请香港电台普通话台的主持人晨曦，发来香港听众所关心的问题。

晨曦： 大家好，我是香港电台普通话台的主持人晨曦。新余作为一个重工业化的城市，要兼顾好经济发展和环境保护是一件不容易的事情。但是目前来看，新余不仅成为了"新能源科技城"同时，也被誉为"国家园林城市""国家森林城市"，那么政府部门是如何做好环境整治工作的？另外，重工业的污染为环境治理增添的难度，新余有什么政策举措来实现节能减排呢？

紫桐： 其实香港朋友的这两个问题，也是我们想要了解的。我们依次请二位领导给听众朋友解答一下。首先请环保局邹建福局长。

【出录音】

近年来，我们把环境污染治理作为民生工程的头件大事来抓，在全市经济社会快速发展的情况下，全市环境质量得到明显改善。孔目江、仙女湖两个主要饮用水源保护区内水质由Ⅲ类或不足Ⅲ类提高到现在的Ⅱ类，袁惠渠水质由Ⅴ类提高到Ⅲ类，袁河新余段水质由Ⅳ类基本达到Ⅲ类标准。城市大气环境质量达到二级标准，2011年城区空气优良天数达到362天。连续3年主要污染物减排综合考核列全省第一、二名。

我们主要采取了以下几项举措：一是关停了一批污染企业。2008年以来，先后依法关闭搬迁孔目江、仙女湖、袁河、袁惠渠两岸污染企业247家。二是新建了一批污染治理设施。仙女湖景区全部建成了生活污水处理设施，大中型机动船全部安装了油水分离器；孔目江沿江共建各类污水处理设施62套，沿江所有煤矿企业全部建好了废水处理设施。三是开展工程污染治理。对5家规模大、污染重的企业新上、改造8个脱硫和除尘项目；投入4.7亿元新建了6座污水处理厂；对全市7家重点企业开展废水、废气、废渣、噪声等24个治理项目。四是开展大气环境整治。开展了煤烟污染、扬尘污染、餐饮业油烟污染以及工业老污染源的治理，全面完成16个老污染源限期治理项目；淘汰更新超标车2889辆；淘汰了一批高能耗、污染大的落后生产设施。五是对受污染地区村庄实行整体搬迁。投资6.15亿元对污染区内失去基本生存条件的13个自然村917户2200余人实行整体搬迁。六是加大农业产业结构的调整。全部取缔仙女湖网箱养鱼；孔目江流域内的水库及山塘养殖实行"人放天养"；沿岸已逐步退出棉花种植，避免农药残留。对重金属污染的土地大力发展苗木产业，降低土壤中重金属含量。

晓东： 谢谢邹局长。当然了，我们在做好环境治理的同时，控制环境的污染也很重要。请发改委的钟桂林副主任谈谈一下新余在节能减排方面是如何做的？

【出录音】

作为一个重化工业城市，抓好节能减排，对于我市具有特别重大的意义。"十一五"时期，我市以年均10.7%的能源消费增长，支撑了年均15.5%的经济增长，超额完成单位GDP能耗下降20%的目标任务。去年，我市关闭"三高"小企业3家，淘汰、关停落后产能设备305余台（套），实现单位GDP能耗和二氧化碳排放强度均下降3.04%。

今后，我们将继续狠抓节能减排不放松，做到"五个坚定不移"：

1. 坚定不移用好国家政策。一是全国节能减排财政政策综合示范城市，突出项目实施。努力建设成为国家级新型工业化示范城市、世界光伏中心、低碳生态宜居城市。二是国家"城市矿产"示范基地，突出资源综合利用。形成"资源-产品-废弃物-再生资源"的循环经济发展模式，培育新的经济增长点。三是资源枯竭城市转型，加快推动城市转型发展。

2. 坚定不移控制高耗能行业发展。抓好项目核准、备案的节能评估和审查，提高准入门槛，严格控制新建高耗能项目。

3. 坚定不移淘汰落后产能。"十二五"期间，将淘汰冶金行业落后产能100万吨、水泥60万吨，实现节能82万吨标准煤，减少二氧化硫排放0.43万吨、氮氧化物0.2万吨。

4. 坚定不移实施十大重点节能减排工程。"十二五"期间，重点推进余热发电项目，实现年节电18.6亿度、节约标煤65.6万吨；抓好33家重点用能企业系统节能技术改造，实现年节约标煤约10万吨；全面组织实施"太阳能屋顶计划"和"可再生能源建筑"，实现装机40万千瓦、年发电量4.4亿度、节约标煤17.16万吨，减少二氧化碳排放44.62万吨。

5. 坚定不移加快节能减排技术推广和产品应用。积极开展节能机电、节能建材等产品认定工作，扶持节能产品制造企业发展壮大。

（片花：您正在收听的是大型直播节目《城市新跨越——新余速度》）

晓东： 有人说，城市是本打开的书，从中可以读到它的抱负。新余这本书，页页精彩，围绕那山那水那绿，把大自然的禀赋运用得淋漓尽致，铺展出无比优美的画卷。新余在尊重自然条件和城市基础，把生态理念融入城市发展，沿路、滨河、环城绿化巧夺天工。

紫桐： 建设一流的空气、一流的水质、一流的生态环境、一流的人居环境，新余实现了绿在城中、城在绿中，城中有园、园中有湖，湖光相映、碧草生辉，一座重化工业城市已然转变成一座绿色生态园林城市。

晓东： 2008年10月6日，是新余市发展历史上一个值得纪念的日子。全市创建国家森林城市动员大会的隆重召开，吹响了新余市志在用三年时间成功创森的嘹亮号角。绿水青山就是金山银山。

紫桐： 可以看出，未来的新余将是一座幸福绿色之城。现在在新余，百万树木进城入院的植树添绿之举，使街巷楼房淹没于郁郁葱葱的林海，一改往日单调的水泥景观；利用孔目江、袁河，营造城市生态水系，构建"两江四岸"的城市框架，让城市眼睛闪亮，更添灵气。栖居于此的新余人环抱碧水蓝天绿树，在城市的繁杂喧嚣中重拾一份难得的山水田园诗意。

晓东： 新余三面环山，一面傍水，以工业闻名天下，又独具灵山秀水的非凡魅力，碧波万顷的仙女湖，传颂着瑰丽的古老传说，孔目江国家湿地公园，描绘着山水诗画般的柔美色彩。这座发展空间无限的绿色魅力之城正敞开热忱的怀抱，迎接着人们的到来。

第三篇　畅享发展成果　提高发展质量

畅享发展成果

和谐富裕文明之城

宜商、宜居、宜业

李安泽书记："我理解的幸福，不仅是吃得好穿得好，更重要的是人民的健康得到保障，人民的寿命在不断延长。"

《城市新跨越之新余速度》正在播出。

晓东： 回眸今昔巨变，感悟时代发展，凝聚奋进力量。2011年是"十二五"规划的开局之年。这一年，新余市确定了建设和谐富裕文明之城的发展目标；这一年，新余市的财政收入首次突破百亿元大关，实现了历史性的跨越；这一年，新余市提出要用十年时间实现人均期望寿命80岁的目标；这一年，新余确定"入围"沪昆高铁，将迎来"高铁时代"。徜徉新余，这座曾经的"钢城"已华丽转身，为建设"幸福新余"砥砺前行。

紫桐： 新余市提出"通过10年努力，实现人均期望寿命80岁"的民生目标令人起敬。

晓东： 是的，在"十二五"时期，新余市总的目标是建设和谐富裕文明新余。这一奋斗目标，既与江西省党代会确定的主题"建设富裕和谐秀美江西"基本一致，又符合新余的实际。加快建设和谐富裕文明新余，和谐是保障，也是归宿。建设和谐新余，实现人与人、人与社会、人与自然和谐相处，人民群众幸福指数不断提高；根本要求是：以"人均期望寿命达到80

岁"为主线，千方百计实施民生工程，着力保障和改善民生。

紫桐： 新余市坚持工业反哺农业，城市支持农村，在统筹城乡协调发展中推进新农村建设，不仅如此，新余还在江西省率先为全市80岁以上的老人发放高龄补贴，率先对失地农民实行养老保险，幸福的人们背靠发展的新余，幸福的日子见证新余的发展。我们的记者子亚通过采访同时也见证了新余老人的幸福生活。

（音频：专题《用民生说话让百姓生活在幸福阳光中》）

家住新余市里木糖社区的黄大爷今年65岁，每天早上6～7点钟，他会到小区的健身器材上锻炼下身体。

现在小区栽了好多树，小区更漂亮了，空气更好了，我每天6点起床，去小区的报刊亭去看看报纸和杂志，了解国际国内大事，有时候就到小区的健身器材上锻炼身体，每天都过得很充实。

新余市提出用十年时间实现人均期望寿命80岁的目标，黄大爷从报上也读到了，他说："现在，路上、大街上也有好多花草树木，政府花钱修了好多公园，我们新余虽然是工业城市，但空气和水都保护得很好。市里提出人均寿命80岁，我有信心活到100岁。"

"通过10年努力，实现人均期望寿命80岁"，可以看做是新余人实现"幸福生活"的一个重要标志。在通往幸福生活的道路上，新余加快提升市民幸福指数的步伐，实现了养老保险、城乡基本医疗保险和居民最低生活保障全覆盖；建立社会救助和保障标准与物价上涨挂钩联动机制，为低收入群体发放临时物价补贴；实行农民低保制度；对失地农民实行养老保险；为80岁以上老人发放高龄补贴。

阳光雨露，均匀地洒向每一个角落，助困济贫，让人人感受公平温暖。针对困难群体，近年来新余不断加大的扶助救济力度，新余市民政局副局长吕笑梅说：

在完善落实现有的各项救助基础上，积极探索建立了重特大疾病专项救助金，今年一到五月份，救助了1892名城市居民，发放救助金500多万元，对4533名农民进行大病救助，共1200多元。

一系列惠民措施的出台，犹如春风化雨，滋润着百姓的心田。市民何春根夫妻俩都是残疾人，他说，覆盖全新余的社会保障体系让他们的生活，养老都有了实实在在的保障。

假如物价上涨了，他就有那个菜篮子补助，过节啊也有临时补助，社保啊都不用交钱，都是国家给，政府这块给我们交了保险，养老这块我都不担心，这个没有后顾只之忧了。

晓东： "情为民所系，权为民所用，利为民所谋。"这是一个政府的应有理念，更是一个服务型政府的责任。新余在经济快速发展的同时，时刻铭记着改革的初衷：改革成果人人共享、普遍受益。

紫桐： 近年来，沐浴着改革开放的春风，新余非公有制经济得到飞速发展，占据全市国民经济的"半壁江山"。统计显示，2011年全市非公有制企业生产总值占GDP的比重高达65%。把非公有制经济作为新的经济增长点来启动，是21世纪推进新余"二次创业"、强市富民的必然选择。

晓东： 从2010年开始，新余市积极探索新形势下非公企业党建工作新路子，向非公企业派驻党组织干部加强企业党建，实现了非公有制经济和党的建设互促双赢、协调发展。那么今天最后一位做客我们直播间的嘉宾是新余市委组织部的胡绍华副部长，来跟我们大家谈谈如何创新党对非公有制经济的管理模式以及工作中的亮点。欢迎市胡绍华副部长。

【出录音】

主持人您好！我们在实际工作中感触最深的就是：抓好党建工作，关键在于高位推动，关键在于改革创新。市委对非公企业党建工作高度重视，主要领导经常深入基层调研指导，及时研究解决新情况新问题。在全省最早成立新经济组织党工委，最早在组织部门设立"两新"组织党建办公室；市财政每年安排100万元建专项经费，市、县两级留存党费每年安排20%的额度，用于非公企业党建。对影响非公企业党建的突出问题，敢于"亮剑"，先行先试，攻坚破难。公开选聘优秀党员干部到非公企业担任党组织负责人，加强党建工作骨干队伍建设。试行党组织与企业决策管理层"双向进入、交叉任职"机制，探索党组织和党员发挥作用的途径，等等。并先后出台了《关于加强和改进非公有制企业党的建设工作的实施意见》、《中共新余市委派驻非公有制企业党委书记管理办法（试行）》等系列规范性文件，对非公企业党建进行谋篇布局，统筹推进。

紫铜： 您刚才提到的"选优配强非公企业党组织负责人"是非公企业党建工作中，大家普遍关注的问题，请您介绍一下这方面的情况好吗？

【出录音】

非公企业党务人才普遍匮乏、多数党务干部处于雇佣地位是非公企业党建工作面临的困境。为破解这一难题，市委进行了积极尝试，在充分征求企业意见基础上，采取公开竞争、择优选派的方式，向非公企业派驻了一批党委（总支、支部）书记和党建工作指导员。对主营业务收入超5亿元、党员人数50人以上的，设立党委，采取从副县级后备干部中公开选拔的方式，选拔基层工作和党建工作经验丰富的县级干部担任企业党委书记；对主营业务收入5亿元以下、党员人数50人以下的设立总支或支部，采取自愿报名、组织考察的方式，从退居二线、退休老干部和改制企业党员政工干部中选派或选聘高校优秀党员大学毕业生担任企业党组织负责人和党建工作指导员。选派的党委书记工资由财政全额负担，总支和支部书记的工作津贴由财政安排，不增加企业负担。同时，建立规范化管理制度，加强考核、督查和激励，使他们全身心投入工作。实践证明，这一做法有利于加强党对非公企业的领导，有利于增强企业的遵纪守法意识，有利于维护职工的合法权益，培养锻炼了党政干部，促进了企业快速健康发展。

紫桐： 谢谢胡副部长！

晓东： 短短的60分钟，不足以描摹新余的全貌，也不足以传达年轻美丽充满活力的新余。但百万热情的新余市民，时刻欢迎您的到来。

紫桐： 欢迎港澳同胞，欢迎全国各地的听众朋友走进新余，了解新余！

晓东： 不管你是休闲娱乐，还是寻访文化，还是安居兴业，我们都希望您会爱上这座年轻美丽的江南小城——新余。

紫桐： 好，听众朋友，伴随着一曲优美的《仙女湖边》今天的直播就要结束了。感谢朋友们的收听，下周同一时间的《城市新跨越》我们将带您走进香港，感受香港的崭新魅力。朋友们，再见！

晓东： 再见！

魅 力 香 港

(《城市新跨越》大标版)

男：有一种城市，穿透千年的时光

女：有一种跨越，坚挺时代的脊梁

男：衔东海，跨云贵，它是腾飞的巨龙

女：起山巅，入南川，它是翱翔的雄鹰

（压混：常州、丽江、珠海、鄂尔多斯、佛山、潍坊、新余、芜湖、香港、吐鲁番、天津滨海新区、遂宁、攀枝花、嘉兴 澳门……）

男：聆听城市的声音

女：见证跨越的力量

男：魅力中国《城市新跨越》——中央人民广播电台华夏之声携手内地及港澳15家电台联合共同制作播出。

梦云： 中央人民广播电台华夏之声，香港之声，香港电台。

陈曦： 香港电台，中央人民广播电台华夏之声，香港之声。

梦云： 由中央人民广播电台华夏之声联合内地及港澳15家电台推出的大型节目《城市新跨越》于今年的5月9日从常州开始启程。今天我们来到了亚洲国际都会，东方魅力之城——香港。我是中央台主持人梦云。

陈曦： 我是香港电台主持人陈曦。我们在香港向港澳以及内地听众朋友问好！香港位于中国南海沿岸，地处珠江口以东，北接广东省深圳市，南望广东省珠海市的万山群岛，西迎澳门特别行政区及广东省珠海市。香港总面积达1104平方公里，由香港岛、九龙和新界组成，共有263个岛屿。

梦云： 香港因历史原因与祖国分隔，又在历史前进的步伐中回归祖国。1997年月1日成为中华人民共和国的特别行政区。

陈曦： 时光荏苒，转眼间香港回到祖国的怀抱已经有十五年了，在历史的长河中，十五年只不过弹指一挥，但香港这十五年春潮澎湃，十五年的沧桑和辉煌，造就了今天繁荣稳定，和谐的香港！

梦云： 是的，现在的香港是国际重要的金融、服务业及航运中心，也是继纽约、伦敦之后的世界第三大金融中心。香港是中西文化交融的地方，同时也是全球最安全、富裕、繁荣的城市之一。如今的香港，成就与生机完美融合，金融与科技延续辉煌，如同一颗耀眼的明珠在中国的版图上散发出夺目的光芒。

陈曦： 香港是什么样的？许多内地朋友会问，我却无法回答，因为香港是那么的丰富多元，横看成岭侧成峰，如同每晚维多利亚海湾两岸的夜色，璀璨斑斓。多元的城市精神，让这个面积仅1000平方公里，人口只有700多万的香港，时时散发着迷人的风采和魅力。

第一篇　香港十五年

（城市新跨越　魅力香港　第一篇：香港十五年）
（《城市新跨越之香港》第一篇）

梦云： 您现在正在收听的是由中央人民广播电台华夏之声、香港之声联合内地及港澳15家电台推出的大型节目《城市新跨越》。我是中央台主持人梦云。

陈曦： 我是香港台主持人陈曦。

梦云： 再过一周，7月1日，是个喜庆的日子，也是重要的里程碑。十五年前的这一天，香港回归祖国怀抱，从此掀开了香港历史新的一页。

陈曦： 十五年中，香港特区也曾遇到了很多困难，在港人的努力下，在中央政府支持之下，香港取得了令人瞩目的成就。

梦云： 是的，2003年6月29日，《内地与香港关于建立更紧密经贸关系的安排》（CEPA）在香港正式签署。

专题：CEPA

2003年6月29日，《内地与香港关于建立更紧密经贸关系的安排》（CEPA）在香港正式签署。CEPA的内容主要涵盖货物贸易、服务贸易和贸易便利化三个方面。随后8年，CEPA补充协议以每年一个的速度陆续"出炉"，不断扩大和深化着内地与香港间的市场开放领域。

CEPA实施9年来，为两地带来强大的经济动力，不仅为香港提供了庞大的市场和商机，促进香港制造业和服务业多元化发展，同时也推动了内地的经济建设和改革开放。数据显示，在2004年至2011年的8年间，香港地区生产总值年均增长5%，是同期其他发达经济体平均值的近两倍。

梦云： CEPA实施9年来，带来的一个个变化，一组组数字，一幕幕图景，或静默无声，或震撼动人。他们是香港在回归十五年里激情拼搏的印记，是无数香港普通市民品味喜悦拥抱幸福的基石，更是香港不断与时俱进、重铸辉煌的生动见证，它在不经意间将我们深深打动，也让我们思索感悟。

陈曦： 随着CEPA的进一步深入，内地和香港的经济往来日趋紧密，越来越多的香港人更加关注内地的变化，关注内地经济。

专题录音

解说： 香港中环某证券交易所。

（音响：敲击键盘的声音）你看这是中国银行、中基A50、中国远洋、中国铝业……

解说： 夏先生，1997年开始投身股市，是个十足的"老股民"。他毫无保留的给我们介绍了他的十支宝贝股票，清一色的中资股。

（音响）买内地的股票很红火。升的很高，火爆升起来了。现在就是紧紧的依靠内地，只要看内地涨了就高兴。

解说： 夏先生说，手里的中资股也就是这几年才陆续买进的，97年刚回归时，香港人手里可都是本地股，那时不敢买中资股，怕赔本。

（音响）那时候香港人手里都是汇丰银行啊……

解说： 改变这一局面的是一支叫做"北控"的股票，它使得中资股由无人问津变成争相追捧。资深证券分析师邝民斌先生回忆到：

（音响）我们以前"北控"在香港挂牌之后呢我们形容这个热的情况是失控，北控变成失控，太热。那个时候因为北控呢也是一个北京的窗口公司，大家对于这个也比较认识。

解说： 说到这一前一后，一冷一热的变化，邝民斌先生给我们打了一个形象的比喻：

（音响）投资者当然要选个年轻力壮的了，内地符合这个条件，尤其是今年金融危机，中国经济很稳固，被称为是投资的一块绿洲啊，现在恒生指数离中资股占一半，有内地支撑，香港也差不到哪里去。

解说： 邝民斌先生总结道：

（音响）我觉得香港还是要保持不断地努力，加强自身的优势。对于内地来讲啊一个比较重要的贡献就是我们可以不断地创新，特别是金融这一方面。香港是非常好的一个实验室，或者是一个试点，如果是很多政策的话在香港先行先试，试好了再拿到内地去了，所以角色我觉得还是蛮有能力担当的了。

梦云： 2003年7月28日，内地城市开通赴港"个人游"。到目前全国城市已由最早仅限于广东省内城市增至49个。2011年，内地访港旅客已达2810万人次，其中"个人游"访港旅客达1834万人次。同期内地过夜旅客总消费达1117亿港元。内地旅客不论在人次与消费额方面，都已成为香港主要客源市场。

陈曦： 根据香港保安局统计，2011年，到香港的外地游客超过3000万人，其中85%的是内地游客。

专题录音

服务员：欢迎光临周大福，您好小姐请问有什么可以帮您？

客人：我想看一下钻石耳钉。

服务员：好的您这边请。

解说： 现在，你随便走进一家香港的商铺，只要店员发现你是讲普通话的内地游客，就会立刻将粤语改为普通话为你服务。店员们说，之前她们的服务语言只有两种就是粤语和英语，但是自从2003年，内地对香港开通自由行之后，他们的服务语言就多了一种，普通话。而且运用自如。海港城周大福尤经理：

（音响）以前内地客人没多少的，现在差不多占到一般甚至百分之八十。

解说： 2003年自由行开通之前，正是sars肆虐之时，香港的旅游市场甚至整个香港的经济面临着一次大的劫难，香港旅游业协会总干事董要中回忆说：

（音响）我记得那个时候整个机场都没有几个人，从来没有过的情景。看着让人很难过，后来2003年开通自由行之后，立刻就不一样了，旅游业不仅受益，整个香港都在受益，自由行是中央政府给我们最大的礼物。坦白讲，内地游客比其他地方的旅客贡献要多。内地人均消费最主要一块是购物。老板最重要的就是做到生意，所以从心底里对内地人更热情可能是难免的。

解说：2003年8月20日，随着广东居民以个人身份赴港澳旅游政策的实施，港澳游彻底告别政策保护时代，步入全面市场化；港澳自由行正式开放，内地居民只需通过简单便利的签证手续，即可申请到个人签注，随时去香港和澳门。

梦云：15年间，在CEPA、自由行、泛珠合作、珠三角地区改革发展规划纲要、支持香港发展人民币业务等一系列政策的推动下，香港取得辉煌经济成绩。

陈曦：我们来听听香港一国两制研究中心总裁张志刚和我们的分享。

陈曦：十五年来，香港的国际地位也得到了进一步的提升。香港特区已加入了200多项多边国际公约；与145个国家或地区互免签证或落地签证，2008年北京奥运会马术比赛在香港举办。原香港特区卫生署署长陈冯富珍女士，成功当选世界卫生组织总干事，今年又再次当选。

梦云：还有一周的时间，就到了香港回归十五周年纪念日，这一天，香港各界将通过不同的方式来迎接这一天的到来。

香港：为庆祝香港特别行政区成立15周年，香港特区政府与不同团体和组织合作，将举办300余项庆祝活动与节目。踏入6月，越来越多纪念回归的庆祝活动陆续登场，与全港市民一同分享回归15周年的欢愉。香港工联会荣誉会长郑耀棠为我们介绍了七一即将进行的丰富庆祝活动。

（采访郑耀棠）

陈曦：香港回归十五周年是个举国欢庆的日子，在北京同样也有精彩的庆祝活动。从下周三开始，国家博物馆即将举行香港特区成立十五周年的图片展。香港驻京办主任曹万泰为我们做了介绍。

（采访曹万泰）

梦云：十五年前，我们兴奋地迎接这个离家百年的游子，香港也在打量这个熟悉而陌生的大家庭，部分香港市民曾对回归疑虑重重。十五年来，两地共同成长、互相促进，港人对国家的认同感不断上升。

陈曦：回首过去，香港栉风沐雨，"一国两制"、"港人治港"、高度自治的方针得到贯彻落实，稳定繁荣得以保持，香江风采更胜往昔。香港同胞的国家和民族认同感日益增强，对国家和香港的前景充满信心。

专题录音

（音响）（接电话）喂，是。这次我们会去北京，大概有100人，就是让他们了解一下国情。

解说： 说话的女孩叫郑佳莹，她专门从事香港学生到内地交流的工作，已经整整五年了。谈到为什么会坚持这么久，小郑说：

（音响）原来我不知道国家的意义是什么？以前有一堂课，老师问我们是哪里人，我们有的说是香港人，有的说是英国人，老师很生气说你们是中国人。但当时很多同学心里都很不舒服，有一种逼迫感。后来2002年，我到了上海，我看到发展的特别好，和香港差不多，虽然国家还有一些地方很贫穷，但是国家很努力，我就希望贡献国家。

解说： 抱着这样的信念，小郑积极地从事着学生交流的工作，而这份工作也同样给她带来了意外的惊喜：

（音响）每次交流我都希望他们和当地人多交流，后来我发现当分别的时候，他们就像老朋友一样会哭起来。看升国旗时会很激动，他们在文章中说看来做回中国人也不是那么恐怖，应该说很荣幸。

解说： 小郑说，97年香港回归前，那时的学生交流团少的可怜，一年才有几次机会，但是现在你在互联网上随便一搜索，全部都是报名电话。很多人对于祖国的认同感都是在去了内地之后增强的。

（音响）我希望他们对祖国会有认同感，这是最大的礼物给国家也是给自己

梦云： 经常来到香港的朋友一定有感触，来到香港已经越来越方便了，尤其是在语言上，可以说香港人的普通话越来越好了。

解说： 1997年香港回归，香港成立普通话台，开始有普通话节目。1998年，普通话被列为中小学必修课程。之后为了满足大家的工作生活需要，国家语委在香港设立了普通话等级测试中心。

（音响）当时考试的人很多，都要抽签排队才能考上，后来国家语委就在各个大学都设立了测试中心，现在很方便了。

（音响）上课声音

解说： 小静是香港城市大学的一名教员，如今她在这个提升班学习，准备参加普通话水平测试考试。

（音响）我想是大势所趋吧，现在在香港必须懂普通话，我们出去找工作的时候也会有一个要求就是懂得普通话是最好的。

梦云： 十五年来，香港有变化亦没有变化。变化的是香港继续有新的高楼大

厦、新的酒店、新的机场，城市面貌不断焕发新姿，香港经济持续健康发展；而另一方面，香港没有失去辉煌，没有出现1997年人们所担忧的状况，香港十五年的发展成果意味着"一国两制"在香港得到成功实践，使得香港这颗明珠继续焕发出夺目的光芒。

陈曦：是的，从1997年起，香港真正实现了"港人治港"，经历了亚洲金融风暴和非典等的考验，进一步巩固了香港的国际金融、贸易、航运三大中心地位。港人治港，港人能治好港，过去的十五年以及今后的岁月都将证明这一点。香港立法会主席曾钰成对香港的未来充满信心。

（采访曾钰成）

第二篇：文化香港

（片花 文化香港 城市新跨越 魅力香港 第二篇：文化香港）

梦云：由中央人民广播电台华夏之声联合内地及港澳15家电台推出的大型节目《城市新跨越》。今天我们来到了亚洲国际都会，东方魅力之城——香港。我是中央台主持人梦云。

陈曦：我是香港电台主持人陈曦。

梦云：作为内地人，我相信很多人和我一样从电视和电影里，熟悉了香港这个陌生的城市。很多名字已经耳熟能详：抢包山、麦兜、成龙……很多地方像湾仔、金紫荆广场、星光大道、太平山顶、海洋公园……这些似乎已经成为香港繁华似锦的标志性意象。繁华、机遇、多元，这些固有词汇已变成我们对这个紫荆花城的印象。

陈曦：这样一座立体的都市是不甘沦为刻板的，她自有她的风情万种。这一回，由中央人民广播电台华夏之声联合内地及港澳15家电台推出的大型节目《城市新跨越》带你去发掘不一样的香港，发现浮光掠影中的惊喜。

梦云：多元化本身就是香港的魅力所在，古今中外的文化撞击使得香港的美，不仅仅在于旅行社安排的各大经典景点，更在于城市的文化魅力。

陈曦：什么是香港文化？在我看来衣食住行全部都是。

（小专题）

著名的丝袜奶茶和杨枝甘露，令人吃过就难忘的九记牛腩或镛记烧鹅……

太多太多,一日只有三餐,何时能尝完所有的味道?还有既是本地运输工具亦是外地游客游览的电车:由于电车开行或警示行人时会发出"叮叮"的声响,故此香港市民会用"叮叮"称呼电车。由于电车路轨几乎东西贯穿港岛北的市区,所以"电车路"便成为港岛市区中一个重要标志。

陈曦: 打着"香港制造"牌子的麦兜以无与伦比的亲和力赢得人们的喜爱。趣味盎然的《麦兜故事》中,到处弥漫着浓浓的香港风情,窄小的高楼,贴满街边的小广告,小人物的快乐,温馨的回忆,苦涩也是淡淡的。那种香港式的幽默和讽刺,在卡通片《麦兜故事》里也自然地流露出来。作家谢立文、画家麦家碧,以麦兜、麦唛两个可爱的主角创作的丛书。最初在香港的儿童杂志上刊载,后来,却逐渐在院校以及知识界流行起来,成为一种时尚。

梦云: 在《麦兜的故事》中,1996年,亚特兰大奥运会,李丽珊为香港夺得首枚金牌,麦兜的妈妈希望麦兜也能成为李丽珊第二。麦兜找到了李丽珊的师傅黎根拜师学艺。然而,黎根教给麦兜的,不是帆板,而是抢包山。这种天真的想法,真挚的母爱感动了无数中国人,也让人了解了传统文化在香港的传承——长洲岛抢包山。

陈曦: 在过去,太平清醮期间,长洲北帝庙前会有三个挂满包子的包山。包山高约13米,仅用竹棚搭成,每个包山挂上了约16000个包子。包子名为"幽包",是一种曾被贡神的印有红色"寿"字的莲蓉包,又叫"平安包"。抢包山通常会在太平清醮的最后一晚举行。在村长一声号令后,过百名男子便会爬上包山,尽他们所能抢夺包子。按照传统说法,取得越多包子,福气就越高。

梦云: 如今的抢包山又是怎样一番热闹的场景,我们一起去感受。

　　(专题　抢包山)

陈曦: 香港的文化是生动的,是不断发展前进的,种种市井气息在你踏入这个城市开始就迎面扑来。也正是这种民间生命力,使得香港更富人情味。

梦云: 香港对于中国传统文化的保留与传承也一直很完整。端午节对于香港来说不单是一个传统的中国节日,还可以说是一个热闹的体育盛会!

陈曦: 没错。相传在百多年前,大澳出现瘟疫,渔民用龙舟拖着载有从各庙宇接来的神像的小艇巡游水道,瘟疫得以驱除。之后,这个当地称为"龙舟游涌"的传统维持至今。所以被列入第三批《国家级非物质文化遗产名录》的大澳"龙舟游涌"更是我们不可错过的精彩活动。

梦云： 端午节前后，香港多个沿海地区都会奉行传统习俗，举行龙舟竞渡活动。这项充满民间色彩的节庆，近年已发展为国际化的体育运动，令赛事更具观赏趣味。让我们一起去看看。

采访专题：大澳龙舟赛

陈曦： 如果你能在香港住上一段时间，并细心观察这座城市，耐心品味它的文化，捕捉它的气质与精神，香港与内地文化艺术界精彩互动的一幕，是很有意思的一件事。

梦云： 回归祖国15年来，香港与内地文化艺术界不断加强交流合作，依靠丰厚的中华文化和广阔的发展腹地，面对通往世界舞台的"窗口"，寻找到一条以中西合璧为独特定位的文化发展之路，努力将香港发展成为区域内的"文化创意之都"。

陈曦： 前香港民政事务局局长何志平提出要用历史眼光看香港文化。他说，观察香港文化，起码要有150年的历史视野。这150年中香港市民与广东一带的居民自由来往，比如著名粤剧表演艺术家红线女还经常来香港演出。香港与内地文化相连，香港文化主要是岭南文化。

梦云： 1997年之后，香港文化与内地文化开始了新的不断融合，香港带着故国感情与现代化成就，进行新时期的文化回归。香港文化的传统与现代，就是这么自然和谐的融合在了一起。

陈曦： 香港开放的气氛逐渐孕育出有利条件，新一代土生土长的年轻人脱颖而出，他们自觉认同自己香港人的身份，并主动追求自我定位和都市发展。大众的文化追求和品位逐渐地成为一代香港人的文化根基。

梦云： 香港的文化不仅仅是现象更是产业，具有人才、技术、资金和自由市场经济制度，以及开拓海外市场经验的比较优势。而内地各地拥有不同的优势，包括丰富的文化资源、巨大的市场空间，以及雄厚的文化产业基础，也是发展文化产业不可或缺的重要元素。随着内地和香港在各领域的交流与合作不断加深，内地的文化市场对香港的投资者也越来越开放。在文娱服务、视听服务、华语影片、合拍影片、合拍电视剧、电影院服务、有线电视技术服务、印刷及出版物分销等领域，内地都鼓励港商以独资、合资、合作经营等方式参与合作。以传媒行业为例，凤凰卫视控股有限公司主席兼行政总裁刘长乐告诉我们说：

（采访刘长乐）

陈曦: 香港回归,最终是文化的回归;香港与内地的融合,最终是文化的融合。

第三篇　新香港

(片花　新香港　城市新跨越　魅力香港　第三篇:新香港)

梦云: 每天的太阳都是新鲜的——这句话用在香港非常的合适,因为香港每天都在发展变化,都有新的现象,新的事物值得我们观察,需要我们学习。

陈曦: 香江十五年,盛貌胜从前,这十五年来,依靠七百万香港市民的勤劳努力,依靠着香港特区政府以及公务员团队的精诚合作,依靠着中央政府的大力支持,香港取得了前所未有的成就,经济更繁荣,地位更巩固,社会更和谐,活力依然,焕发着迷人别样的光彩,闪耀于世界。今天的香港已然在新的历史起跑线上奋然跃起。这座不平凡的城市注定了要在21世纪再写下新的奇迹。

梦云: 是的,在新的起跑线上,香港特区作为世界的一个重要金融中心,离岸人民币业务中心是香港的一个新的定位,现在人民币也越来越通过香港这个渠道,能够更多的,更快的走向国际化。香港的位置非常重要,处于东亚合作的交汇点上,不仅是粤港澳的合作,包括东亚地区的区域合作,东南亚地区的区域合作,中国与东盟自贸区的建设等。所有这些区域中,香港都处于一个关键点上,香港的发展将促进整个区域的发展,最终将发挥更大的作用。

(香港人大代表刘佩琼专访)

梦云: 即将迎来的2012年7月1日,是香港特别行政区成立十五周年纪念日,是香港与祖国共同庆祝的时刻。香港回归祖国15周年,也是香港青少年认识祖国、了解祖国的15个春秋。今天,祖国对很多香港青少年而言,不再只是深圳河以北那片抽象遥远、广袤无垠的大地。越来越多的年轻人愿意为祖国为香港贡献自己的力量,香港国民教育中心主任吕如意在香港国情教育中心就有这样一个展板,很多年轻人都把自己的愿望写在上面。

(采访吕如意)

(采访　年轻人的梦想)

梦云: 国家主席胡锦涛在香港回归十周年时在香港说过,青少年是香港的未来和希望，也是国家的未来和希望。"少年智则国智，少年富则国富，少年强则国强"，"一国两制，港人治港"的伟大实践，乃至中华民族的复兴，香港的青少年责无旁贷。

陈曦： 我们热爱香港这片土地，它早已不是一个简单的地名，而是一种情结，一种精神。香港有大未来，国家的未来会更好，香港的明天会更好。

梦云： 祝福香港的明天越来越美好！好的，听众朋友，今天的直播到此结束，感谢所有的好朋友跟我们一起分享精彩的香港。

陈曦： 香港欢迎你们的到来，再见！

（回归歌《难忘时刻》）

城市的传奇：佛山

（《城市新跨越》大标版）

男：有一种城市，穿透千年的时光；

女：有一种跨越，坚挺时代的脊梁；

男：衔东海，跨云贵，它是腾飞的巨龙；

女：起山巅，入南川，它是翱翔的雄鹰。

（压混：常州、丽江、珠海、鄂尔多斯、佛山、潍坊、新余、芜湖、香港吐鲁番、天津滨海新区、遂宁、攀枝花、嘉兴、澳门……）

男：聆听城市的声音，

女：见证跨越的力量。

男：《城市新跨越》——中央人民广播电台华夏之声、香港之声携手内地及港澳15家电台联合直播。

第一节 开 场

（音频：歌曲《佛山一家人》）

男： 中央人民广播电台。

女： 佛山人民广播电台。

男： 听众朋友，你们好！您正在收听的是由中央人民广播电台华夏之声、香港之声联合内地及港澳15家电台推出的大型直播节目《城市新跨越》。我们今天来到黄飞鸿的家乡——佛山。我是中央台主持人健光。

女： 我是来自佛山电台的李燕，我在珠三角鱼米之乡佛山，向听众朋友问好！您刚刚听到的这首歌，叫《佛山一家人》，是我们佛山本地音乐人邓耀邦、陈辉权创作的，演唱者是我们佛山电台的另一位主持人、我的同事交通国。

男： 接下来的一个小时里，我们《城市新跨越》直播节目，将介绍佛山的城市建设、产业发展、历史文化等等，您可以通过这个窗口，感受佛山的魅力，领略佛山的奇特！

女：今天我们还为大家请到了一位重量级的嘉宾——佛山市长刘悦伦先生。稍后他将接受我们的直播访谈。

第二节　概述佛山

（音频：佛山片花）

男：认识一座城市，首先是从她的名字开始的。李燕，我想请教一下，佛山是怎么得名的？我到佛山后逛了逛，好像也没看到有山啊。

女：佛山在1500年前的名字叫南海县季华乡。唐朝贞观二年，也就是公元628年，当地居民在一个名叫塔坡岗的地方，也就是项目现在禅城区的塔坡街一带，挖出三尊小铜佛像，认为这里是佛家之地，是有福气的地方，从那以后，这地方就得名"佛山"。

男：现在的佛山，包括禅城、南海、顺德、高明、三水五个区。禅城区是佛山市的中心城区。李燕，再考考你，佛山为什么又被称作"禅城"？

女：我知道，禅城是中国唯一以"禅"命名的城市。不过，佛山为什么又叫做禅城，还真说不出所以然来。不过，我可以请佛山民俗专家余婉韶老师来回答你的问题。

（音频：余婉韶谈"佛"与"禅"）

为什么佛山后来叫禅城呢？这个禅字跟佛字其实在字义上是一样的。按照字典解释，佛的一切事物都可以叫做禅，比如，念经的和尚、方丈就叫做禅师，其实禅跟佛是一样意思。说到佛，可以用禅字来代替，所以《佛山志》或者《佛山地名志》他们都说道，佛山市又称禅，其实禅是佛山两个字的一个代称，并没有说因为有件什么事而叫做禅，不是这个意思。好像过去，新中国成立前，我们佛山有些人就说，佛山就是禅山，禅山就是福山，为什么呢？因为佛地就是福地。所以佛山有条街就做福山街，有家医院叫做福山医院，因为佛就是称呼我们至高无上的佛，它用个禅字呢，就更加虔诚。

男：我明白了，佛山，又叫禅城、福山，是一块福地。佛山的地理位置非常独特，离广州的直线距离不超过20公里，可以说是和广州连在一起的，广佛同城，很多佛山人在广州上班，也有很多广州人在佛山买房。佛山离香港、澳门也非常近，不过一个小时的车程。

女：这样独特的地理位置，使得佛山可以享受到大城市的好处，但又可以相对避免大城市交通拥堵的情况。佛山的汽车保有量去年突破了一百万辆，上下班高峰时段，中心城区部分道路也会缓慢，但跟很多大城市比起来要好多了。

男：佛山是珠江边一颗璀璨的明珠，"笑傲珠江"。历史上，佛山的航运就非常鼎盛，陶瓷、冶铁、医药等手工业也十分发达，与江西的景德镇、湖北的汉口、河南的朱仙镇齐名，并称为中国古代四大名镇。

女：现在的佛山，也有很多令人刮目相看的地方。在2011年城市综合竞争力排名前50名中，佛山市获得地级市第1名。"佛山制造"中，陶瓷、家电、铝型材等等，都在全国赫赫有名。

男：佛山还盛产名人。除了我们非常熟悉的黄飞鸿、叶问、李小龙，戊戌变法的领军人物康有为，就是南海九江人。还有电影《刑场上的婚礼》中女主角的原形——革命烈士陈铁军，也是佛山人。

女：黄飞鸿、康有为、陈铁军他们，给人的印象是敢作敢为、侠肝义胆。现在的佛山人，也有这样的特质。佛山曾经在20年前率先进行产权改革，将国有企业逐渐转制为民营企业，为全国提供了经验。

男：我们先勾勒一下佛山的概貌，在接下来的时间里，还会同大家慢慢分解，让大家对佛山有更加清晰的认识。

第三节 佛山的产业

（音频：佛山片花）

男：中央人民广播电台。

女：佛山人民广播电台。

男：您现在收听到的是由中央人民广播电台华夏之声、香港之声联合内地及港澳15家电台推出的大型直播节目《城市新跨越——城市的传奇：佛山》。我是中央台主持人××。

女：我是佛山电台主持人李燕。我们在古韵悠悠的佛山，继续带领大家领略佛山的传奇。

男：佛山是一个制造业大市，陶瓷建材、家电家私，都非常厉害。我听过这样的说法：国内几乎每个家庭都至少有一款家电是佛山制造的。

女：是的，美的空调、美的电饭煲、格兰仕微波炉、容声冰箱、万和热水器等等，都是消费者熟悉的家电品牌。在佛山，每一个镇街都有一个特色产业。例如，石湾的陶瓷，黄岐的内衣，澜石的不锈钢、乐从的家私等等，可以说镇镇有特色。

男：制造业是佛山经济的根基。佛山最近提出，要通过产业链招商，做大做强产业，产业规模要在三至五年内突破一万亿的规模。

女：除了提升产业，佛山正在实施城市升级三年行动计划，要在三年内完成好103个重点项目。

男：城市升级和产业链招商，现在推进到什么程度了？我们邀请到佛山市长刘悦伦来到直播室，接受我们的访问。

第四节　市长访谈

（音频：《城市新跨越》总片花）

男：有一种城市，穿透千年的时光；

女：有一种跨越，坚挺时代的脊梁；

男：衔东海，跨云贵，它是腾飞的巨龙；

女：起山巅，入南川，它是翔翔的雄鹰。

（压混：常州、丽江、珠海、鄂尔多斯、佛山、潍坊、新余、芜湖、香港、吐鲁番、天津滨海新区、遂宁、攀枝花、嘉兴、澳门……）

男：聆听城市的声音，

女：见证跨越的力量。

男：《城市新跨越》——中央人民广播电台华夏之声、香港之声携手内地及港澳15家电台联合直播。

（音频：佛山片花）

男：现在刘悦伦市长已经来到了我们的直播间。刘市长您好！因为我们的直播信号还覆盖港澳地区，我们直播报道的合作方——香港电台普通话台的同行，说有两个问题想问刘市长。下面我们先来听听他们想问些什么？

（音频：香港电台向市长刘悦伦提问）

佛山是制造业大市，今年提出"产业链招商"。先请您介绍一下，"产业链招商"的含义？佛山为什么要进行"产业链招商"呢？产业链招商会如何进行？

港澳经济如何参与到佛山的产业链招商中？对佛山的产业发展起怎样的作用？

男：刚才香港电台问刘市长，佛山提出"产业链招商"，他们觉得很新鲜，想知道"产业链招商"指的是什么？

市长答……

女： 佛山为什么要进行"产业链招商"呢？产业链招商进展如何？

市长答……

男： 香港的听众还很关心，港澳经济怎样参与到佛山的产业链招商中来？

市长答……

女： 佛山的听众最关心的是城市升级三年行动计划。三年行动计划中，不仅仅市容环境要升级，连城市管理也要一起提升。我想问问市长：为什么佛山偏偏在这个时候提出升级计划？

市长答……

男： 城市三年行动计划中，重点做些什么？

女： 在你心目中，三年后的佛山、也就是行动计划基本完成后的佛山，会是怎样的？

市长答……

男： 我还了解到，佛山正在进行行政体制改革，是广东省的试点。请问刘市长，佛山的行政体制改革怎样改？希望在哪些方面取得突破？

女： 听说刘市长和国内部分城市的市长一起，刚刚从美国考察回来。请问刘市长，您这次到美国考察，有什么特别的感受？

市长答……

感谢刘市长接受我们的访问。

第五节　佛港合作

（音频：城市新跨越片花）

男： 有一种城市，穿透千年的时光；

女： 有一种跨越，坚挺时代的脊梁；

男： 衔东海，跨云贵，它是腾飞的巨龙；

女： 起山巅，入南川，它是翱翔的雄鹰。

（压混：常州、丽江、珠海、鄂尔多斯、佛山、潍坊、新余、芜湖、香港、吐鲁番、天津滨海新区、遂宁、攀枝花、嘉兴、澳门……）

男： 聆听城市的声音，

女： 见证跨越的力量。

男： 《城市新跨越》——中央人民广播电台华夏之声、香港之声携手内地及港澳15家电台联合直播。

（音频：佛山片花）

男：您现在收听到的是由中央人民广播电台华夏之声、香港之声和佛山人民广播电台联合推出的大型直播节目：《城市新跨越——城市的传奇：佛山》。我是中央台主持人健光。

女：我是佛山电台主持人李燕。前面我们讲到，佛山与广州就像一座城市那样，两地居民享受着同城生活、同城便利。其实，佛山与香港和澳门，也是血浓于水。接下来，我们就来讲讲佛山与港澳的故事。

男：佛山是内地知名的侨乡。很多港澳政界、商界的精英，好似：曾荫权，梁爱诗、梁华、郑裕彤、李兆基以及著名的极地探险家李乐诗博士等等，他们的祖籍都在佛山。

女：因为地缘上的原因，过去很多佛山人到香港、澳门、东南亚谋发展。改革开放以后，他们又回到家乡投资建厂。特别是改革开放初期，来自港澳的投资，对佛山加快发展是起到重要作用的。

男：佛山现有侨资企业3000多家，投资总额超过126亿美元，占佛山市外资的70%，成为佛山经济发展重要力量。

女：每年春天，佛山市以及佛山属下的南海、顺德等区，都分别到香港、澳门举行春茗活动，与当地工商界共叙情谊。每当佛山举办重大活动，也邀请港澳乡亲回来参加。对佛山经济和社会发觉作出突出贡献的港澳台同胞，佛山还授予他们"荣誉市民"称号。到2011年，已经先后有四批、一共400多人获得佛山"荣誉市民"称号。

男：这几年，随着CEPA及补充协议的落实，我们看到，广佛与港澳的经贸往来更加频密，合作的范围在不断延伸。

女：作为一个普通的市民，也许并不了解CEPA是什么东西。我举个例子，大家应该会明白很多。这几年进入佛山的港资银行、港资学校、香港医生开办的诊所等等，其实就是佛山落实CEPA的产物。又比如，很多佛山市民爱逛的南海广场，现在就是香港商人在管理。可能有人会说，这有什么了不起？一起来听听我们记者的报道，您也许会有不同的看法。

（音频：南海广场——港式服务新体验）

祥仔是土生土长的佛山南海人，每到节假日的时候，他都会驾车半个钟头，陪家人到南海广场逛逛。品牌多、环境舒适是这里最吸引他的地方。

不过，在祥仔的记忆中，以前这个商场却是另外一番景象。【祥仔1】"我大概2001年开始逛南海广场，以前灯不是很光啊，没什么吸引力，是好杂的大卖场，没什么像样的牌子，能买的东西不是很丰富，多数都是卖些师奶、中年人的衣服喽。"

改变发生在2006年。那一年，收银台的服务小姐清一色换上了蓝底白领的新制服，标志着香港新鸿基地产正式接手商场。祥仔说，从那以后，变化最明显的就是购物环境和越来越多品牌的引入。【祥仔2】"2006年之后最大的变化是好清新，不像以前阴沉沉的，全部装修过，卖的东西肯定也不同了，前后变化好大，逐渐卖些高端的品牌。"

除了购物环境、品牌这些一目了然的变化，人性化的服务细节更是为人称道。在祥仔看来，这也是有别于本地传统零售商的最显著特色。【祥仔3】"以前广场外面有个露天停车场，有一次，突然下大雨，当时又赶着走，服务员好主动的拿些伞给人们用，很好的！洗手间老实讲干净好多了，有BB位换下尿片，这些都是很细节的。"

好像祥仔这样的佛山人，十年来见证了南海广场一步步的蜕变。

回顾6年前为何进驻佛山，商场总经理翁锦玲表示，主要是看准了这里的区位优势和广佛经济圈的发展前景。【翁锦玲1】"香港新鸿基地产一直看好南海这片位于广佛经济圈中心，毗邻广州地区，繁荣经济必定与便利交通挂钩，南海商业项目的目标消费群亦会随之而扩大至整个广佛经济圈。"

接管后，香港管理方将主要精力放在提升商场服务质量与品牌形象上。过去7年累计投入近千万元，来改善场内的环境及硬件设施；同时，凭借香港商业巨头的资源，不断将香港乃至国际知名品牌引入到商场。目前，商场二期招商也已经启动，将打造成一个更加高端、时尚的港式Shopping Mall。

翁锦玲认为，港式管理的最大特色是细微处关注消费者的需求。【翁锦玲2】"例如：电梯内我们专门设置了空气净化机，以保证这个狭小空间的空气质量，最近还增加了免费提供汽车电池应急启用及轮胎充气等贴心服务。"

不仅仅南海广场，实际上，为佛山人所熟悉的百佳、瑞安、周大福、大家乐、佳宁娜、新世界万怡酒店、财神酒店等等，均是港澳知名品牌。据佛山市工商局数据显示，截至今年一季度末，全市共有登记在册的港资企业2500多家，覆盖制造业、零售、地产等领域。

第六节　佛山功夫

（音频：佛山片花）

男：中央人民广播电台。

女：佛山人民广播电台。

男：听众朋友，你们好！您正在收听的是由中央人民广播电台华夏之声、香港之声联合内地及港澳15家电台推出的大型直播节目《城市新跨越》。我们今天来到珠江边美丽的城市——佛山。我是中央台主持人健光。

女：我是佛山电台主持人李燕。在我的心目中，佛山是一座"文武双全、崇文尚武"的城市。讲到"文"，有近代思想家康有为和他的敢为天下先的"有为精神"，"武"就有黄飞鸿、叶问、李小龙等一代宗师，他们早已成为一种文化符号，并且催生出了大量的影视文学作品，把中国人的精神价值传播到全世界。

当然，从广义来讲，佛山历史文化的深厚积淀和现代工商业的发展，又赋予了佛山"文武双全"的全新内涵。

男：讲到佛山武术，我们自然而然就会想到黄飞鸿、叶问、李小龙。不过，黄飞鸿、叶问，但毕竟是历史了，现在的佛山，是否还有很多老百姓打功夫？

女：当然啦，现在还有十万多人在练功夫呢。佛山武术，不仅强健了佛山人的体魄，还滋养出佛山人自信包容、正气坦荡的精神气质。

下面不如跟随我们的记者，一起到武馆去看一看。

（音频：武术在佛山）

（歌曲《男儿当自强》压混）

在佛山一个普通的武术训练馆内，一群年轻人正跟着师傅在练咏春拳。师傅叫梁健华，今年43岁。他的武馆有30多名教练，弟子超过一千名人，年纪最大的75岁，最小的6岁，部分来自海外。

梁师傅说，开馆授徒，源于自己对武术的喜爱。

【录音】玩功夫真的很苦，我们将个人的兴趣带动起来，在娱乐中得到健康。他们就会肯下苦工提升技艺。在清远丹灶广西都有徒弟在那里开馆，他们都会带队回佛山认祖归宗，我们能够这样推广，觉得作为佛山人是义不容辞。功夫文化那里有过往的黄飞鸿，现在的咏春，我们很乐意做这项工作。

在佛山，像梁健华这样开班授徒的武馆有150多个，规模有大有小。

这两年，《叶问》系列电影热播，慕名到佛山学习咏春拳的人就更多了。在佛山的叶问纪念堂，来自加拿大多伦多的女孩Candice正在师傅的指点下练习咏春。

【录音】The reason that I chose Yongchun is that, Yongchun as a goal, I think that is important for women to learn Kongfu just because we are involved one of the population and I hope to train Yongchun well, become a "shifu", then I can train other women.（我选择咏春的原因是因为我把它作为我的目标，我认为学习功夫对女人来说非常重要的，因为我们的人口当中女性同样是重要的一个组成部分，所以我希望能学好咏春并能成为一位师傅。）

武术在佛山有着悠久的历史，不少武馆历经沧桑，依然保存完好。位于禅城区中山公园内的佛山精武会，由知名武术家霍元甲于1921年创办，是目前国内存留的最大的精武会馆，会员主要由民间武术爱好者组成。

（歌曲《男儿当自强》压混）

第七节　佛山祖庙及祖庙大街

（音频：佛山片花）

（音频：广佛地铁进入祖庙站报站的同期声）

（女）下一站，祖庙。the nextstation is ZuMiao去往佛山琼花大剧院，佛山岭南天地，百花广场写字楼，友谊商店，伯顿国际商店的乘客请准备。（男）列车即将到达祖庙站，请小心列车与站牌直接的空隙。

女：这是全国第一条城际地铁——广佛地铁，即将进入祖庙站。广佛地铁开通后，很多广州市民搭地铁来佛山游玩，他们去的最多的，就是祖庙。

男：每一个城市，都有一个代表性的建筑或街区。佛山最有代表性的，应该就是祖庙了吧？

女：是的，祖庙，是佛山最有代表性的建筑。如果你要了解佛山，一定要到祖庙走一走。因为祖庙，她不仅仅是佛山人最骄傲的古建筑，她还是佛山市民的精神家园。

（音频：佛山祖庙）

（压混……祖庙环境声效……）

我是中央台记者郑澍，这里是佛山的祖庙。它始建于北宋元丰年间，距今900多年的历史，当时珠三角地区多为水乡，水患多，而北帝恰是传说中治水的神，于是北帝作为佛山的保护神在祖庙里被供奉起来。

【压混祖庙环境声效和老人家下棋声效……】祖庙不仅仅是一座民间艺术的博物馆，她早已深深地融入了佛山市民的日常生活。佛山人结婚，一定要去拜祖庙；小孩快到上学的年龄，要到祖庙来参加开笔典礼。每天清晨，当第一缕阳光透过浓密的树叶洒满祖庙的前院，老人们的晨练曲已经开始了，打太极拳、下棋……祖庙博物馆的工作人员这样告诉记者。

【出录音】我觉得现在的东西都是可以复制，甚至哪个城市的经济实力更强也可以我们做得更好。但是祖庙却是佛山特有的，这种民间信仰也赋予了她更大的生存的活力。在今天现代文明的冲击之下，她还有立足的根基。

（压混黄飞鸿醒狮队声效……）

在佛山祖庙的西北角，还设立了黄飞鸿纪念馆。据了解，黄飞鸿狮队每天在这里有三次演出，迎接八方来客。

不仅如此，祖庙内的万福台、叶问堂等特色展厅用自己独特的方式展示着佛山精神、佛山文化。是祖庙，让时间凝固，让生命延长，让平淡的生活变得极富韵味。

男： 祖庙那么美，等直播节目完成后，我也要抽空去逛一逛。

女： 去了祖庙，建议你仔细看看一个地方——万福台。万福台是华南地区最古老和保存最好的古戏台，过去的粤剧戏班在外出巡演之前，必须先到这里演出第一场，一来图个吉利，二来接受观众和粤剧前辈的评点，然后才能到各地去演出。这是佛山"行业文化"当中"专业精神"的一种具体体现。

男： 除了祖庙，还有什么好介绍？

女： 建议你到祖庙大街走一走。早在明清时期，祖庙大街就云集了售卖各种生活用品的店铺，像手工业的剪纸、木版年画、锅碗瓢盆、石湾公仔和铁器等，集中展示了本地的文化精粹。1998年，佛山市政府将祖庙大街店铺定为文物保护单位。

男： 我知道风靡港澳的保济丸，其百年老店李众圣堂，就在祖庙大街上。现在的李众圣堂不知怎么样了？

女： 我们的记者去探访过这家百年老店。

（音频：百年老店李众圣堂）

（压混……祖庙环境声效……）

李众胜堂祖铺大概修于1918年前后，是修筑在祖庙大街老城的腹地当中，经过佛山市政府的重修，如今依然可以从古色古香的砖墙细缝之间窥探过去的故事。祖庙博物馆研究员：

【出录音】其实最初的墟市，是崇敬门后面的一整块空地，后来到明末清初修建了祖庙大街，而祖庙大街是通过祖庙的必经之地，从墟市演变为祖庙大街，成了一些有固定店铺的商店。祖庙大街长约300余米，宽约3.5米，曾经是行业会馆、中成药铺的集中地带，而李众胜堂就在祖庙大街的18号那里。

（压混……祖庙环境声效……）

当年，李众胜堂所制成药有保济丸、胜保油、保和茶等多种，其中以保济丸最负盛名。该铺创始人可以追溯到清光绪年间的李兆基，相传此人乐善好施，所以得到街坊邻里的爱戴。

佛山李众胜堂在清末民国时期是该堂在省港连锁店铺的总店所在，是佛山现存中成药老字号中传统铺式保存最完整的建筑，具有重要的历史研究价值。老佛山梁伯，他自小就在这附近长大，也曾在李众胜堂内做过工：

【出录音】当时不是像现在这样的，但是这里是住人兼卖药。（记者：您觉得保留这栋建筑给我们带来了什么？）一种回忆吧，显示了旧人是怎样奋斗的，能创造出这么多东西。

李众胜堂祖铺整体建筑坐北向南，采用的是三进三层山顶青砖木结构，据梁伯回忆，祖铺一楼是制药、卖药铺头，二楼是李家与工人居住之地。堂内中西合璧的设计，彰显了当年的主人家李兆基思想开放，善于吸纳西方文化精华的一面。从香港来的游客蔡先生说：

【出录音】觉得这里很多东西，也来看看李众胜堂，来见识一下这是否原来始创人的厂和住宅。

1938年，佛山沦陷，李兆基的养子李赐豪举家迁移香港，并在香港设厂经营"保济丸"。"保济丸"在内地的生产后来归并入佛山中药一厂。

祖庙的香火一直很旺，祖庙大街上沿街墟市和商铺的生意更是红红火火。而当初设在祖庙的墟市是后来商业取得巨大发展的萌芽。

【出录音】这个墟市的发展，然后吸引了不少有实力的企业和商家，所以他们就在祖庙大街那里购置了商铺，他们不仅对祖庙大街有影响，而且对整个佛山地区乃至华南地区都产生了深远的影响。

祖庙见证了祖庙大街的发展和兴盛，祖庙大街又在某种程度上用时光和岁月记载着佛山经济的发展历程。

【出录音】从70年代开始，祖庙的主街道开始扩展，然后有了一些现代的商铺来进驻，包括大型的商场，购物中心都在祖庙的附近，因为受到祖庙辐射的影响，所以给商业也带来了很大的商机。传统文化和现在文明是互利互惠的状态，和谐地存在着。

第八节　佛山一家人

（音频：歌曲《佛山一家人》）

男：中央人民广播电台。

女：佛山人民广播电台。

男：听众朋友，你们好！您正在收听的是由中央人民广播电台华夏之声、香港之声联合内地及港澳15家电台推出的大型直播节目《城市新跨越》。今天我们来到武术名人黄飞鸿、叶问、李小龙的家乡佛山，带大家认识这座充满传奇的城市。我是中央台主持人……

女：我是来自佛山电台的×××。我们又听到了这首歌，佛山人非常熟悉的歌曲《佛山一家人》。这首歌散发着浓郁的乡土气息，体现了佛山人的热情奔放、好客多情。

男：《佛山一家人》歌词通俗，旋律优美，在卡拉OK厅都可以演唱。

女：除了《佛山一家人》这首歌，还有《石湾公仔》、《行通济》这几首歌，都很有佛山味道，非常好听。这几首歌，是土生土长的佛山人创作的。节目刚开始我们简单介绍过，作词是邓耀邦，作曲陈辉权，演唱者是我的同事——交通国。这么好听的、散发着佛山特有味道的原创歌曲，是怎样创作出来的呢？一起来听听下面这个小故事啦。

（音频：《佛山一家人》访谈）

（歌曲《佛山一家人》压混："佛在哪边，齐去许个愿……"）

今年40岁的邓耀邦，是土生土长的佛山人。除了读大学外，三十多年来都在佛山生活。

邓耀邦在1995年认识了佛山电台著名节目主持人交通国，2009年为交通国创作原创歌曲。

【录音】他是佛山电台一个主持人，要有佛山元素，还有一个是他做节目跟交通、饮食等有关，所以要体现佛山的特色，要把佛山人的气氛、和谐融去里面去。当时候就下定决心写一首地地道道佛山人喜欢的歌曲。佛山是一个有历史有文化的城市，诞生了李小龙、叶问等等的名人，也有饮食，顺德粤菜，歌曲融入乡土文化，包括佛山景色。

歌曲将佛山的祖庙、武术、凤城美食等佛山代表性的元素融入其中。歌曲原唱、佛山电台主持人交通国说，歌曲描写的都是身边的生活，唱起来特别亲切，也特别有激情。

（歌曲压混）

吃饭遇到美味源，煎蚊炒焗个鱼最嫩……交通国说，在《佛山一家人》这首歌中，"鱼最嫩"这一句非常生动传神。

（歌曲佛山一家人：问问阿嫂/何处多花园/山青水色要居湖对面/问问阿哥/为乜爱农田/皆因瓜果够大够鲜）

就这句歌词而言，原来都有小故事。邓耀邦的嫂子、哥哥以前是卖瓜果的，他也曾到嫂子田地里摘瓜果。

【录音】问问阿哥是我太太的哥哥，从农村里种地，后来卖瓜果卖菜。这是身边的故事，原来我的老丈人退休后也在罗村那边种菜，看到地里收获的感觉挺好，包括小时候看到这些，所以体验比较深刻。

（歌曲《石湾公仔》压混）

这首歌曲名叫《石湾公仔》，石湾公仔中的十二生肖，是佛山市民春节时候家家必备的吉祥摆设。

还有歌曲《行通济》。

（歌曲：《行通济》压混）

这首歌描写的是元宵节佛山人特有的民俗——"行通济，无弊翳"。歌曲原唱交通国认为，这些佛山原唱歌曲，表达了佛山人民对这方水土的热爱，传达出佛山市民和谐向上的精神风貌。

（歌曲《行通济》音乐渐起至结束）

男： 刚刚歌曲唱的《行通济》，是佛山特有的民俗。佛山的通济桥，其实是一座只有十来米长的小桥，但是每年的正月十五晚上到正月十六黎明，竟然会有几十万人相继走过，那场面真的非常震撼。

女： 佛山人行通济，为好运，为平安，为自己和家人祈福。而"通济"这两个字当中蕴含"兼济天下"的意味，也让这个传统的民俗活动具有了更高尚的情操。

男： 一些听众听了我们的节目介绍佛山，可能会很想到佛山游玩。如果第一次到佛山，有哪些旅游景点可以推介？

女： 除了前面说过，到佛山一定要逛祖庙，其他景点可以根据自己的喜好来选择。广东四大名园中，有两个就在佛山，分别是位于禅城的梁园和顺德的清晖园。它们是岭南园林的代表。

还有南海的西樵山、千灯湖、三水的荷花世界，都是风景秀美的景点。

男：佛山有哪些美食？

女：佛山是珠江三角洲的"美食之乡"。无论天上飞、地上走、土里钻、水中游的动物，还是那青葱滴翠的各种果蔬，在厨艺大师们的精心烹调之下，都能变成美味佳肴。

第九节　结束语

（音频：歌曲《行通济》）

男：佛山，是一座古老而又年轻的城市，这座城市的传奇，仍在延续。

女：敢为人先，崇文务实，通济和谐，是佛山这座城市的精神，也是佛山与世界握手的姿态。

男：中央人民广播电台。

女：佛山人民广播电台。

男：由中央人民广播电台华夏之声联合内地及港澳15家电台推出的大型节目《城市新跨越——城市的传奇：佛山》到此结束。朋友们，再见！

（歌曲《行通济》）

丝路明珠——风情吐鲁番

（《城市新跨越》大标版）

男：有一种城市，穿透千年的时光；

女：有一种跨越，坚挺时代的脊梁；

男：衔东海，跨云贵，它是腾飞的巨龙；

女：起山巅，入南川，它是翱翔的雄鹰。

（压混：常州、丽江、珠海、鄂尔多斯、佛山、潍坊、新余、芜湖、香港、吐鲁番、天津滨海新区、遂宁、攀枝花、嘉兴、澳门……）

男：聆听城市的声音，

女：见证跨越的力量。

男：《城市新跨越》——中央人民广播电台华夏之声携手内地及港澳15家电台联合直播。

这是太阳的故乡，四季流淌着光明的雨粒；

这是葡萄的家园，感受五千年的日月精华；

绵延的火焰山喷薄而出；高昌、交河演绎着昔日的辉煌。

吐鲁番，

丝绸之路上的一颗明珠，用沧桑诉说着古老的文明；

西域边塞上炙热的烈焰，用热情撩拨着记忆的苍穹；

风情四溢的维吾尔用冬不拉弹奏着欢快的旋律，

纵情欢畅的手鼓拍打出新时代华丽的乐章。

城市新跨越丝路明珠风情吐鲁番正在播出。

第一篇

（垫乐：主持人开场——）

紫桐： 中央人民广播电台华夏之声、香港之声。

浩然： 吐鲁番人民广播电台。

紫桐： 由中央人民广播电台华夏之声、香港之声联合内地及港澳15家电台推出的节目大型直播节目"城市新跨越"，此刻我们来到了被誉为"丝路明珠"、"瓜果之乡"的美丽新疆吐鲁番。我是中央人民广播电台主持人紫桐

浩然： 大家好，我是来自吐鲁番人民广播电台的主持人浩然。我们在美丽的吐鲁番向吐鲁番的听众、港澳听众以及全国各地的听众朋友们问好。同时，在这里我想用最诚挚的热情欢迎各地的朋友来到我们新疆做客。

紫桐： 谢谢浩然，其实这次来到新疆也是我期盼已久的一件事。早就听说过新疆的富饶与壮美，这几天亲眼所见，果然不虚此行，而且也被热情、好客的新疆朋友深深感染了。

浩然： 是的，"笑迎八方游客"是我们每一个吐鲁番人的待客之道。因为在我们吐鲁番居住着维吾尔族、回族、汉族等多个兄弟民族，各个民族间的文化在这里汇聚。悠久的文化、壮美的风景、少数民族同胞动情的歌舞以及甘甜香醇的瓜果，构成了独具魅力的"吐鲁番风景线"。

（吐鲁番介绍片花）

吐鲁番地处吐鲁番盆地，素有"火洲"之称。吐鲁番在突厥语中的意思是"富庶丰饶之地"，由于这里独特的气候特点，盛产葡萄、西瓜等果品，是闻名遐迩的"葡萄城"。

古丝绸之路上的吐鲁番，位于库鲁克塔格山以北，天山以南，是一片被戈壁、流沙、干涸古河道包围着的绿洲，总面积约7万平方公里，维吾尔族占总人口的70%。吐鲁番的位置非常重要，是丝路必经的重镇，也是北方游牧民族穿越天山、进入南疆塔里木盆地的要道。

人们说，在吐鲁番每走一步，都会踩着一个文物，走到哪个角落，都有听不完的历史故事。兀立在交河故城遗址的断垣残壁，无不撞击着每个人的胸膛，足可让全世界今天的、明天的历史学家耗尽生命去解读它。古就有"昌盛富庶、和美之州"的美誉，到今天更是赢得了"无碳桑拿、有机瓜果、长寿高温、美容火州"的盛赞。吐鲁番融合了古代的文明与现代的风采，以其妖媚而粗犷，质朴而

热情的独特个性与魅力，令游者流连忘返，终生怀念。

（过渡片花：您正在收听的是《城市新跨越丝路明珠风情：吐鲁番》）

紫桐： "亭亭玉立翡翠楼，珍珠玛瑙满沟流"，多少年来，无数文人骚客为这片神奇而富饶的土地留下了许多赞美的诗词，让吐鲁番逐渐地走进全世界人们的视线中。在整个丝绸之路上，没有哪个地方的文化会像吐鲁番这样丰富多彩。如今的吐鲁番被誉为"世界四大文化体系的交汇点、华夏灿烂文明进程的活化石、西域丝路精妙绝伦的博物馆、人与自然和谐生存的欢乐园。

浩然： 是的，吐鲁番现已开发旅游景点16个，其中国家5A级和4A级景区各1处；有国家级文物保护单位9处，自治区级文物保护单位36处，县（市）级文物保护单位179处。旅游资源主要分为历史文化景观、自然景观、民俗风情三种类型。这些资源在盆地中央聚集，丰富多彩、相得益彰，是西部地区最具有代表性的区域。

紫桐： 以前啊，很多朋友一想到吐鲁番，第一个感觉就是"热"。充足的紫外线和长时间的日照，让大家有点望而却步，所以"火炉"、"火洲"的称号因此而得名。而现在的车师古道、通往焉耆盆地的"银山道"等旅游资源以及吐鲁番一年四季阳光明媚的优势，近年来吸引了大量的户外运动爱好者，成为备受追捧的"户外运动基地"、"休闲港"和"夏浴之滨"。

浩然： 你说得一点也没错，现在，无论春夏秋冬，吐鲁番都有能尽情享受的特色旅游。春天，吐鲁番绿染枝头。他乡还在备耕忙，这里的蔬菜大棚里早已瓜果飘香。夏秋之际，吐鲁番葡萄流蜜，走进闻名遐迩的葡萄沟，您可以实地体验葡萄文化的神奇魅力。而到了冬季，作为世界陆地第一低的艾丁湖是治疗失眠、高血压的绝佳去处。即便是三九时节，吐鲁番的最低温度也不过零下10摄氏度左右。您不用穿着太厚，大可放心的享受温暖的阳光之旅、健康之旅，把紧张的工作和生活中的压力在这得到舒缓。

紫桐： 大街小巷、公路两旁，渠沟深处、熙攘城乡。人们提篮、兜袋，喜摘桑葚，绿树枝头杏儿黄。看来，"吐鲁番人真有福气"并不是一句空头恭维的话。当然，对于绝大多数朋友来说，昔日传唱至今的一首新疆民歌《吐鲁番的葡萄熟了》应该是对吐鲁番最早的认识，所以葡萄自然是吐鲁番人最值得骄傲的。

浩然： 那当然，吐鲁番是我国葡萄主要生产基地，总产量占全疆的52.84%，是全中国的五分之一。现有葡萄品种也非常多，有无核白、红葡萄、黑葡萄、玫瑰香、白布瑞克等500多种，仅无核白葡萄就有20个品种，它的含糖量可高达22%～24%。堪称"世界葡萄植物园"。

紫桐： 说到葡萄，举世闻名的葡萄沟是朋友们来到吐鲁番一定不能错过的地方。它是吐鲁番"火洲"中的一片绿洲，葡萄沟因为有葡萄而闻名，而这沟里的葡萄，因为有了这条沟而更有名气。葡萄沟内栽种着上百种葡萄，形成了一所天然的葡萄博物馆。

浩然： 维吾尔族把葡萄沟叫做"布依鲁克"，意思是又多又好的葡萄地。它以干涸为背景，以戈壁为依托，以火焰山为靠山。是两千年前喜马拉雅山造山运动的产物，也是吐鲁番的人们祖祖辈辈辛勤劳动、自强不息的结果。

紫桐： 每年的8月应该算是"葡萄沟"最繁忙的季节，各种花果树木点缀其间，令人目不暇接，如入仙境；少数民族兄弟姐妹载歌载舞喜迎八方游客，用热情和豪爽触动着游客的心田，欢腾着迎接一个节日的到来。

浩然： 是啊，从1990年起，每年8月26日都在吐鲁番市举办中国丝绸之路吐鲁番葡萄节。它是为纪念丝绸之路开通2001年举办的，而且是国务院确定的40个重要节庆活动之一。算一算，中国丝绸之路葡萄节已经成功举办过二十届了。在葡萄节上会举办各种文化活动，例如民族歌舞、消夏晚会、还有风味小吃一条街、葡萄瓜果一条街，吸引了大量中外宾客前来观光。接下来，我们就带领大家一起去领略一下往年吐鲁番葡萄节的盛况吧！

（吐鲁番葡萄节专题，舞曲压混，音频资料）

　　我现在在吐鲁番市大剧院，为期10天的第二十届中国丝绸之路吐鲁番葡萄节在这里盛大开幕。在葡萄节期间将举行吐鲁番葡萄评比、品尝展示活动；首届葡萄书画艺术作品展、吐鲁番干尸首次向世人展示、我国海拔最低点艾丁湖篝火晚会、沙漠烤鸡蛋、沙漠专场摇滚乐等丰富多彩的活动。

　　"奥林比亚、美人指、紫水墨"……在吐鲁番葡萄品尝展示活动现场，共展出了多达100个品种的葡萄，为当地群众和游客奉上了名副其实的葡萄盛宴。100种形状、颜色、口感完全不同的葡萄让现场所有人大呼过瘾！同步进行的"吃葡萄比赛"活动更是吸引众多市民和游客驻足观看，为参赛选手呐喊加油。

　　（现场声压混：我们第2组、第2组速吃葡萄的选手，抓紧时间上场，限时3分钟，看谁吃的最快，好，预备！开始！）

主持人一声令下，参赛的5名选手随即开始向自己面前的"1公斤鲜葡萄发起进攻！大家各自为战，采取战术也是各有特色，有狼吞虎咽型的、也有细嚼慢咽追求效率型的，台上吃的热闹，台下的笑声加油声也是此起彼伏，最终2号选手库热西·乃吉木丁以54秒得超级速度获得"吃葡萄比赛"的冠军，并获得了488元的奖金。

在葡萄节期间举行首届葡萄书画艺术作品展，吸引了众多书画爱好者前来欣赏和观看，所有参展作品主题都围绕吐鲁番的名片"葡萄"展开。

江苏扬州画派书画院副院长王于思，为参加这次书画展，专门利用了2个月的时间，创作了18幅关于葡萄题材的国画，其中，最吸引人眼球的就是这幅长达4.2米，宽高1.8米的《硕果满园》。

【录音】王于思：我这次主要就是听说吐鲁番的葡萄特别好，就在家创作了一批比较精美的葡萄作品，大的有丈二的、八十的、六十的。甚至也有小斗方的。我觉得的吐鲁番是我们很向往的地方，在心里也有一种很神奇的感觉，吐鲁番的葡萄熟了，那我们要来尝尝葡萄了。

紫桐：以节庆为媒，以葡萄传情，架起了吐鲁番人民与国内外朋友友谊的桥梁，"吐鲁番葡萄节"成为宣传吐鲁番的一张生动名片，为吐鲁番的经济社会发展做出了积极贡献。

浩然：今年的8月26日是第二十一届中国丝绸之路吐鲁番葡萄节，本次葡萄节以"团结友好合作发展"为主题，整体推介吐鲁番丰富独特的旅游资源和旅游业品牌形象，提升吐鲁番旅游业品牌的知名度。

紫桐：随着第二十一届吐鲁番葡萄节的到来，"新疆会客厅——吐鲁番"正以无与伦比的魅力，向世人绽放她的光彩。

第二篇

（过渡片花）

人类四大文明在这里汇流激荡，镌刻着世界闻名的路线图。

人与自然和谐相处的欢乐家园，这里是令人震撼的文化圣地。

《城市新跨越——丝路明珠，风情吐鲁番》正在播出。

紫桐：中央人民广播电台华夏之声香港之声。

浩然：吐鲁番人民广播电台。

紫桐：收音机前的听众朋友，大家好，您现在收听到的是中央人民广播电台华夏之声、香港之声和吐鲁番人民广播电台联合直播的大型节目《城市新跨越丝路明珠--风情吐鲁番》，我是中央台主持人紫桐。

浩然：大家好，我是吐鲁番台主持人浩然。紫桐，你知道么?我们吐鲁番有四个最。

紫桐：我知道，最热、最干、最低、最甜。

浩然：没错，全答对了。吐鲁番的夏天可是出了名的热，相信你这两天也感受到了，8月基本上每天的气温都在42℃以上，火焰山的地面温度可以达到80至90℃，故有"沙窝里煮鸡蛋之称"。这里深居内陆，终年降水稀少，一般在5mm以下。晴天多，太阳辐射强，终年高温，昼夜温差大，大部分地区自然景观为温带荒漠景观。不过正是这样干燥、恶劣的环境让许多历史遗迹完整的保存下来，让现代人去思索和解读。

紫桐：公元三百年前，中国人开始建造交河故城，两百年后又筑起了高昌城，两城相距不足百里，遥相呼应，堪称西域双雄。之后1300多年风风雨雨，吐鲁番经历了政治中心、经济中心，文化中心和商贸中心的交替更迭，见证了丝绸之路的辉煌和没落。

（历史文化专题，音频资料）

交河故城——是世界上最大最古老、保存最完好的生土建造的城市，也是我国保存最完整的都市遗迹，徘徊在断壁残垣的黄土废墟间，历史的踪迹依稀可循。

交河故城位于吐鲁番市西南大约13公里的牙尔乃孜沟中，牙尔乃孜沟是远古时代由洪水冲刷而成的一道河谷，经过千百万年冲蚀，在河谷中央形成了一个平面呈柳叶形状的河心洲，交河故城就坐落在这个长1700米，最宽处300米的河心洲上，形状如环水的柳叶，而30多米的崖岸犹如刀削，堡垒天成。

我是记者健光，在吐鲁番地区文物局郭物副局长的带领之下，我们现在身处交河故城的中央大道，昔日繁华的交河城，如今只剩下城基和断壁残垣，但当年的市井格局及官署、寺院、佛塔、坊曲街巷等仍历历可辨。

为什么叫交河呢? 原来是一片平地、沉积土，因为北面的泉水涌出形成两条河，刚好在这平台上侵蚀出一个叶子状的，或者说从空中上看像航空母舰这样的核心洲台地，古代的车师人作为城堡或重要人物居住的地方，因为它是一个天然的易守难攻的地形，它是一个台地，两条河相交，所以显得这个地方也是一个非常好的环境。

交河故城总面积47万平方米，现存建筑遗迹36万平方米。城内建筑物大部分是唐代修建的，建筑布局独具特色，而且还保留着宋代以前我国中原城市的建筑特点。

这个城是当今世界上中世纪保存深土建筑的一个古城，它的特点是主要采取叫"减地法"，这个城是雕出来的，就是在原来的平地上根据需要，把不要的地方挖走，然后把墙或屋里的糠留出来，所以就是在大地上雕出来的一个城市。保存得比较完整是因为它的土地比较硬，是高钙土，比较坚固，也适应吐鲁番的气候，它能隔热也能保温，这么干燥，基本上能保存下来。

而就在交河故城的另外一面，距离吐鲁番40公里处，另一座故城与之遥相呼应，它就是高昌故城。它还被誉为"长安远在西域的翻版"。

汉末以后吐鲁番就进入了高昌国时期，就是一系列的小国，包括最出名的曲氏高昌国，它们都把自己的行政中心放在高昌城，在那不断地扩建和完善，相反交河就被冷落了，成为了当地人的一座城市，所以你看高昌城一直到被毁，都是作为吐鲁番的行政中心，当时它一步步地发展起来，有三重城墙、规划也大，里面还发现更多和丝绸之路有关系的，还有各种文字、各色人种，还有各种人员在那汇集。

因为这两座城，交河和高昌，吐鲁番从此名扬天下。当时的吐鲁番人生活富足，胸襟开阔，中外商贾汇集于此，其繁华景象有18种文字、24种语言同时流通为证，在历史上有着重要的影响。

这两座城真的是人类共同的文化遗产，它以非常好的状态见证了丝绸之路的繁荣，也见证了西域各族人民在这里建设家园的历史，还有它流传下来的中西方的文化遗存等方方面面，我们现在还能亲眼所见的状态，让我们思想、见证和想象当年丝绸之路的咽喉地带吐鲁番有一个繁荣、包容进去的状态。让我们一起建设美好的家园、各民族团结，让我们把国家建设好。

第三篇

（总片花）

男：有一种城市，穿透千年的时光；

女：有一种跨越，坚挺时代的脊梁；

男：衔东海，跨云贵，它是腾飞的巨龙；

女：起山巅，入南川，它是翱翔的雄鹰。

（压混：常州、丽江、珠海、鄂尔多斯、佛山、潍坊、新余、芜湖、香港、吐鲁番、天津滨海新区、遂宁、攀枝花、嘉兴、澳门……）

> 男：聆听城市的声音，

> 女：见证跨越的力量。

> 男：《城市新跨越》——中央人民广播电台华夏之声携手内地及港澳15家电台联合直播。

紫桐： 中央人民广播电台华夏之声、香港之声，吐鲁番人民广播电台，欢迎收音机前的听众朋友继续收听《城市新跨越》，我们正在吐鲁番人民广播电台为您直播。我是中央台主持人紫桐。

浩然： 我是吐鲁番台主持人浩然。其实说到吐鲁番还有一样是值得我们吐鲁番人民到现在为止都依然值得骄傲和称赞的，那就是历史上的伟大发明，也是吐鲁番的"绿洲之源"——坎儿井。

紫桐： 是的，坎儿井是新疆人创造的地下水利灌溉工程。它与长城、京杭大运河相媲美，被称为中国古代三大工程；与四川的都江堰、广西的灵渠并列，被誉为中国古代三大水利工程。如果从飞机上俯瞰吐哈盆地，戈壁滩上成串成串的凹心土堆，就是坎儿井。

浩然： 坎儿井的开凿工艺是吐鲁番人民世世代代口授心传的非物质文化遗产，目前已被纳入国家非物质文化遗产保护工程，正在申报世界非物质文化遗产。接下来我们就跟随吐鲁番坎儿井文化发展研究院院长储怀贞一同了解一下坎儿井的历史。

专题：坎儿井

坎儿井，新疆维吾尔语称"坎儿孜"。它是开发利用地下水的一种很古老式的水平集水建筑物，适用于山麓、冲积扇缘地带，主要是用于截取地下潜水来进行农田灌溉和居民用水，是荒漠地区一种特殊灌溉系统。

储怀贞：吐鲁番人为了能够在这个地方繁衍生息活下去，利用了吐鲁番独特的地理环境，在上游开始挖坎儿井，往下越挖越浅，不需要任何动力，它可以自动流到我们人居住的地方。这个坎儿井是咱们吐鲁番人聪明智慧的结晶，充分地利用了吐鲁番独特的自然地理条件。

在中国，坎儿井主要分布在新疆吐鲁番和哈密盆地。吐鲁番的坎儿井总数近千条，全长约5000公里。它的结构，大体上是由竖井、地下渠道、地面渠道和"涝坝"（小型蓄水池）四部分组成。

储怀贞：这是根据地形看到这个地下有水线，就选择下面可以开地、可以住人，开始试挖、向前挖上一眼井、两眼井，能够打到地下潮湿的或者有水了就继续往前打，达不到就找方向，这样子去找水源，只要找到水源以后就是有前途的一条坎儿井，就继续往前挖。

吐鲁番是中国极端干旱地区之一，年降水量只有16毫米，而蒸发量在3000毫米以上，可谓中国的"干极"。吐鲁番土质为砂砾和黏土胶结，质地坚实，井壁及暗渠不易坍塌，这又为大量开挖坎儿井提供了良好的地质条件。于是，人们因势利导，利用山的坡度，巧妙地创造了坎儿井，引地下潜流灌溉农田、建设绿洲。从这个意义上讲，坎儿井不愧为中国干极的生命之魂！

储怀贞：在海拔高的地方要挖竖井，一眼竖井最浅的只有三米深，最深的要有160米深，坎儿井的暗渠长度，最短的只有15米长，最长的要有24公里。

可想而知，坎儿井的工程量是非常了不得的，坎儿井有17万多眼竖井，把这17万多眼竖井的深度加起来，它达到或者超过了暗渠的长度，也就是坎儿井真正的工程量是相当于长城两倍的工程量，反映了咱们古代劳动人民的劳动成果。

古代的新疆地区人口稀少，这样浩浩荡荡的地下工程是如何修筑成功的，不由让人叹为观止。一道坎儿井就是一眼不枯的清泉，道道坎儿井，构成了吐鲁番的生命线和命脉，使新疆这个降雨稀少的地方有了水源的积聚，从而成为新疆人民生活中不可缺少的生命之泉。

（过渡片花：您正在收听的是《城市新跨越丝路明珠风情吐鲁番》）

紫桐：从刚才的介绍中我们可以感受到，吐鲁番坎儿井是世世代代生活在吐鲁番的各族劳动人民聪明智慧的结晶。坎儿井水，是吐鲁番各族人民用勤劳的双手和血汗换来的"甘露"。

浩然：的确，坎儿井是先辈们顽强与恶劣环境搏斗的大无畏精神写照。勤劳勇敢的吐鲁番人民自古以来不但为开发大西北、巩固祖国边疆建立过汗马功劳，并在神奇的"火州"大地留下了一道道地下长河——坎儿井，留下了一部取之不尽、用之不竭的"坎儿井文化史"。

紫桐：当然对于坎儿井体会最深的，对坎儿井倾注最多感情的要数日夜奋战在井下开展掏捞工作的掏捞工人了。我们的记者在前期特别去采访到了一位从事了40年坎儿井工作的掏捞队长，一起来听一下他的感悟。

（音频资料）

记者在吐鲁番市亚尔乡亚尔村，采访到该村担任掏捞队队长的努热丁·卡德尔，今年66岁的他从事坎儿井掏捞已有将近40年了，关于坎儿井掏捞工作的重要性，他这样表示：

【压混录音】坎儿井水对农民生活的作用特别大，我们现在用的就是坎儿井的水，离开了这个我们无法生活，不管是浇葡萄地、羊牛养殖、生活等都用坎儿井的水，我们离不开它。政府给了我们葡萄地，但没有水，葡萄结不了果，有水才能做事。我是一个共产党员，应该辛苦在前，享受在后，所以我帮村里把水解决好，水解决了，其他事情就解决了。

在地底暗渠进行的坎儿井的清淤掏捞工作相当辛苦，努热丁·卡德尔也向我们表达了井下作业的困难以及对政府坎儿井保护工程的期盼：

【压混录音】掏捞坎儿井特别辛苦，里面特别窄、特别湿，还要跪着做，不能站起来，情况很艰苦。但因为坎儿井对于我们非常重要，再艰苦我们也要坚持掏捞、保护、维修坎儿井。近几年来，党和政府特别重视保护坎儿井，拨出了一笔钱在经济上支持坎儿井掏捞工作，现在很多的坎儿井的进口盖了水泥盖，特别结实，不过还有一些坎儿井还没做，这也需要政府在经济上支持，有了支持我们就可以进一步维修坎儿井。

吐鲁番各村的掏捞队长年奔波在戈壁滩上，巡查、疏通坎儿井，确保从火焰山通往乡村的生命之渠畅通。对于坎儿井的保护和维修，努热丁·卡德尔还是相当有信心的：

【压混录音】我已经在队里培养了好几个继承人，即使我不在队里我也觉得他们能干好，我能放心。以前没有出资金的时候，我们经济方面特别困难，有时候我自己出钱进行维修，现在政府给钱维修坎儿井，水也多了，农民也高兴了，感谢党感谢政府。

浩　然：吃水不忘掘井人！坎儿井水养育了世世代代吐鲁番人民，吐鲁番人也敬重着为他们生活付出汗水与生命的奉献者。沧海桑田，时光荏苒。随着气候变迁、人口增多，现代工农业生产用水量的增加和现代水利技术的应用，如今的坎儿井已经褪去了历史重任，成了我们考证历史、了解文化的生动见证。

紫　桐：那么关于坎儿井的发展和未来将如何。我们今天非常荣幸地请到了吐鲁番市坎儿井保护工作办公室主任于银山主任做客我们的节目，于主任您好！

于银山：主持人好，听众朋友大家好。

紫　桐：非常感谢您参与我们的节目。因为我们的节目随后还会在香港电台播出，我们的香港听众对坎儿井的现状和未来也非常关心。他们特别将问题梳理出来，想请您回答一下他们所关心的问题。我们一起来听一下。

（音频资料）

晨曦：Hi，大家好，我是香港电台普通话台的主持人晨曦。吐鲁番的坎儿井目前已经被纳入了国家非物质文化遗产行列，并且与长城、京杭大运河共同被称为中国古代三大工程。它是吐鲁番人民智慧和汗水的结晶。我们香港听众对于新疆坎儿井的现状和未来也非常关心。想问一下，坎儿井目前的现状是如何的？随着经济的发展，这种旧时的灌溉方式是否还会被保留和传承？如果要进行全面的保护和修复是不是难度很大？意义又是什么呢？

紫　桐：香港的听众一共向您提出了四个问题啊。接下来就请于主任一一为我们的听众朋友解答。首先是坎儿井的目前的情况是怎么样的？

于银山：据全国第三次文物普查结果显示：吐鲁番地区现存坎儿井1108条，其中有水278条，干涸的坎儿井830条。据吐鲁番地区水利部门统计数据，吐鲁番地区坎儿井年径流量可达1.786亿立方米，灌溉面积约13万亩，约占全地区总灌溉面积的8%。就全国范围而言，新疆吐鲁番盆地坎儿井数量最多、分布范围最广、规模最宏大、历史沿革脉络较清晰，且当地居民对其依赖性也超出了其他区域，它具备了真实完整的普遍突出价值，在新疆坎儿井中最具代表性和影响力。

浩　然：现在科学技术发展了可以采用更新的技术和工具掏捞坎儿井，那么旧时的那种口授相传的开凿工艺还会被保留和传承么？

于银山：实际上坎儿井开凿所使用的工具和技术已经有三个阶段的变化。第一阶段是原始的开凿方法，全部靠人力。第二阶段是人力和蓄力的结合。第三阶段是人力和机械的结合。现在就处于第三阶段。但开凿的技艺没有什么大的变化，依然是从低处往高处开挖，间隔几十米挖一口竖井，用于取土和通风，用油灯定向，用十字镐挖土，用小筐或小桶装土等。由于在井下空间狭小，且远离生活区域，现代化的工具不大适应。另外，现在已禁止新开坎儿井，现代的工具和技术也就用不上了。对现有坎儿井进行掏捞，依然采用传统的方法就够了。现在每年，坎儿井都需要清淤掏捞，实际上在不断地培养坎儿井开凿人员。这样，开凿坎儿井的工艺会一代一代传下去。

紫　桐：曾经有句诗词这样描述坎儿井"一条寒玉走秋泉，引出深罗洞口烟；十里暗流声不断，行人头上过潺湲"坎儿井是新疆地区特有的灌溉系统，可以说没有坎儿井就没有吐鲁番。根据自治区发改委批复的《新疆坎儿井保护利用规划报告》，9 年内新疆将投资2.5亿，对这一"地下万里长城"进行全面保护和修复。那么新疆花巨资修复坎儿井的意义是什么呢？

于银山： 二期工程有效治理了坎儿井文物本体稳定性、耐久性及抗震性不高等主要病害，提高了水资源的利用率，延续了坎儿井"活"的文化遗产，也使古老传统的掏捞技术、工艺得以保留传承，村落周边的生态环境得到明显改善。通过工程手段，疏通和加固了坎儿井渠道、提高了出水量、增加了灌溉面积、提高了农民经济收入，真正实现了坎儿井的惠民利民工程，同时也培养了人才、锻炼了队伍、提高了文化遗产保护意识。通过坎儿井工程的实施，当地居民对文化遗产保护意识明显增强，积极主动地参与到文化遗产保护中去，把自己当做文化遗产的真正主人，积极保护和宣传，让文化遗产拥有更高的尊严，让生活更加美好。

紫　桐： 当然对于修复工作而言前提是生态环境没有遭到进一步破坏。如果一方面投巨资保护坎儿井，另一方面又不顾水资源的承载力大肆垦荒，地下水位将越降越深，坎儿井的水源地也将被破坏，修复成果必然会大打折扣。这样看来，修复坎儿井的难度还是巨大的吧？

于银山： 1. 坎儿井保护与利用工程范围小、需求大。据全国第三次文物普查结果显示，吐鲁番地区现存坎儿井总数量1108条，其中有水坎儿井为278条。现已实施保护的坎儿井为一期31条，二期23条，工程实施的范围亟待扩大。

2. 资金问题仍是制约坎儿井工程实施的瓶颈。按工程最初设计方案每条坎儿井30万元的经费不能满足工程实际需求。主要体现在：

一是，每道坎儿井所处的地理环境、暗渠长度、破坏程度等各因素均有不同，固定的维修资金无法满足施工需要。

二是，工程设计初所需的维修设备、材料、劳务费用受市场价格影响波动较大，坎儿井的维修成本逐年加大。

三是，用于工程宣传、整体规划、各类标准发布等具体工作的资金仍显捉襟见肘。

3. 人才和智力支持少，影响工程进度。虽然我们加大了人才培养力度，但是我地区坎儿井保护专业人才队伍水平仍是参差不齐，科研人才和申遗工作方面的人才更是缺乏，亟待国家的支持和援助。

4. 目前取得的成果，社会的反响。

坎儿井保护与利用一期工程总投资额为1600万元，二期工程总投资1200万元，三期工程（于今年下半年开展）国家投资500万元。

工程的圆满完工，为吐鲁番地区工农业生产带来了直接的经济效益和生态效益。该工程疏通和加固了坎儿井渠道、提高了出水量、增加了灌溉面积、提高了农民经济收入，真正实现了坎儿井的惠民利民工程，同时也培养了人才、锻炼了队伍、提高了文化遗产保护意识。特别是调动了广大群众参与坎儿井保护工程，参与文化遗产保护事业的积极性、主动性、自觉性，广大群众真正成为保护文化遗产的最重要的力量。

浩　然：修复坎儿井的工程任重而道远，它牵动着每一个新疆朋友的心，我们也希望大家发挥各方面的积极力量，投入到坎儿井的文化传承保护行动中来，因为这不仅仅是保护工程建设，更是泽被后世，为子孙后代造福。

第四篇

（节目片头）

这是太阳的故乡，四季流淌着光明的雨粒；

这是葡萄的家园，感受五千年的日月精华；

绵延的火焰山喷薄而出；高昌、交河演绎着昔日的辉煌。

吐鲁番，

丝绸之路上的一颗明珠，用沧桑诉说着古老的文明；

西域边塞上炙热的烈焰，用热情撩拨着记忆的苍穹；

风情四溢的维吾尔用冬不拉弹奏着欢快的旋律

纵情欢畅的手鼓拍打出新时代华丽的乐章。

城市新跨越丝路明珠风情吐鲁番正在播出。

紫桐：中央人民广播电台华夏之声香港之声。

浩然：吐鲁番人民广播电台。

紫桐：收音机前的听众朋友，大家好，您现在收听到的是中央人民广播电台华夏之声、香港之声和吐鲁番人民广播电台联合直播的大型节目《城市新跨越丝路明珠—风情吐鲁番》，我是中央台主持人紫桐。

浩然： 大家好，我是吐鲁番台主持人浩然。吐鲁番地处丝绸之路的中轴线上，具有悠久的历史，灿烂的文化、极具魅力的自然和人文旅游资源，还有独具特色的民族风情。2007年4月，吐鲁番市被国务院命名为"国家级历史文化名城"，这为吐鲁番城市建设和旅游城市品质的提升提出了新的更高的要求。

紫桐： 建设一座崭新的城市、提升吐鲁番城市的品位、提高吐鲁番这座历史文化名城的美誉度，成为了城市规划的总体目标。吐鲁番因为特殊的地理位置和气候条件一年四季日照时间长、气温较高、光热资源丰富……这一切都应该成为城市建设可以大力利用的资源，而不应成为城市扩容的障碍。

浩然： 那么吐鲁番这座城市是如何在经济的带动下蓬勃发展的？我们的政府又将以什么样的措施惠及于民呢？今天我们节目也邀请到了吐鲁番市委常委、副市长湖南援疆干部吐鲁番市杨剑副市长和我们大家一同来畅谈吐鲁番近几年的城市和发展。

紫桐： 杨副市长您好，非常欢迎您的做客。吐鲁番近几年的迅速发展是我们有目共睹的，许多来吐鲁番的游客也能感受到。首先想问问您，吐鲁番近年来经济和社会发展情况是怎样的？

杨剑： 近年来，吐鲁番市委、市政府团结和带领全市各族干部群众，认真贯彻落实党的十七大精神，坚持以科学发展观统揽经济社会发展全局，围绕"跨越式发展和长治久安"和"三化建设"这一主题，深入贯彻落实吐鲁番地委"强农、兴工、促旅、活水、宜居、育人"发展战略，结合实际，提出了"工业强实力，农业铸品牌，旅游抓精品，城建上水平，发展重和谐"的总体发展思路，解放思想、抢抓机遇、锐意进取、团结奋进，全市呈现出经济平稳快速发展、社会和谐稳定、民族团结友爱、人民安居乐业的良好势头，吐鲁番市先后荣获"中国优秀旅游城市"、"国家历史文化名城"、"全国双拥模范城"等荣誉称号。

吐鲁番市坚持"农业立市、工业强市、旅游兴市"的发展战略不动摇，初步形成了以设施农业为主的高效节水农业；以金属冶炼加工、无机盐化工、水泥建材、煤炭、清洁能源、特色农副产品加工业为主的六大特色支柱产业；以旅游开发、商贸流通、饮食服务为主的第三产业，经济社会发展取得了显著成就。到2011年底，全市完成地方生产总值58.65亿元，增长6.6%；工业增加值19.08亿元，增长11.16%；固定资产投资30.88

亿元，增长46.11%；地方财政一般预算收入4.88亿元，增长39.8%；农牧民人均纯收入6311元。全年接待国内外旅游403万人次（国内游客392.3万人次；国际游客10.07万人次），实现旅游收入8.4亿元。

浩然： 我们都说一个城市的发展一个城市的发展离不开每一个城市人的付出和呵护，城市发展的最根本目的就是要造福百姓，让他们过上安居乐业的幸福生活。那么吐鲁番政府近年来提出了什么惠民工程呢？

杨剑： 近年来，吐鲁番市始终坚持"以人为本、民生为重、群众第一"的工作理念，紧紧围绕百姓就业、就医、就学、住房等实际困难，突出解决群众关心、关注的热点、难点问题，办利民惠民实事好事，实施了"八、三、一、一"工程，即：解决8万人次城乡居民就业转移；改善3万城乡居民住房条件；建立一批示范中、小学校（在城市建设两所示范中学，在每个乡镇建设一所示范小学和幼儿园）；投资建设一座福利中心。切实做到执政为民，实现了社会各项事业和经济快速和谐发展。

按照自治区"民生建设年"工作要求，2011年，吐鲁番市共实施了21类民生工程，60个项目，民生支出资金共10.84亿元，占一般财政预算支出的79.6%。到2011年底，城镇居民可支配收入累计实现1.54万元/人，同比增长8.89%；累计新增就业1.51万人，城镇登记失业率控制在2.4%以内，零就业家庭保持24小时动态清零；全市城镇居民医疗保险参保率达86.65%，新型农牧民合作医疗参合率达到99.1%。累计新建廉租房1482套，完成安居富民房、定居兴牧工程13087户，城乡居民住房条件明显改善；新建校舍14.3万平方米，"双语"教育扎实推进，"两基"工作顺利通过国家验收。提高了全市干部职工、离退休人员的收入水平，增加了农村"四老"人员、优抚对象、城乡低保人员的生活补贴，基本实现了应保尽保，广大人民群众享受到了越来越多的改革发展成果。

紫桐： 因为我们的节目随后还将在香港电台播出，我们的香港朋友也很想了解吐鲁番在招商引资方面有哪些政策和措施，与香港有没有合作共赢的项目呢？

近年来，吐鲁番市高度重视招商引资工作，注重发挥资源优势和区位优势，坚持走"借力发展"之路、施"特色竞争"之策，出台了一系列招商引资优惠政策，先后引进了国电、华能、沈宏、溢达等国内有实力的大企业、大集团来吐鲁番投资。1995年，香港溢达集团在吐鲁番投资新建了吐鲁番溢达纺织有限公司，目前公司总资产2.88亿元人民币，现有员工502人，主要产品为棉纱。公司利用新疆独有的长绒棉生产优质精梳棉纱，年生产规模5万纱锭，2011年生产棉纱3870吨，总产值达到2.7亿元，实现效益8000万元。

通过近年来的发展，吐鲁番市产业结构更加合理，投资环境更加优良，经济社会综合实力显著提升，为实现经济社会转型升级和跨越式发展打下了坚实的基础。"十二五"期间，我市将深入贯彻落实科学发展观，以实现跨越式发展和长治久安为主要任务，坚定不移地推进"强农、兴工、促旅、重文、活水、宜居、育人"七大战略，着力打造转型升级的先行地、现代文化引领的模范区，建设全国新能源示范区，营造国内外有影响力的知名旅游目的地，实现经济社会跨越式发展和长治久安。我们欢迎全国各地的有志之士来吐鲁番投资兴业，特别是欢迎香港、澳门和台湾同胞来吐鲁番考察交流、投资合作、大展宏图。

紫桐：谢谢杨副市长！我们也共同祝愿吐鲁番的明天更美好。

浩然：经济带动着吐鲁番的物质文明建设，深厚的历史文物古迹也让吐鲁番市民的精神文化生活得到了提升。拥有着得天独厚的自然条件和历史背景，吐鲁番让来到这里的游客和当地的市民感受到汲取文化的精髓和魅力。

（博物馆专题）

【讲解员录音：我们说吐鲁番是丝绸之路精妙绝伦的图书馆、华夏文明的活化石，让我们沿着历史的记忆，共同走进吐鲁番……（压混）】

金牌讲解员邓永红带着记者一行走进了吐鲁番博物馆，据了解，该馆是吐鲁番地区2006年的重点工程，展览面积达4126平方米，展示着吐鲁番悠久的历史文化。吐鲁番地区文物局副局长郭物：

【录音】这个博物馆在新疆来讲是除了自治区博物馆外最好的了，在全国甚至可以跟国外的一些博物馆媲美，所以说从各个方面来说，吐鲁番的文物事业是得到了国家、自治区的重视。

整个博物馆以时间为线索，从刀耕火种的远古到经济繁荣的西州再到清代的吐鲁番郡王，在900多平方米的展厅里向观众展示了吐鲁番灿烂悠久的文化积淀。而在博物馆的旁边，就是吐鲁番图书馆，馆内拥有维汉各地藏书15万余册，共开设了7个对外流通科室，年接待读者4万余人次，吐鲁番地区图书馆副馆长胡志道：

【录音】多年来图书馆充分发挥传播先进文化的作用，组织了多场讲座，积极为读者推荐图书，组织征文、演讲、知识竞赛等活动。

博物馆、图书馆、文化广场……这一系列文化设施的建设给吐鲁番地区带来了巨大的变化，市民的文化生活得到了丰富，对于吐鲁番的未来，市民王媛和中学生热西旦·阿地里都有着这样寄望：

【录音】（市民1）我希望我的家乡就像它的温度一样发展得越来越好，能够让我们市民感觉到吐鲁番是我们值得依赖的地方。（市民2）要以我自己方式去宣传吐鲁番，祝家乡越来越漂亮吧。

第五篇

（过渡片花：国家新能源示范城市吐鲁番）

中国西部一颗璀璨的明珠，

火焰山下，一条腾飞的巨龙，

示范区建设圆梦祖祖辈辈宜居的向往，

低碳、绿色、生态编织着一幅幅如锦的蓝图，

奏响西部科学发展。

浩　然：低碳、绿色、生态、和谐、宜居。建设吐鲁番示范区是吐鲁番地委、行署站在新时代的背景下，围绕集思广益、科学审慎做出的一项"功在当代，利在长远"的重大决策。安居才能乐业，在吐鲁番要想留住人才，要让百姓生活得舒心、安逸，就必须树立"宜居"理念，实施"宜居"战略。

紫　桐：根据《吐鲁番示范区总体规划》，吐鲁番示范区定位为吐鲁番地区公共管理和服务中心，适宜居住的和谐生态社区，具有国际影响力的文化旅游胜地，现代服务业集聚区。那么关于吐鲁番示范区采用何种措施做到节能环保？又是如何在特色上区别于我国的其他示范区的呢？我们请出今年最后一位做客直播间的嘉宾，他是吐鲁番示范区管委会副主任马礼松。马主任您好！

马礼松：主持人好，听众朋友们大家好！

紫　桐：首先想先了解一下，我们吐鲁番示范区采用的环保措施有哪些？

马礼松：吐鲁番示范区提出"低碳、节能"理念，旨在打造以太阳能综合利用为核心，以地源热供暖制冷为主导的低碳社区。

根据前期规划和论证成果，吐鲁番示范区将利用吐鲁番丰富的太阳能

等新能源，着力构建新型的城市能源结构，探索各类新能源技术在建筑节能、市政用电和公共交通中的应用，随着城市光伏发电及微电网建设项目的投产、地源热泵集中供热制冷技术的应用、新能源在城市用能中的比重将显著提高，节能比在65%以上。同时，以智能电网建设为基础，建立新能源发电微网系统，实现太阳能、地热能、风能等可再生能源在吐鲁番示范区建筑、交通、数字化管理等方面的综合利用。

示范区建成后，将利用地源热泵技术进行供热和制冷，地源热泵集中制冷技术不仅能够节省资源，而且完全无废渣、废水、废气排放，真正做到节能减排。冬季使用地源热泵供暖，夏季集中制冷，楼内温度始终稳定在25摄氏度左右。

另外，吐鲁番示范区的"低碳"理念还体现在绿色交通上。示范区将重点发展能够满足大众交通需求的、社会效益高、节能低耗的公共交通体系，突出公交优先，建设绿色交通体系，大力提倡自行车交通、步行交通，设有高密度的慢行道路连接各处等绿色交通方式，使用电动公交车，提倡以绿色交通系统为主导的交通发展模式。

浩　然：低碳、环保是为了我们吐鲁番百姓生活在这样的城市更健康更安心；太阳能光伏发电、用可再生能源制热制冷也是希望大家有一个更清洁的城市环境。那么政府在宜居方面还采取了哪些方式？

马礼松：示范区选址紧邻全国5A级景区——葡萄沟景区，从示范区步行10分钟就可以进入葡萄沟景区，与葡萄沟水库相临，有山有水，生态宜人。示范区楼层按65%节能进行建筑设计，整个小区建筑不超过四层，一棵树的高度，不设电梯，有利于郁闭遮阴，把地下储物间搬到楼顶，隔热保温，更加人性化，在吐鲁番乃至整个新疆也是首创，可以说从每个细节都让老百姓宜居幸福的享受到不一样的居住环境。从空间环境看，示范区居住小区规划设计执行了严格的"宜居标准"：住宅楼正南偏东3度布置，以利于太阳能电池板充分吸收太阳能量；住宅楼围合布局，有效减少风对小区的影响。

紫　桐：现在国家许多地方都推出了示范区建设，我们吐鲁番示范区的特色是什么？

马礼松：第一，吐鲁番示范区建筑体现地域特色。吐鲁番示范区延续地域建筑风格，以民族风格为依托，伊斯兰建筑为主体，融入吐鲁番历史多元文化，公共建筑体现多元风格，让游人领略吐鲁番独具的魅力与美丽。吐鲁番示范区建筑色彩主要以土灰、土黄、土红和驼红为基调，辅以蓝、黄、绿、灰、红色，建筑外墙材料体现了建筑的厚重、柔美、历史的沧桑和延续；城市景观轴线由北向南颜色由清爽的绿色逐渐过渡到沙漠戈壁的棕黄色，景观细节也从人工雕琢渐渐转变为原生态景观。吐鲁番示范区还将利用坎儿井申遗的有利时机，修建独具特色的坎儿井地下街，同时建设坎儿井博物馆，让人们体验独具特色的坎儿井文化。

第二，立体种植葡萄体现地域特色。围绕葡萄城，吐鲁番示范区要在每个地方、每个角落种植葡萄，实现"满城葡萄全年花"的目标。未来的示范区，将是一个中国北方的葡萄种子园，走进吐鲁番示范区，就走进葡萄的世界。

紫　桐： 谢谢马副主任！

（过渡片花：您正在收听的是《城市新跨越丝路明珠风情吐鲁番》）

紫桐： 中央人民广播电台华夏之声香港之声。

浩然： 吐鲁番人民广播电台。

紫桐： 由中央人民广播电台华夏之声联合内地及港澳15家电台推出的大型节目《城市新跨越》"丝路明珠风情吐鲁番"到这里即将接近尾声。

浩然： 真得舍不得跟大家说再见，因为吐鲁番能展现给大家的真的太多了。但是，我们更希望各位朋友们能亲自来到吐鲁番，感受吐鲁番，热爱吐鲁番。热情好客的新疆朋友们用质朴善良的心和盛情的歌舞，欢迎来自五湖四海的朋友。

（祝福片花）

紫桐： 我相信，只要你踏上这片神奇的土地，一定会为之震撼；只要你爱上这片土地，一定会为之眷恋。好，听众朋友，伴随着一曲《走进吐鲁番》，今天的《城市新跨越——风情吐鲁番》直播到此结束，下周的同一时间《城市新跨越》我们将走进天津滨海新区，一同感受那里的崭新魅力。朋友们，再见！

浩然： 再见！

（歌曲《走进吐鲁番》）

活力滨海，宜居新城

（《城市新跨越》大标版）

男：有一种城市，穿透千年的时光；

女：有一种跨越，坚挺时代的脊梁；

男：衔东海，跨云贵，它是腾飞的巨龙；

女：起山巅，入南川，它是翱翔的雄鹰。

（压混：常州、丽江、珠海、鄂尔多斯、佛山、潍坊、新余、芜湖、香港、吐鲁番、天津滨海新区、遂宁、攀枝花、嘉兴、澳门……）

男：聆听城市的声音，

女：见证跨越的力量。

男：《城市新跨越》——中央人民广播电台华夏之声携手内地及港澳15家电台联合直播。

中央台： 中央人民广播电台，天津人民广播电台。

天津台： 天津人民广播电台，中央人民广播电台。

中央台： 听众朋友，由中央人民广播电台华夏之声、香港之声携手内地及港澳15家电台联合推出的大型直播节目《城市新跨越》，今天我们来到的是：被誉为中国经济增长第三极的——天津滨海新区。听众朋友大家好，我是中央台主持人李寅。

天津台： 大家好，我是天津人民广播电台滨海广播的主持人天月。滨海新区，凭海临风，炎炎夏日，借助灵动的海风，向天津的听众、港澳听众，以及全国各地的听众朋友问好，希望给你带去一丝清爽之意的同时，也能让您对中国北方这片新兴的创业沃土和宜居新城有更多的了解。

（天津滨海新区总片花）

一座六百年的城市，于中国近代历史中，几次更迭？几多变幻？几重倒映？

一块曾被海水浸渍的处女地，历经三十余载蜕变，又有多少繁华，梦想成真？

古韵天津之于活力滨海——

昔日的老工业基地转型为现代制造业基地和研发转化中心

厚重的积淀加速为中国经济增长的第三极

此刻，请您侧耳聆听，她蔚蓝色的梦想

此刻，请您屏息凝神，她惊鸿而起的飞扬！

《城市新跨越——活力滨海，宜居新城》正在直播

天津台： 李寅，既然来天津了，我就出道考题考考你，你知道这"天津"二字是什么意思吗？

中央台： 哎，这个问题还真难不倒我，《说文》中讲，"津，水渡也"，这天津就是"天子渡口"的意思，天津因为背靠中国北方广袤腹地，面朝渤海，又是海河五大支流的出海口，因此也被形象地称为"九河下稍"、"河海要冲"。也正因为这样优越的地理位置，造就了天津独特的河海文化和在中国举足轻重的工业和商贸地位。

天津台： 的确，作为中国四大直辖市之一以及工业重镇，天津诞生过新中国的第一台电视机、第一部电话、第一架照相机和第一只手表。而作为曲艺之乡，这里也走出了像马三立、侯宝林这样的曲艺名家，一句"逗你玩"不知道让多少人记住了天津的幽默、古韵、灵动和风情。

天津快板介绍天津时间：

提起了天津卫，那可是顶呱呱

您要细细听，我来慢慢夸。

一说着海神庙，管妈祖叫妈妈

出海风浪大，保平安全靠她

港湾、炮台这儿都有还有鱼和虾

香港澳门你们懂，这叫海洋文化

二说小洋楼，没有重样儿的

万国建筑博览会，五大道来看看吧

末代皇帝、大总统改革家

近代中国风云变幻的故事多着哪
三说工业牛，"第一"很多家
面粉、火柴、玻璃、水泥、电视和电话
您说这是过去？现在也不差
滨海新区发展速度全国夺冠哪

最后说美食，您老可也别馋啊
煎饼炸糕麻花味道好，包子名气大
这包子叫狗不理，做工细不掺假
薄皮大馅十八个褶就像一朵花

不错不错，说得好极啦
你要是听着好巴掌拍拍吧！

（主持人鼓掌）

中央台： 这天津人的多才、幽默可真不是吹出来的，这小小的一段快板儿就说尽了天津的历史典故，风土人情，真的是非常过瘾！但我也听出来了，天津这座拥有回忆和光环的城市，在新的起点、新的跨越中也有了自己新的骄傲。

天津台： 没错，这就叫内行听门道。这个新的骄傲，名字就叫——滨海新区。我们今天也请到了一个强大的嘉宾阵容，和您来聊聊天津滨海新区的新发展、新跨越。他们是——天津市滨海新区区长宗国英先生、中国城市发展研究院研究部副主任白南风先生以及南开大学经济学院教授、东北亚研究中心主任徐复教授。

中央台： 当然我们还有一个特别嘉宾，香港电台普通话台主持人陈曦，他也会在香江之畔为大家送来问候，同时提出感兴趣的问题。那么收音机之前的您，如果也有感兴趣的问题，或者想说的话，也都可以发送短信和网络留言跟我们互动，短信联系方式——编辑内容发送到1062-0000-9878，网络留言请留意中央人民广播电台华夏之声、天津滨海广播的新浪官方微博以及官方网站的直播贴。首先，我们将进入本期节目的第一个篇章：《盐碱荒滩上崛起新的希望》

第一篇：盐碱荒滩上崛起新的希望

中央人民广播电台华夏之声、天津人民广播电台滨海广播联合内地港澳15家电台倾情奉献大型系列专题，7月18日，《城市新跨越——活力滨海，宜居新城》正在直播中。

（新区介绍片花）

滨海新区，位于天津东部沿海，1984年，这里成立了新中国第一批开发区之一：天津经济技术开发区；1994年，天津开始开发建设滨海新区；2006年，滨海新区开发开放上升为国家战略，并被批复成为全国第二个综合配套改革实验区。滨海新区总规划面积2270平方公里，相当于2个香港特区，3.6个新加坡，近2个浦东新区和5.7个深圳特区。滨海新区地处环渤海经济带和京津冀城市群的交汇点，背靠"三北"，依托京津，面向东北亚，与日本、韩国隔海相望，是中国北方连接亚欧大陆桥最近的东部起点，地理位置得天独厚，被誉为渤海明珠。2011年，滨海新区实现了地区生产总值6206.9亿元，增幅高达23.8%。在滨海新区的带动之下，天津各项经济指标都位居全国前列，成为引领京津冀和环渤海地区发展的排头兵。

学空姐："滨海号"飞机已经在跑道上了，机器已经发动了，请各位乘客登机，我们将从从公元1984飞抵2002……（飞机起飞的音效）

中央台：中央人民广播电台。

天津台：天津人民广播电台。

中央台：您现在正在收听的是由中央人民广播电台华夏之声、香港之声携手内地及港澳15家电台联合推出的大型直播节目《城市新跨越》。大家好，我是中央台主持人李寅。

天津台：大家好，我是天津人民广播电台滨海广播主持人天月。

中央台：我们今天走进的城市是被誉为中国经济增长第三极的天津滨海新区。在今天的直播节目中，我们首先要请出香港电台普通话的同事陈曦，来听一听，他对天津滨海新区有着什么样的好奇。

（香港电台普通话台陈曦问好+录音提问时间）

大家好，我是香港电台普通话台的主持人陈曦，我知道一个人，相信大家在中学上历史课时都听说，侯德榜，他被誉为是中国化学工业的奠基人，1926年美国费城世博会上，侯德榜研制的"红三角"牌纯碱荣获金质奖章。各国专家赞誉它是"中国工业进步的象征。这对当时连一支火柴、一根铁钉都造不出来的中国工业来说，可以说是一次历史性的成就。这个企业就在滨海新区对吗？

中央台： 是，陈曦说到的这个企业我也有所耳闻，侯德榜创建的天津碱厂，至今还是咱们滨海新区的一家非常重要的企业。有人说搞懂这个碱厂，就可以搞懂滨海新区的过去。

天津台： 没错。大家看到如今繁华现代的滨海新区，倒退几十年，其实还是一片盐碱荒滩，这其实就可以解释，侯德榜为什么会选择这里建设碱厂。我们来听一下时任滨海建设公司副总经理的苗沛的回忆：

【苗沛录音】

　　第一个任务就是区选址基本定下来，报国务院，还有最后一个审查。是谷牧同志11月来开发区亲自考察。最后批复，老苗你在批复以前一定把盐场三分厂目前停工，把水放掉。谷牧同志看到开发区露出原地形地貌，不能看见盐池，看到盐池就等于在海边上全都是水，看不见地。我去到那儿搞排水方案，怎么排水。那时候到11月初，天气非常凉，早晨起来步行到盐场，上顶蓝天，脚踏荒滩。当时定的是33平方公里规划，起步区是3平方公里，先把3平方公里的水放掉，有四个泵。那时候还有不到20多天，我就昼夜盯在现场，泵起来以后，把3平方公里的水通过倒水系，一步一步地排到北边。这样，谷牧同志11月15日来视察以后，说这块地潜力有发展，回去以后就在12月5日，正式批复成立天津开发区。冒着严寒踏着荒滩，每天工作十四五个小时，没有一点报酬，就凭着我们这种信念，大家付出了很多，所以那时我非常感动。

中央台： 看来，滨海新区的开发建设之初条件真的非常艰苦。我们知道上个世纪80年代，陆续有一些海外知名企业被吸引到了滨海新区，要知道，在当时中国还没有外商独资企业的先例，滨海新区勇开先河之风的气魄可见一斑。

天津台： 的确。当时天津经济技术开发区在盐碱滩上创造了投入一元人民币，引来两美元的投资，形成3美元的产值的发展模式，多项指标连年保持全国第一。1986年夏天，中国改革开放的总设计师邓小平在这里欣然题词"开发区大有希望！"现在，这句题词和一座垦荒牛雕塑一起，矗立在滨海新区的核心城区。

天津台： 2005年，中共中央总书记胡锦涛，国务院总理温家宝分别来天津考察工作，并专程到滨海新区实地视察，对滨海新区开发开放提出殷切希望。同年10月，党的十六届五中全会通过了国家"十一五"规划，规划中明确提出，"继续发挥深圳经济特区和上海浦东新区的带动作用，推进天津滨海新区等条件较好地区的开发开放。2006年5月26日，国务院下发了《关于推进天津滨海新区开发开放有关问题的意见》，滨海新区的开发开放正式上升为国家战略。和开发区草创时期的相比，滨海新区新一轮的开发开放从规模到速度都有了极大的变化，可以说是迎来了一个全新的发展起点。

中央台： 说到这里，我们要有请我们的两位嘉宾，更加形象和直观地，带我们来了解一下驶入快车道的滨海新区了。首先请问一下徐复教授。

徐教授您好，我们把目光放在中国改革开放30年的大背景下，如何理解当时滨海新区被纳入国家战略？而这个决定又对滨海新区乃至天津的发展具有怎样的意义呢？

中央台： 我们注意到，从1978年始，中国改革开放30年，沿海岸线从南到北梯度开发，经历三次浪潮。而滨海新区是继深圳经济特区、浦东新区之后，又一个带动区域发展的新的经济增长极，也就是所谓的经济"第三极"。

天津台： 的确，天津滨海新区是继上海浦东新区之后全国第二家综合配套改革试验区，中央要求在十个领域先行先试重大改革举措，为全国改革提供经验和示范。接下来我们想请教一下宗国英区长。宗区长您好，您觉得相对于深圳特区和浦东新区，滨海新区的综合配套改革的主要特点和优势是什么？有哪些新的创新和突破呢？

宗国英： 深圳、浦东新区、天津滨海新区的开发开放，先后于上世纪80年代、90年代、新世纪初上升为国家战略。三地的改革，在解决自身发展遇到的问题的前提下，肩负着促进本地经济社会发展，从而带动所在的珠三角、长三角、环渤海地区发展的重任。三地综合配套改革在国家所处的位置和自身所处发展阶段的不同，决定了改革既有共性又有特性。与深圳、浦东相比，滨海新区战略定位更加强调对外开放的门户作用，先进制造业的研发转化与生态宜居城区建设，其定位是依据新区现代制造业发达，区位优势和人才、科技资源优势明显，通过发展制造业和现代物流业，达到产业聚集，形成区域辐射力。因此，滨海新区的任务是围绕实现国家战略定位，打好滨海新区开发开放攻坚战，集中力量推进开发建设，增强综合实力、创新能力、服务能力、国际竞争力，发挥引领作用，当好科学发展的排头兵。在改革思路方面，深圳综合配套改革的重要思路是紧紧围绕自由贸易区建设进行体制机制创新，政府机构改革、发展开放型经济、探索新型大学教育制度等都是瞄向与国际接轨。浦东综合配套改革的重要思路是紧紧围绕发展服务型经济进行体制机制创新，努力推动"三个转变"：从制造业为主的经济结构转变为服务经济为主的经济结构，从要素驱动发展模式转变为创新驱动发展模式，从传统模式下的政府管理方式转变为适应经济社会的政府管理方式。相比较之下，滨海新区综合配套改革的重要思路是紧紧围绕发展高端制造业进行体制机制创新，以"十大战役"为载体平台，以"十大改革"为发展动力，经济领域改革、社会领域改革均体现了为发展高端制造业服务。蓝白领公寓、建设者之家等流动人口管理、和谐劳动关系建设及工资长效增长体制等解决了高端制造业所需人才问题，融资租赁、产业基金发展等解决了高端制造业的资金保障问题。

天津台： 感谢宗国英区长的介绍。从滨海新区开发开放上升为国家战略以来，滨海新区牢牢把握难得的历史性机遇，有效应对各种风险挑战，推动新区迅速形成大开发、大建设、大发展的恢弘气势，展现出强劲发展的美好前景。在2008年夏季达沃斯论坛上，国务院总理温家宝也用真诚地话语对与会企业家到滨海新区投资表示了欢迎：

【温家宝录音】

举办这次会议的天津是中国近代工业的重要发祥地和最早对外开放的城市之一，也是中国的国际港口城市。现在天津滨海新区开发开放已纳入国家总体发展战略布局规划，成为中国一个新的经济增长点。在坐的许多企业都是全球成长型企业，最富活力、竞争力和发展潜力，欢迎大家到中国来投资，到天津来兴业，抓住机会发展壮大自己。

中央台： 正如温家宝总理所说，如今，开放的滨海新区正在张开双臂，用最良好的配套环境，最优惠的政策和最周到的服务迎接八方来客，同时，滨海新区也在取得一个又一个新的跨越，经济总量不断提升，经济结构不断优化，滨海新区正在向国家赋予的定位和目标迈进。听众朋友，稍后，我们将进入本期节目的第二个篇章：《滨海新区震撼世界的舞台》。

第二篇：滨海新区震撼世界的舞台

中央人民广播电台华夏之声、天津人民广播电台滨海广播联合内地港澳15家电台倾情奉献大型系列专题，7月18日，《城市新跨越——活力滨海，宜居新城》正在直播

天津台： 李寅，我知道为了这次直播，从上周起，华夏之声的直播组人员就已经开始对滨海新区进行实地的考察和采访了，都去了哪里啊？感觉怎么样？

中央台： 是，可以说滨海新区真的是一片充满生机的创业沃土，这些天我们看到的不是北方最大的造船基地就是北方最大的机车维修基地、百万吨乙烯生产线！"北方之最"或是"全国之最"，比比皆是，可是给我印象最深的恐怕是造飞机的巨无霸——空客了！

天津台： 嗯，说起空客天津总装线，这可能是近年来落户天津的最有名的一个项目了。在空客项目的直接带动下，天津航空航天产业从"十一五"初期的几亿元，以年均增长180%的速度飞速成长，到去年年底达到了260多亿元，形成了大飞机、直升机、无人机、大火箭、卫星"三机一箭一星"产业格局。下面，我们就通过滨海广播记者靳鑫的报道，一起来了解一下：

（录音压混：空客总装车间背景音）

记者：最近，第100架飞机的大部件经由天津港，9月，它将完成整体组装和调试，正式交付使用。空客天津总装有限公司总经理尚鲁国介绍说，良好的政策、便利的区位以及广阔的腹地市场是吸引空客落户滨海新区的主要因素：

【录音】（英语翻译压混）故事其实很简单，我们需要更加接近空客的中国客户，最好是在一个工业基础好的港口城市，需要一个临近机场，并且足够大的、适合建设总装车间的场地。这些，天津滨海新区都能提供。

记者：吸引空客落户，只是天津滨海新区航空航天产业战略的开端。从2006年起，滨海新区不断完善优惠政策吸引配套企业，使上下游全产业链优质跨国企业在这里形成聚集。在此基础上，全力规划建设总面积30平方公里的航空航天产业集聚区，打造世界级的航空航天产业基地。空港经济区管委会副主任周

利介绍说：

【录音】我们把A320项目放在这儿以后，和航空航天产业有关的企业已经聚集了50家。比如西飞机翼，比如制造发动机前舱的美国古德里奇，做机场雷达的泰雷兹，另外做涂料的PPG都来了。我们管委会还专门拿出资金对科研和优势产业给予扶持，比例大约是我们可支配财政收入的5%，大约一年是两个亿。

记者：筑巢引凤的同时，滨海新区也正在加速实施航空航天产业本土化战略，以高端技术人才为例，空客天津公司建立之初，仅德法外籍技术专家就有100多位，而今，企业的441名员工中，外籍人士占比不到十分之一。空客天津总装有限公司总经理尚鲁国表示，技术与人才的本土化是个双赢，有助于空客在欧洲之外实现更加长远的发展。

【录音】英语翻译压混：2013年，我们将有一个比较大的变化，在天津产的空客A320、A319飞机上安装鲨鳍翼尖小翼，这种新的动力技术可以帮助飞机在同等油耗下飞行更远的航程。我们有信心，在欧洲能做到的事，天津也能做到。

记者：在空客天津总装线等项目的带动下，滨海新区航空航天产业创造了从无到有的发展奇迹，并保持年均180%以上的增长速度，预计到2015年，产值将达1000亿元。在航空航天产品方面，滨海新区以空客A320大飞机，中航直升机，彩虹无人机，新一代大推力运载火箭等龙头产品为标志，已经形成了"三机，一箭，一星"的发展格局。而天津空港经济区航空产业支持中心主任赵学森也表示，在空客项目中，大量本土专业人才的涌现，将为我国航空航天产业的发展乃至中国自己研制大飞机发挥重要作用。

天津台：其实在滨海新区，类似空客这样的大项目聚集效应还有很多例子，比如，以丰田汽车为龙头，聚集了90多家汽车零部件企业；以中石化百万吨乙烯为龙头，聚集了一批化工新材料企业等等。这些项目对经济发展的贡献都在陆续体现，为滨海新区的开发开放提供了重要的支撑。

中央台：如今，在大片围海造地或是盐碱地改造的新兴工业区里，参观者不仅会被空客总装线和大火箭项目30多米高的厂房所震撼，更会被这里建设的速度所震撼。刚才我们说到的空客天津总装线，仅仅用了15个月就建成投产，被誉为滨海速度，天津速度。

天津台：说起速度这两个字，我们接下来还想为大家介绍滨海新区另一项跟速度相关的成就。2010年的11月，从滨海新区传出了这样一条消息，国际TOP500组织在网站上公布了最新全球超级计算机500强排行榜，中国"天河一号"雄居首位，成为全球最快的成绩也创造了中国高性能计算机的最佳纪录，标志着滨海新区高性能计算机产业已占到了全球制高点。

中央台： "天河一号" 2009年10月底由国防科学技术大学研制，2010年在位于天津开发区的国家超级计算天津中心安装部署，它的问世标志着中国成为继美国之后，第二个能够自主研制千万亿次超级计算机的国家。目前，围绕"天河一号"国家超算天津中心已经建设多个应用平台，为国民经济提供全方位科技服务。接下来我们来听中央台记者艺霏、天津滨海广播记者刘克琦的报道：

（艺霏、刘克琦报道）

记者：这样的机柜有112个，一个机柜计算能力相当于普通的pc机几百台，相当于几十万台pc机的综合计算能力……

在位于滨海新区的国家超级计算天津中心，技术人员一边指着像矩形方队一样连排矗立的天河一号超级计算机，一边给记者介绍它超强的运算能力。作为我国首台千万亿次超级计算机，"天河一号"超级计算机曾以每秒钟4700万亿次的峰值速度在2010年荣获运算速度世界第一的成绩。如今，快两年的时间，天河一号已经应用于国家科技、金融、文化等多个领域，其中，离人们最近的要数今年春节晚会上《龙凤呈祥》等舞蹈节目的背景制作。天河.酷卡超级渲染云计算平台项目总监凌佩说：

【录音】最开始前期沟通龙凤呈祥的时候，他要空灵的和飘渺的，最后我们想到的是粒子的方式，像很多的沙子或者烟雾，以那种光效、烟和火这方面的。舞台的三维模型建出来了，然后我们根据三维模型把视觉效果添上去。一般公司起码要3到4天，到天河过来，2个小时左右就看到了结果。

能够达到这样的超级运算速度主要得益于天河一号采用的创新技术。如果把计算机网络比作城市交通枢纽，网络路径就是一条条城市干道，这些干道的交汇点，往往就是交通拥堵源，车辆只有合理放行才能保证交通畅通。天河一号就通过cpu+gpu结合等方式，保证了网络合理交汇、提高速度。国家超算天津中心主任刘光明说：

【录音】第一个是在国际上首次提出了通用CPU加GPU异构融合体系结构，第二个创新就是我们自主创新了飞腾1000的CPU，使得我们自主的CPU处于更加成熟、可用的技术状体。第三个方面，研制了高速通信互联系统，国外专家说，这是我们中国的技术，是个创举。

从天河一号问鼎世界第一后，国家超级计算天津中心继续加强技术创新，不断提高企业竞争力，进行全方位服务。目前，天河一号已经成为获得广泛应用的世界上最快计算机，使得我们国家高性能计算机应用水平处于世界先进行列。刘光明形象的把天河一号的应用形容为：算天、算地、算人。

【录音】像算天，大家出行、天气预报，我们承担气候的研究、天气预报，算地，我们承担最重要任务是石油勘探处理，算人，我们在天津已经开始做产前的检查，用计算机基因技术，对一些遗传病进行防控。还包括地理信息系统，像GPS。018天河一号紧紧围绕天津地区、滨海地区乃至全国，他的主要战略性新兴产业发展，我们起到带动、促进作用。

主持人：继大飞机、大火箭等重大航空航天项目建成投产后，备受瞩目的天津"大造船"项目也已初露锋芒。目前，在临港经济区内的中船重工临港造修船基地，已经具备建造50万吨级世界最大载重船舶的能力。未来，它将建成我国北方最大的造修船基地。相关情况来听天津滨海广播记者张歆、中央台记者艺霏的报道：

（新河船厂）滨海大造船初露锋芒

周一上午，记者走进中船重工临港造修船基地，一个巨大的长方形水池引起了记者的注意。它的面积相当于13个足球场，专业名称叫做船坞。在船坞内，天津国电海运有限公司定制的7.6万吨级散货船主体已经基本建成，不远处，还有一艘小船正在同时建造。工作人员吕春晓告诉记者：

【录音】我们以前是一条船一条船的下水，因为船坞是50万吨的，在坞里造船它最少是两条船。去年10月，我们有三条同时出坞，同时干，同时造，同时出来。

中船重工临港造修船基地，位于围海造陆而成的临港经济区，由天津新港船舶重工有限责任公司建造。按照发展大型造船，提高修船能力，发展海洋工程装备制造及陆港机械制造的产品结构布局，建设现代化总装造修船基地。天津新港船舶重工有限责任公司副总经理潘彦忠告诉记者：

【录音】占地面积比老区扩大了7倍。从造船的吨位上，单船吨位，以前老厂是4万吨以下的船。到这边50万吨以下的船我们都可以造。

今年上半年，造修船基地已经有9艘船交付使用。今年下半年，二期30万吨级修船坞即将开展修船业务。天津新港船舶重工有限责任公司副总经理潘彦忠认为，中船重工临港造修船基地的建设，将在滨海新区乃至天津市的发展中发挥作用：

【录音】因为造船的能力意味着修船的能力，它是相辅相成的。天津港现在能进30万吨的船，新港厂目前规划是50万吨的船，从航道，从配套设施也是在逐步地完善。再一个造船业是三密集，资金、技术、劳动力三密集。所以天津发展造船，应该说对天津市整个产业的带动是比较大的。

据了解，中船重工临港造修船基地分多期开发建设，项目总投资超过100亿元。预计到2015年，造修船基地将达到每年300万吨造船能力以及200艘修船能力，成为我国北方规模最大的现代化总装造修船基地。

中央台： 刚才我们为大家说了空客A320天津总装线，说了全球运行速度最快的天河一号超级计算机，还说了正在蓬勃发展的天津大造船工业。但其实任何的发展都离不开交流合作，近年来，滨海新区和港澳地区的交流与经贸合作关系越来越紧密。这一点香港电台普通话台的主持人陈曦也是深有感触。

（陈曦介绍津港交流项目时间）

这几年，滨海新区和香港特别行政区的友好交流和经贸合作关系越来越紧密，缘分越来越深厚。香港的英皇集团、周大福、利福集团等大项目、好项目纷纷落户新区，促进了新区现代服务业发展。值得一提的是，滨海新区目前在建的两座地标性建筑都是由港商来投资的，一个是香港周大福集团在泰达投资建设的周大福滨海中心，一个是高银集团在滨海高新区兴建的117高银大厦，未来将会成为滨海新区的新高度。

中央台： 一个是渤海之滨的新兴经济重镇，一个是香江之畔的东方明珠。从滨海新区到香港，再从香港到滨海新区，空间距离无法阻隔我们的牵手同行。滨海新区充满生机和活力，投资环境非常优越，发展空间和潜力巨大；香港是国际金融中心和贸易中心，社会繁荣发展；只有两地紧密合作，才能实现共赢。

天津台： 对，为了实现更好的合作，我想我们也有必要让大家对滨海新区的创新能力有更多的了解，让大家知道我们"得分"的地方究竟在哪里，是不是正是创业发展的四海合作者所期待的。不过这个问题我可回答不了，还是有请我们滨海新区的宗国英区长。宗区长，您给我们个权威答案吧，您认为，最让滨海得分的是哪些方面？是近年来众多大项目好项目的落户？还是舆论称赞的"滨海速度"？是滨海新区综合配

　　　套改革的政策优势？

宗国英： 时间。

中央台： 在未来开发建设中，滨海新区还将在哪些方面突出改革创新呢？

宗国英： 当前，我们基本完成了综合配套改革第一个三年计划，最近又启动了第二个三年计划，将改革内容细分为"十大改革"，全力攻坚，以改革促开放、促发展。在公共管理领域，我们提出要深入推进行政管理体制改革，建立"统一、协调、精简、高效、廉洁"的管理体制。深入推进行政审批制度改革，进一步提高行政效率，着力构建"一级政府、分类服务"的公共服务审批体系。

在经济发展领域，我们提出要深入推进金融改革创新，在金融市场、金融企业、金融业务等方面先行先试。深入推进涉外经济体制改革，加快建设自由贸易港区，努力打造我国对外开放的门户。深入推进国企改革和非公有制经济发展，建立了新区统一的国有资产监管体制，支持民营企业做大做强。深入推进土地管理制度改革，积极扩大土地征转分离和城乡建设用地增减挂钩试点等措施，进一步提高土地的投资强度和产出效率。

在社会发展领域，我们提出要深入推进保障性住房制度改革，对各类群体的住房实现应保尽保。深入推进城乡一体化改革，按照农改非、村改居、集体经济改股份制经济、实现农村城镇化"三改一化"的思路，以及居住园区、产业园区、农业示范园区"三区联动"的模式，统筹城乡发展。深入推进社会管理创新和公共服务改革，统筹发展社会事业，努力争创和谐社会首善区。

"十二五"时期是滨海新区开发开放的战略机遇期和黄金发展期，我们提出的"十二五"期间发展目标是：生产总值和工业总产值年均增长均保持在17%以上，总量分别突破1万亿元和2万亿元。基本形成覆盖城乡、制度完善的社会保障体系、社会救助体系和社会化居家养老服务体系；生态环境、市容市貌、服务功能进一步显著改善。

届时滨海新区将初步实现国家功能定位：一是现代制造业和研发转化基地基本建立，成为全国现代制造业，特别是战略性新兴产业的聚集区，成为全国原始创新、集成创新、消化吸收再创新的领航区。二是北方国际航运中心和国际物流中心地位基本确立，成为高度开放的世界一流大港和中国北方大型航空枢纽港。三是北方对外开放的门户功能显著增强，率先建立完善的社会主义市场经济体制，加快东疆保税港区向自由贸易港区转型，成为改革开放先行区。四是宜居生态型新城区框架基本形成，加快发展循环经济、低碳经济和绿色经济，成为生态文明示范区；不断加快发展社会事业，加强和创新社会管理，切实保障和持续改善国计民生，成为和谐社会首善区。从而为2020年甚至提前全面实现国家功能定位奠定坚实基础。

中央台： 感谢宗国英区长。如今的滨海新区，一批批中外项目正在落地生根。30平方公里的东疆港区、200平方公里的南港工业区、10平方公里的中心渔港等，遍地开花结果，作为北方平原上的经济航母已经起航。

天津台： 经济的快速发展让政府口袋充裕，有能力给老百姓多办事。滨海新区成立以来，每年实施20项民心工程。从推出更多的保障性住房，到增加居民收入，到提供更多的就业岗位，再到天更蓝、水更清，百姓比以往享受到更多经济发展带来的实惠。

中央台： 一段片花之后，我们将开启今天特别节目的第三个篇章——《渤海之滨崛起宜居新城》，一起倾听体味生活和居住在这里的滨海新区市民的幸福生活。

第三篇：渤海之滨崛起宜居新城

（宜居新城片花）

天津给你的印象是什么？

是马三立的相声？"逗你玩儿"

是新出炉的煎饼果子？"嚓啦……"

是百年洋楼的浅唱低吟？"老唱片的声音"

还是正在迅速发展着的滨海新区？"滨海新貌"彩车正在向我们走来，它展现了天津全力打造国内滨海城市，北方经济中心和生态城市的美好蓝图。"（花车音效）

播报：英国《经济学人》集团旗下"经济学人智库"（EIU）日前公布最新全球宜居城市榜单，天津市排名第七十二位，居中国内地城市之首。

如果把滨海新区的生活比作一杯咖啡，它应该是一杯……摩卡，味道浓郁而又平易近人——

古道热肠爱恨分明是暖暖的奶；

骨子里的乐天惜福是甜甜蜜蜜的朱古力；

腾飞的面貌是超越国界的咖啡粉……

以上种种造就了今日城市的微笑表情。

"中国最宜居城市"

郭德纲"您是来呀来呀还是来呀"……

中央台： 中央人民广播电台。

天津台： 天津人民广播电台。

中央台： 您现在正在收听的是由中央人民广播电台华夏之声、香港之声携手内地及港澳15家电台联合推出的大型直播节目《城市新跨越》。大家好，我是中央台主持人李寅。

天津台： 大家好，我是天津人民广播电台滨海广播主持人天月。说起宜居生态，我们不得不提的就是滨海新区正在建设的中新天津生态城。

中央台： 是，我在去中新生态城参观的时候，那里的建设者为我们描绘了一幅生态城未来的图景：清晨，人们被窗外的鸟鸣叫醒；用自家循环的中水浇花；打开水龙头就可以喝到清甜的淡化海水；出门可以乘坐环保的电力公交车上班；单位的建筑全部使用节能材料；从事的工作是环保产业。而这样一个生态和谐的梦想正在逐步变为现实。

天津台： 其实，中新生态城只是滨海新区在建设宜居城区方面探索的缩影。滨海新区既强经济，又强社会，协调发展。一个城市市民的感觉是否幸福，其实不光取决于这个地方的经济有多发达，人均收入有多高，更要看政府是否舍得在民生上投入，滨海新区近年来恰恰正是在这点上给了群众以富足感，赢得了百姓的尊重，宗区长，请您给我们介绍一下这方面的情况。

宗国英： 我们以争创和谐社会首善区为目标，针对住房、就业、出行、教育、医疗、社会保障等事关国计民生的重大问题，连续2年大力实施了20项民心工程，让广大群众更多地享受到了开发开放的成果和实惠。基础教育、职业教育、高等教育全面发展，"名学校、名校长、名教师"工程形成良好带动作用。新建和改扩建一批医院及社区卫生服务中心（站），优质医疗资源通过向社区延伸极大地方便了群众就医。不断健全社会保障体系，加大社会救助力度，保障困难家庭和边缘户群体的基本生活。新增就业不断增加，城镇登记失业率控制在3%以下。

实现城乡低保全覆盖。今年，我们顺应全区人民过上更好生活的新期待，持续加大社会事业投入，合理配置公共服务资源，千方百计把各项社会事业做得更好，努力实现经济与社会两翼齐飞！

天津台： 滨海新区的快速崛起吸引外来建设者已超百万，环境的宜居只是一方面，如何让外来务工人员生活幸福，在情感宜居获得认同，这对新区社会管理创新既是新压力也是新课题。最近，就有1500位外来建设者和他们的家庭拿到了天津户口。下面，我们就来通过中央台记者艺霏、实习记者桥依、天津滨海广播记者张歆的报道，一同了解滨海新区外来建设者们的生活。

【张歆录音】新区多效并举，服务外来建设者

记者：汪春标，今年43岁，来自河北省高阳县的一个小山村。1987年，18岁的汪春标在家乡看到塘沽一家企业的招工信息，于是来到了这个陌生地方。

【录音】刚来的时候条件各方面都比较艰苦，应该说是中国的第一批农民工，当时都这样叫。

当时汪春标进入的企业，是海洋石油工程股份有限公司——中国海洋石油总公司下属的直属单位，负责沿海石油、天然气开采平台的建设安装。经过6个月的培训，汪春标成为了一名焊工。

【录音】我们刚参加工作到塘沽区来的时候，碰见的眼光是不一样的，我们觉得遭受的打击非常大。到公司来以后，公司给我们的是一个同样的环境，一视同仁。另外待遇基本都是一样的，没有分开彼此。

记者：就是这样一个简单的原因，让汪春标留在了塘沽。此后的25年间，他一步一个脚印，从副班长晋升为班长，从副队长晋升到队长，如今，已经是海洋石油工程股份有限公司下属的特种设备公司生产经营部副经理，管理整个公司的生产经营活动。然而更让汪春标高兴的是，他如今已经通过滨海新区"优秀外来建设者"评选表彰活动拿到了天津市红印户口，成为一名地地道道的天津人：

【录音】当时就想我先能填饱肚子，把自己在家的负担减轻一部分就可以了。没想到这么多年以后，我不仅在这儿买了房子，还买到了车。

2010年，滨海新区首次启动"优秀外来建设者"评选表彰活动，评选出1000名"优秀外来建设者"，提供在津落户等奖励。2011年，又将奖励名额扩大到1500人。到目前为止，汪春标所在的海洋石油工程股份有限公司，累计已经为131名外来务工人员办理蓝印户口，为11人办理红印户口。公司副总裁王明阳认为，这样的优惠政策，让外地员工找到了归属感，也助推了企业发展。

记者：第一他们感觉企业为他们解决了真正需要解决的问题，他们永远是个外地人这种感觉就没有了。归属感会更强烈，他确实体现在工作上，更勤奋，更努力。另外一个作用就是相当一部分人认为，我只要在这个企业好好干，我也能得到这样一份荣誉，这样一个待遇，起到一个引导的作用，一个激励的作用。为了鼓励更多外来建设者为滨海新区的贡献力量，除了实施户籍制度改革，滨海新区还在保障房建设、生活困难救助、工资福利增长等诸多方面进行有益探索，不断增强外来人口对滨海新区的归属感和认同感。

滨海新区政法委副书记谢志强：全面推进流动人口公共服务均等化、待遇同城化。目前，全区152所中小学校全部面向流动人口子女开放，流动人口与本区从业者，都执行统一的"五险一金"制度，在就业政策、同工同酬、技术培训等方面实现市民待遇，计划生育等基本公共服务实现均等化。

中央台：真的是为这些外来建设者们感到高兴，我们想问宗区长的是，滨海新区为什么不遗余力地推动外来建设者融入这座城市？您是怎么让他们找到"家"的？而所有这些努力的最终目标又是什么？

宗国英：外来人口的快速增长，是滨海新区人口构成的显著特征。目前，新区248万常住人口中，流动人口达124万，且每年以30％的速度递增。加强和改善外来人口服务管理，是新区社会管理创新的重要课题。新区率先提出和实施了为外来建设者提供全方位服务，形成了流动人口服务管理的"滨海模式"，得到了中央领导的肯定，中央综治办专门发出通知，向全国进行推广。

在帮助外来务工人员融入城市方面，我们主要做了一下工作：一、保障房惠及流动人口。新区为不同的外来人口需求建设了30处近200万平方米的蓝、白领公寓以及政府公屋，实施集宿式、公寓式服务管理。建立"建设者之家"，为临时来新区工作的外来人口提供社区化的服务管理。二、新区152所义务教育阶段的学校，全部向外来务工人员子女开放。目前，在新区就学的外来务工人员子女人数达到27000多人；基本医疗保障已全面覆盖外来常住人口，计划生育基本公共服务实现均等化。三、实施"青年农民工融入社区计划"。在民政部指导下，针对分散居住的外来人口，启动了"青年农民工融入社区计划"，探索青年农民工融入城市的途径和方法，让这部分外来人口与市民一样享有"同城待遇"，取得了丰富经验。四、突破户籍"瓶颈"。新区通过公平、公正、公开的评选程序，吸引优秀外来建设者落户新区。2011年一次性解决1000人，今年计划解决1500人，以后根据实际情况逐年增加。

经济高速发展，社会高度开放，海纳百川，需求多元，是新区的突出特点。破除城市中的"二元结构"，构建流动人口服务管理新模式，探索流动人口融入城市的有效途径，既是新区自身发展的要求，也是我国加快城市化进程所必须面对的时代课题。这一模式中，必然涉及住房保障，户籍管理，基本公共服务均等化等，其每一项具体突破，都意味着对传统管理体制的改革，也都意味着向社会主义市场经济体制的靠近。因此，这一模式的探索，无论对新区还是对全国，都意义重大。

中央台：在帮助外来务工人员融入城市方面，天津滨海新区作出了大胆的探索，这样的模式对于我国的城市化和市民化同步有着怎样的借鉴意义？有请中国城市发展研究院研究部副主任白南风为我们解读。

【出录音】

白老师您好，您怎样理解这个问题？

我国正在经历一个快速城市化的时期。目前，我国在城市生活的人口已经过半，在这个快速的城市化过程中，城市化与市民化不同步的现象日益突出，城市中存在着大量的外来人口，很多居住在城市的人不具有本地户口，其中大多数甚至没有城镇户口，是农民身份。譬如滨海新区，外来常住人口不仅比户籍人口多4.67万人，而且占到了常住人口总数的二分之一以上。这些外来人口大多都是外地来到本城市的建设者，是城市开发和发展的主力军，也是日常生活服务中不可或缺的重要力量。但是，由于现行的户籍、住房、教育等方面的制度变革跟不上，这些外来人口还很难说是完全意义上的本城市的新市民，他们在就业、居住、教育、医疗、社会保障等诸多方面都不能完全享受与本地户籍人口同等的待遇。一方面，这影响了外来人口的本地归属感，影响了城市的凝聚力，而一个城市留住人才、聚集人才的能力，对城市的持续性发展是至关重要的。另一方面，这也不利于社会的和谐和稳定。因此，在快速城市化过程中解决城市化与市民化同步问题，在经济高速发展的背景下解决公共服务与社会管理制度创新问题，是摆在我们面前的一道关键的课题，只有解决了这道难题，中国的城市化和经济建设才能健康发展。

今天我们看到，滨海新区在这方面做出了大胆的探索，取得了可喜的成绩。尤其是在户籍制度和保障房制度方面的改革和创新，对全国具有极为重要的意义。将进城定居农民和外来定居人口纳入本地户口体系和保障房适用对象，努力在教育、医疗、社会保障等方面解决外来人口的后顾之忧，是很有远见的政府行为，这不仅有利于本地区的高效持续发展，有利于本地区的社会稳定与和谐，而且为全国的公共服务和社会管理制度创新提供了有益的经验，为中国的城市化与市民化同步发展提供了很好的借鉴。这个意义，毋庸置疑，极其重大，甚至可以说，怎么评价都不为高。

城市发展，应该以人为本，城市的主体，是人，而不是建筑物。希望滨海新区在公共服务和社会管理创新、建设宜居宜业之城方面的这些有益探索和宝贵经验，能够对全国的城市发展起到一个推动和借鉴的作用。

中央人民广播电台华夏之声、天津人民广播电台滨海广播联合内地港澳15家电台倾情奉献大型系列专题，7月18日，《城市新跨越——活力滨海，宜居新城》正在直播。

中央台： 中央人民广播电台。

天津台： 天津人民广播电台。

中央台： 由中央人民广播电台华夏之声、香港之声携手内地及港澳15家电台联合推出的大型直播节目《城市新跨越·开放滨海宜居新城》到这里已经接近尾声。世界上不论哪一个国家，得风气之先的都是临海的城市。在今天的节目中，我们见证了海滨新城滨海新区的风雨兼程、蓄势待发和振翅高飞。苍茫的渤海之滨自古就是一片英雄逐梦的舞台。现在，这座新兴的城区正在用它只争朝夕的发展步伐，演绎着为梦想"开疆破土"的英雄史诗。

天津台： 的确，如今的滨海新区，正在以海纳百川的博大胸怀和世界眼光，以开放促发展、以开放迎未来，成为引领时代发展的开拓者。目前，滨海新区正处在又好又快发展的关键时期，崭新的奋斗蓝图已经绘成，我们将用新理念、新模式、新机制推动工作，努力成为全国最具潜力、最有活力、最为开放的现代化新区之一。

中央台： 的确，每一次来到这里，我都能感受到滨海新区又好又快发展的脉动，感受到日新月异的巨大变化。我相信，下次再来的时候，这里一定会带给我更多的惊喜。

天津台： 一定会的，欢迎你以后常来到这里做客，也欢迎我们的港澳同胞，欢迎全国各地的听众朋友走进滨海新区，了解滨海新区！

中央台：天津欢迎你，滨海新区欢迎你！

天津台：天津欢迎你，滨海新区欢迎你！（天津话）

中央台：好的，听众朋友，今天的直播到此结束，下周的同一时间城市新跨越我们将走进吉林的延吉。朋友们，再见！

天津台：再见！

多彩延边州·绚丽金达莱

（《城市新跨越》大标版）

男：有一种城市，穿透千年的时光；

女：有一种跨越，坚挺时代的脊梁；

男：衔东海，跨云贵，它是腾飞的巨龙；

女：起山巅，入南川，它是翱翔的雄鹰。

（压混：常州、丽江、珠海、鄂尔多斯、佛山、潍坊、新余、芜湖、香港、吐鲁番、天津滨海新区、延吉、攀枝花、嘉兴、澳门……）

男：聆听城市的声音，

女：见证跨越的力量。

男：《城市新跨越》——中央人民广播电台华夏之声携手内地及港澳15家电台联合直播。

（《城市新跨越——延吉》片头）

男：这里是"歌舞之乡"延边（朝鲜语音各种混音），中国唯一的朝鲜族自治州"Yes Yanji（就是延吉！）"（朝鲜语音各种混音）

男：延吉——延边州首府，绽放着绚丽的金达莱花。

男：源远流长的朝鲜族文化，风情浓郁的朝鲜族民俗，这里充溢着朝鲜族独有的民族风情。

女：这里的山皆绿，这里的水皆清，原始生态，自然天成"Yes Yanji（就是延吉！）"（朝鲜语音各种混音）

男：时尚活力，青春动感"Yes Yanji（就是延吉！）"（朝鲜语音各种混音）

女：热情好客，能歌善舞。

男：本期城市新跨越魅力呈现：多彩延边州·绚丽金达莱！

（总垫乐）

艺霏： 中央人民广播电台！

芳凝： 吉林人民广播电台！

浩名： 延吉人民广播电台！

艺霏： 由中央人民广播电台华夏之声、香港之声联合内地及港澳15家电台推出的大型直播节目《城市新跨越》，今天来到了吉林省延边朝鲜族自治州的首府延吉市。大家好，我是中央台主持人艺霏。

芳凝： 大家好！我是吉林人民广播电台主持人方宁。我们在美丽的长白山山脚下向延边州延吉市听众、港澳听众，以及全国各地的听众朋友问好！

浩名： 大家好！我是延吉人民广播电台的主持人浩名。说到延吉市，可能对于港澳和珠三角地区的听众朋友们来说还比较陌生，也比较遥远，延吉市位于我国东北吉林省的东部，是延边朝鲜族自治州的首府，全自治州政治、经济、文化的中心。

艺霏： 虽然对于港澳和珠三角地区的听众来说还比较远，比较陌生，但相信通过我们今天的节目，大家会对延边州以及州首府延吉市有深刻的印象，而且会爱上这里！今天一个小时的节目时间里，我们以"多彩延边州·绚丽金达莱"这个主题，与大家分享延边州以及首府延吉市跨越式发展的故事。

芳凝： 我虽然是吉林长春人，但如果让我向大家推荐来吉林省旅游的好地方，我会建议大家到延吉来！因为这里有以延吉为中心辐射周边地区的多条旅游热门线路，而且这里的民俗风情和边境风光极具特色。

浩名： 不知道二位分别从北京来的，和从长春来的主持人对我们这里的印象怎么样？

艺霏： 要说印象还真是不错，这里的街道、房屋非常干净、整洁，人们对待游客非常友好，我们的记者来了之后还做了一个采访，下面的时间我们一起来听游客眼中的延吉。请听中央台记者冰月、吉林省台记者孟汐的报道：

播放专题：《游客眼中的延吉》

坐落在群山怀抱中的延吉市，是延边州政治、经济和文化中心，是2008年奥运火炬传递和中国北方旅游交易博览会的举办城市。

走在延吉街头，最醒目的就是鳞次栉比的街边门市上标注的朝汉双语文字，这座吉林东部最大的工业、商贸、旅游城市，处处洋溢着浓郁的民族风情，又充满了时尚色彩。一些具有民族特色的建筑古朴典雅,随处可见的餐饮、休闲服务场所里,身穿鲜艳的民族服装的姑娘小伙鞠躬服务,热情待客。两位来自沈阳的游客刘女士和王先生接受了我们的采访:

【出录音】

(男)它有山,也有江。印象比较深的是串城比较多。

(女)夜景很漂亮的。

(男)在吃饭的时候,有几个是朝鲜族人,吃完喝完,放点歌,就在那跳舞,感受比较深。

延边人乐观向上、善于享受生活,由于这里的经济外向度高,外出劳务经济刺激了消费,据统计,延吉市的消费水平一直在国内同等城市中位列榜首。在延吉市区中心,以延吉百货大楼和延吉市城宝大厦、韩百商场等韩国商品专营商场为主,近万家商场、超市、店铺构成了繁荣的商贸群,成为全州最大的商品集散地和吉林省最大的韩国商品批发中心。来延吉投资办厂的韩国企业主朴相烈说:

【出录音】(韩语压混、翻译)

来之前听到别人的说法是,这边不像那边那么发达,来之后发现也不像他们所说的那样,延吉已经发展挺多的。

近年来,延吉市不断强化城市建设,基础设施完善,功能齐全,给人营造出了一流的居住休闲环境,人称北方"休闲娱乐之都"。40多平方公里的市区内路畅桥通,市区内树木葱茏,花草繁茂,绿化覆盖率达到27.3%,人均公共绿地面积达到5.5平方米。

艺霏: 通过专题,我们已经了解到游客眼中的延吉了,相信收音机前的听众朋友对延吉有了初步的印象。

芳凝: 是的,要说延边州和延吉市的特色,我觉得今天节目的主题就是很好的概括。你看,我们今天的节目主题叫"多彩延边州·绚丽金达莱"。"多彩"和"绚丽"描绘出了延边州和延吉市"活力、开放、浓郁"的民族风情。

浩名: "金达莱"在这儿有必要向港澳和珠三角地区的听众朋友着重介绍一下。金达莱是一种花的名字,它素雅朴实、顽强宽厚,象征着一个民族的不屈与奋进。延边人民对金达莱有一种特殊的感情,金达莱被延边各民族人民视为民族团结进步的象征,也是延边州的州花。延吉作为延边州首府城市,应体现出延边的精神,代表着延边的形象,因此,"金达莱"被评为市花。

芳凝：同时，延吉的城市标志是"金达莱之光"，它采用金达莱五个花瓣的变化和朝鲜族传统服饰颜色来表达延吉的城市特点，有强烈的视觉感和现代感。关于"金达莱"在朝鲜民族的文化特点与内涵，稍后我们会请朝鲜族民俗文化专家为您详细解读。

艺霏：嗯，也希望听众朋友继续关注我们的节目，我们将会为您一一展示延边州和延吉市的特色，在我们节目进行当中，香港电台普通话台主持人陈曦也从千里之外送来了问候。现在让我们一起来听一下。

（播放录音：陈曦问好）

收音机旁以及国际互联网上的听众朋友们，延边州延吉市的听众朋友们，大家好！我是香港电台普通话台的节目主持人陈曦。很高兴能够参加这一次由中央人民广播电台华夏之声、香港之声和港澳地区以及内地15家电台联合制作播出的《城市新跨越》节目，相信通过这一次大型的合作企划，一定会将我们的互动交流、合作带到一个新的层面，在这里也预祝《城市新跨越——多彩延边州绚丽金达莱》节目可以顺利、圆满地完成。

艺霏：当然呢陈曦不仅送来了问候，还带来了很多问题。这些问题在稍后的节目当中，会一一问出，我们的领导、专家也会做客直播间来为我们一一解答。

芳凝：介绍一下今天将先后作客我们直播间的嘉宾，他们是：延吉市副市长郑权，朝鲜族民俗文化专家丁寿山。

浩名：今天我们的直播间将高朋满座，片花过后，我们将请延吉市副市长郑权走进直播间，为大家介绍延吉市的跨越式发展成就。

（《城市新跨越——延吉》片花）

（总垫乐）

艺霏：中央人民广播电台！

芳凝：吉林人民广播电台！

浩名：延吉人民广播电台！

艺霏：由中央人民广播电台华夏之声、香港之声联合内地及港澳15家电台推出的大型直播节目《城市新跨越》，今天我们来到了吉林省延边朝鲜族自治州的首府延吉市。大家好，我是中央台主持人艺霏。

芳凝：大家好！我是吉林人民广播电台主持人芳凝。

浩名：大家好！我是延吉人民广播电台的主持人浩名。

艺霏：我们今天走进这座美丽的城市延边州延吉市。

芳凝：今天节目的主题是"多彩延边州·绚丽金达莱"。

浩名：近年来，延吉市深入贯彻落实科学发展观，解放思想，开拓创新，确立了"诚信立市，工业强市，依法治市"的战略方针，以实现经济大发展，农村大改观，城镇大变化，社会大和谐，党风政风大好转为目标，不断加快具有民族特色的吉林省东部宜居旅游中心城市建设步伐。

芳凝：今年的9月3日，延边州将迎来建州六十周年的大庆，今天距离这个大喜的日子，还有39天的时间。国家领导人周恩来、邓小平、江泽民、胡锦涛、李长春、周永康都先后到延边视察。

艺霏：是的，说起对延吉的认识，接下来我们今天荣幸地邀请到延吉市副市长郑权，相信他比我们当中的任何人都了解延吉这座城市。

芳凝：郑市长，您好，非常高兴把您请来我们的直播间，为我们介绍延边州和延吉市的跨越式发展成就。

郑市长：你好，主持人。

浩名：郑市长，我们知道延吉市的综合经济实力始终位居吉林省县（市）第一，2000年、2001年和2002年曾连续三年进入全国百强县（市）行列，2005年名列全国百强县（市）第93位，是吉林省唯一进入全国百强的县（市）。

艺霏：郑市长，今天请您为我们香港、澳门和珠三角地区的听众介绍一下我们延吉这几年的发展开发。今年是延边州建州60周年，延吉也有许多的活动即将举办。像2012第八届中国延吉·图们江地区国际投资贸易洽谈会9月2日至4日就将举办了，我们想问问市长：

市长采访提纲

1. 延吉如何配合、参与《中国图们江区域合作开发规划纲要》的实施？（中央台）

2. 请市长介绍一下延吉令人骄傲的自然资源。（吉林台）

3. 今年是延边州建州六十周年，延吉作为延边首府在城市经济、文化建设方面，近几年的跨越性发展思路及成效如何？（延吉台）

艺霏：接下来我们来听听香港电台普通话台主持人陈曦提出的问题：

（播放：香港电台问题）

1. 延吉具有浓厚的朝鲜族风俗及文化，又被誉为"文化之乡"，如此有特色的民俗文化在向外推广宣传方面都做了哪些工作呢？

2. 延吉有得天独厚的旅游资源，进一步的开发及推广的重点放在哪里？

3. 在当前内地的高速发展过程中，延吉在经济层面的增长点是如何体现延吉特色的？

艺霏： 好，我们香港电台普通话台陈曦已经提出了三个问题，有请郑市长来为我们一一解答。

1. 延吉具有浓厚的朝鲜族风俗及文化，又被誉为"文化之乡"，如此有特色的民俗文化在向外推广宣传方面都做了哪些工作呢？

芳凝： 2. 延吉有得天独厚的旅游资源，进一步的开发及推广的重点放在哪里？

浩名： 3. 在当前内地的高速发展过程中，延吉在经济层面的增长点是如何体现延吉特色的？

艺霏： 非常感谢郑市长的精彩回答，通过您的回答让我们了解到本届图洽会相关的情况，洽谈会将突出反映建州60年及图们江区域国际合作开发20年成果，突出体现国际区域合作、经贸交流合作和地区产业特点，突出展示中国朝鲜族民俗特色，全面打造延边州对外形象和投资环境宣传展示平台、图们江地区国际经贸合作平台和国内外旅游文化交流平台。

芳凝： 是的。1952年9月3日，中国延边朝鲜民族自治区成立大会在吉林省延吉市举行。1955年4月，中共吉林省委和吉林省政府决定改延边朝鲜民族自治区为延边朝鲜族自治州。同年12月，延边朝鲜族自治州第一届人民代表大会第二次会议宣布改自治区为自治州。

浩名： 历经60年的岁月变迁，今天的延吉经济发展如何呢？我们接下来听一段小专题，为您介绍一下延吉的经济发展。请听吉林省台记者于志安，孟汐的报道：

播放专题：《延吉经济》

延吉市是一个边疆开放城市，在东北亚经济圈中，地处中、俄、日、韩、朝、蒙等国的中心地带，是联合国开发图们江流域"大三角"中的三个支点城市之一，作为延吉经济的重要支撑，市内东有高新开发区，西有新兴工业区。两大工业区的258个大项目竞相发展。

【出录音】

主要生产冻干粉针，治疗癌症的，投资一亿元，这是新产品。

敖东药业集团延吉公司经理郑长伟在生产车间介绍最多的就是抗癌新产品，是新产品让他们占领了市场，抗癌新产品占销售收入占总收入的85%。研发一批、生产一批、储备一批的科技创新理念给企业一年带来8000万元的收入。

延吉市在全州经济发展中举足轻重，创新成为他们的切入点。以高新开发区、新兴工业区为依托，加快科技创新力度，积极推动企业创新，引进项目，开发产品都是围绕创新做文章。企业研发新产品，政府帮助跑贷款，找市场，先期入住的企业市里也都积极帮助搞研发，搞技改，科学发展，不断创新。

延吉纺织厂，过去老设备，老产品，企业越走路越窄，陷入困境。延吉市积极招商引资，改造延吉纺织厂，新设备、新体制，使企业生机勃发。

【出录音】

这是什么车间呀？这是捻线车间，主要是生产纱，咱这原料都是进口的，一般都是韩国的。

车间主任崔金丽和我们交谈时，脸上时不时地流露出微笑：隆隆的机器声，不停转动的锭子把纺织厂推向新生，700多名职工就业有了保障，入住新兴工业区仅一年半时间，销售收入就达到一个亿。他们生产的涤纶、亚麻产品全都出口到韩国和日本。延吉市副市长王铁：

【出录音】

三化统筹是延吉发展的很好的路径，三动是一个很好的措施。在整个发展过程中，推动自主创新，通过技术改造引导企业从粗放向先进技术投入转变。

延吉在创新发展中不等、不看、不靠，在先行先试中盘活棋子，成就全盘。

艺霏：好的，继续回到《城市新跨越——多彩延边州绚丽金达莱》的直播现场，我们刚刚听到的专题是延吉的经济发展地位与状况。

芳凝：是的，通过刚才的专题我们了解到了延吉的"经济大发展，农村大改观，城镇大变化，社会大和谐"。

浩名：除了延吉市自身的经济发展外，其实延吉在对外经济的发展方面也做了不少工作，下面的时间，我们再来听一个专题报道——《延吉的外向经济》。请听吉林省台记者于志安，孟沙的报道：

播放专题：《延吉的外向经济》

延吉市交通十分便利，目前已形成了公路、铁路、航空、海运齐全的交通运输网。置身延吉航空口岸，说着汉语、俄语、日语等多国语言的候机人群熙熙攘攘。2011年，延吉航空口岸年旅客吞吐量首次突破百万人次，成为东北地区第五大机场。经常在延边乘机的客商全虎：

【出录音】

延吉到韩国直飞特备方便，以前中转到北京还得住。特别让我满意的是从售票开始到办手续，到安检。候机服务有VIP服务，挺方便的，像自己家一样。

位于延吉市的国家级开发区——高新开发区是体现延边对外开放度的另一个典型代表。占地近12平方公里，目前已入住国内外高新企业247家，固定资产投资20多亿元。区内形成了IT产业园、医疗器械产业园、朝鲜族特色食品等园区，竞争优势明显。记者采访了园内规模最大的食品加工企业——日本秀爱食品有限公司，厂长斋藤浩司：

【出录音】（日语压混，翻译……）

延边的人特别善良，特别友好，个人非常喜欢延吉市。开发区政府，从立项开始就得到了政府一站式的服务，使我们公司顺利地从土建工作开始顺利地完成了厂房，随着企业的发展又遇到了一系列像招工难之类的困难，开发区管委会经常到企业来走访、帮助，给我们做了一些相关的协调工作，促进我们公司非常健康快速的发展。

目前，这家总投资1500万美金的日资企业年产4200吨坚果产品，全部销往国外。

【出录音】（日语压混，翻译……）

出口企业，相对来说港口近一些还是相对方便一些，这个稍稍有一点欠缺。

经济外向度高，对港口运力的要求自然就越高。随着图们江地区开发的逐步推进，我国在最靠近日本海的延边州珲春市"借港出海"、建设内河大港等宏伟计划也正在同步规划和实施中。延边州的未来将因此显得无限广阔。

（播放：朝鲜族音乐）

（《城市新跨越》总片花）

男：有一种城市，穿透千年的时光；

女：有一种跨越，坚挺时代的脊梁；

男：衔东海，跨云贵，它是腾飞的巨龙；

女：起山巅，入南川，它是翱翔的雄鹰。

（压混：常州、丽江、珠海、鄂尔多斯、佛山、潍坊、新余、芜湖、香港、吐鲁番、天津滨海新区、延吉、攀枝花、嘉兴、澳门……）

男：聆听城市的声音，

女：见证跨越的力量。

男：《城市新跨越》——中央人民广播电台华夏之声携手内地及港澳15家电

台联合直播。

（《城市新跨越——延吉》片头）

男：这里是"歌舞之乡"延边（朝鲜语音各种混音），中国唯一的朝鲜族自治州"Yes Yanji（就是延吉！）"（朝鲜语音各种混音）

男：延吉——延边州首府，绽放着绚丽的金达莱花。

男：源远流长的朝鲜族文化，风情浓郁的朝鲜族民俗，这里充溢着朝鲜族独有的民族风情

女：这里的山皆绿，这里的水皆清，原始生态，自然天成"Yes Yanji（就是延吉！）"（朝鲜语音各种混音）

男：时尚活力，青春动感"Yes Yanji（就是延吉！）"（朝鲜语音各种混音）

女：热情好客，能歌善舞

男：本期城市新跨越魅力呈现：多彩延边州·绚丽金达莱！

（总垫乐）

艺霏：中央人民广播电台！

芳凝：吉林人民广播电台！

浩名：延吉人民广播电台！

艺霏：由中央人民广播电台华夏之声、香港之声联合内地及港澳15家电台推出的大型直播节目《城市新跨越》，今天来到了吉林省延边朝鲜族自治州的首府延吉市。大家好，我是中央台主持人艺霏。

芳凝：大家好！我是吉林人民广播电台主持人芳凝。

浩名：大家好！我是延吉人民广播电台的主持人浩名。

芳凝：刚才我们邀请了姜市长为我们讲解了延吉市的跨越式发展特色，对延边州的大致情况也有所了解。接下来的节目内容我们将走进普通百姓的生活，让大家对延边州和延吉市的百姓生活有更多的了解。

浩名：说到百姓的生活，我想首先大家应该是对这里的泡菜和冷面有更深的印象吧？

艺霏：其实大家也别把港澳和珠三角地区的朋友说得像"吃货"一样，我们南方的听众最喜欢的是自由，背着个背包到处走，因为啊，夏天的南方非常炎热，自然而然地想找个地方来避暑了。

芳凝：那我们延吉就是南方朋友们的最佳首选了！

浩名： 可不是么，延吉市由于地处高纬度地带的山林盆地，所以这里是海洋性气候特点。春季干燥多风，夏季温热多雨，秋季凉爽少雨，冬季漫长寒冷，属中温带半湿润气候区。全年平均气温摄氏5.8度，极端低气温摄氏-27.9度，结冰日平均达175天左右。

艺霏： 那我们华夏之声、香港之声的听众们，夏天可以来延吉避暑，冬天还可以来这里看雪景略？

芳凝： 没错！我们再来听一个小专题，看看更多的游客是如何评价延吉的！请听中央台记者冰月，吉林省台记者孟汐的报道：

播放专题：《旅游20强》

这里有东北亚第一高峰，长白山绵延千里、雄伟壮阔；这里是祖国最东方的疆土，物华天宝，生机盎然；这里有文化习俗独特的朝鲜族人民，敢闯敢创，激情澎湃；这里是无限风情的延边，原始生态，自然天成。凭借着这些，延吉市的旅游蓬勃发展，已经成为当之无愧的支柱产业。延吉市旅游局副局长王景春：

【出录音】旅游有六大要素：吃住行游购余，它的产业链很长，带动作用非常强，现在是名副其实的支柱产业了。带动作用非常明显。

虽然只是一个县级城市，但在发展旅游产业的过程中，延吉人开放的眼光、超前的思维令人惊讶。延边人向来爱热闹、喜节庆，今年的六十周年"九三"州庆，必将迎米又一个旅游和休闲的高峰；延吉人敏锐地抓住了这个契机，开始大张旗鼓地打造旅游集散中心。延吉市旅游局副局长金明浩：

【出录音】我们的旅游集散中心它有一个特点，就是模式上是比较创新的，政府在其中起一个引导的作用，并没有参与到经营的过程中。由本地一个朝鲜族女企业家所成立的一个公司，具体承建了集散中心，还搭配了一个朝鲜族的旅游文化中心，专门邀请朝鲜的艺术剧团过来演出。今年九三州庆之前就会全部完工，就会大大地为应对以后散客游和自驾游形成一个网络深度游的一个发展趋向，它的集散量达到日一万人是没有问题的。

延吉是一个边陲小镇，但是这里山美水美人更美，而且延吉人都热情好客，欢迎咱们国内外游客到延吉来领略我们的风土人情，领略我们美丽的山川。

浩名： 艺霏和芳凝，刚才我们聊了这么多关于延吉旅游的话题，接下来我们请来的这位嘉宾更有说服力，让他为我们介绍一下更多有关于延吉，以及更多有关于朝外族民俗文化的话题！

艺霏： 有请朝鲜族民俗文化专家千寿山，我们也带着一些问题，想让千老先生为我们一一解答。

浩名： 首先，我为大家介绍一下这位朝鲜族民俗文化专家：千寿山，73岁，从80年代初开始就搞朝鲜族的民俗研究，1985进入延边社会科学院历史研究所，专门从事对朝鲜族历史和民俗的研究。出版过《朝鲜族岁时风俗》、《中国朝鲜族风俗》、《中国朝鲜族风俗百年》等多部书籍，被聘请为电影《海兰江畔稻花香》、电视剧《长白山下我的家》的民俗顾问。这几年被州文化局聘请为非物质文化遗产专家组成员，为朝鲜族的民俗文化的振兴、挖掘、整理、传承做出了突出贡献。

民俗专家采访提纲

1. 千老先生，据说延吉市的这个城市名还有一段典故，能为我们介绍一下这个典故吗？（中央台）

延吉早先称作烟吉岗，又名南岗。据说在开发初年，延吉这个地方常常烟气缭绕，雾气笼罩，故称烟集岗，延吉是烟集的音转；延吉乃吉林的延长之意。1929年出版的中国民族志也提到了延边者吉林延吉道，属于吉林省的延吉道，这本书里也明确的提到了延吉。

2. 金达莱为什么是延吉的市花，它有什么特殊的内涵呢？（吉林台）

金达莱又称天地花，汉族又称杜鹃花、映山红，是延边州也是延吉市的市花，朝鲜族对金达莱花有特殊的好感，作为花来讲是民族的象征。每年4月末到5月初，是金达莱的开花期，当时是照的山坡红彤彤一片，特别好看，金达莱花瓣可以吃，在过去的农历3月3日称作上是节，这天妇女们到山坡上野游，用大米面烙油饼，两面粘贴金达莱花瓣，这种饼称作花煎，吃完后，唱歌跳舞，高高兴兴地玩乐一天，可以说上是节是朝鲜族的妇女节，延边每年都搞庆祝活动。

3. 咱们朝鲜族歌舞名闻遐迩，朝鲜族民谣《阿里郎》还有一段感人的故事，为什么会这么感人呢？（延吉台）

朝鲜族是喜歌喜舞的民族，可以说在朝鲜族的生活中离不开歌舞，如果举办什么庆祝活动只要乐声响起，就会有一群人随着歌声翩翩起舞，因为在歌舞方面有广泛的群众基础，开展群众性的文艺活动不是什么困难，在朝鲜族的民谣中，最具代表性的是《阿里郎》，他是民族的象征，几乎人人都会唱。"啊"是发语词，"里郎"是一个人名，阿里郎是源于一个历史传中的爱情悲剧故事，正好吻合了朝鲜民族多灾多难的历史，所以说朝鲜民族在心理上就很容易接受这首歌，所以民间就广泛传唱，经久不衰。阿里郎有好几种版本和唱法，因地而已，歌词和歌调有所区别，但是长久以来，朝鲜民族对《阿里郎》这首歌的感情一直没有改变。

在民俗舞蹈中，最具代表性的是"农乐舞"，"农乐"的含义是农村的音乐，他是音乐、舞蹈、戏剧等三种艺术组合在一起的艺术表演形式。使用的乐器主要是小锣、大罗、手鼓、杖鼓（又称长鼓）四种打击乐器和吹奏乐器唢呐。舞蹈表演主要包括，杖鼓舞和象帽舞。朝鲜族的农乐舞在2006年被列入国家级非物质文化遗产名录。2009年，由联合国教科文组织列入人类非物质文化遗产名录，这在我国舞蹈类中是唯一被列入世界级非物质文化遗产的舞蹈项目。

延吉台：提到朝鲜族，我们现在播出一个小专题，让大家也听听朝鲜族文化对于中国其他民族，我国东北，乃至对于延吉的影响：请听中央台记者冰月，吉林省台记者孟汐的报道：

播放专题：《朝鲜族民俗礼仪》

朝鲜族是一个谦恭礼让、崇文重教的民族。当你踏上延边这片神奇美丽的土地，你会被这里温文尔雅、文明礼貌的氛围所吸引，所笼罩。这里的老人们都穿戴整洁，甚至不乏新颖时尚；儿童天真烂漫，干净可爱。重视礼仪，尊老爱幼，在延边儿女看来是一件自然而然的事，根本就不需要提醒。我们来到延吉市博物馆，朝语讲解员徐美玲正在向来自韩国的游客介绍延边朝鲜族的传统礼仪：

【出录音】（朝鲜语压混，汉语翻译……）

人一生中最重要的礼仪，从孩子的出生礼，周岁礼，成人礼，婚礼，花甲礼，回婚礼，到最后的丧祭礼，整个人生的一个礼仪过程。保留到现在的就是周岁礼，要大摆宴席，为孩子祝生日的，说明孩子已经平平安安地度过了第一个春夏秋冬，再一个婚礼，花甲礼，现在都保持下来的。……回婚礼是结婚六十周年过的，这个要求比较严格，双方老人必须是原配，而且有儿女有子孙，家里没有蹲过监狱的或者做过坏事的，这样家里非常圆满的才能举办这个回婚礼。再一个丧祭礼，现在朝鲜族多数还是保存的。

在延边，很多幼儿园和小学，都开设了正式的传统礼仪课程；延边大多数的朝鲜族家庭、甚至在这里居住多年的汉族家庭里，一些传承了千百年的朝鲜族传统礼仪至今还在使用。我们的记者在延吉市采访到了一户朝鲜族家庭为孩子举办抓周礼的情景：

（记者现场描述，加现场音响采访，暂略）

4. 来到延吉我们了解到，延吉朝鲜族尊老爱幼可以说是全国的典范，到底有什么特别之处呢？尊老的特色体现在哪里呢？（中央台）

尊老爱幼是朝鲜族根深蒂固的一种理念，特别尊崇孝道，有一种说法叫做，"孝为百行之首"，意思就是说，在各种行为中孝道排在首位，所以衡量一个人的道德品质首先要看对父母是否孝敬。汉族有一句俗语，"家和万事兴"，朝鲜族叫做，"家和万事成"。家庭成员之间和睦相处，家业也才会兴旺发达。要靠什么来做到和睦相处呢，要靠尊老爱幼的理念。因此，朝鲜族到了60周岁时，要举行隆重的庆祝，叫做花甲宴。花甲礼仪，现在在延边地区依然很重视。2008年，朝鲜族的花甲宴被列入了国家级非物质文化遗产名录。花甲宴，要由儿女们操办，以表达对父母的敬爱与关怀之心。先给父母做一套新衣服叫花甲服，花甲宴当天要摆放花甲桌，摆放各种丰盛的美味，其中最具代表性的是嘴里叼着红枣的炖熟的整鸡，一公一母，鸡是吉祥物，红枣是代表红颜常驻，表达子女希望父母健康长寿，青春永驻。花甲宴上子女、亲朋好友要一一给花甲老人敬酒磕头，还要祝福长寿，整个过程中也是离不开唱歌跳舞，充满喜庆的气氛。

5. 朝鲜族的饮食特别有特色，很多外地朋友来到延吉就不想走了，就是被饮食所吸引，朝鲜族饮食到底都有哪些品种呢？（吉林台）

朝鲜族的饮食与其他民族相比较为清淡，不喜欢大鱼大肉、油性很大食品。朝鲜族是善于种水稻的民族，日常生活中是以大米饭为主，各种糕饼主要以大米或者大米面为主。比如，打糕、松饼、蒸饼、发糕、米酒等等。朝鲜族比较有名的食品有冷面、泡菜，这也是朝鲜族人民特别喜爱的食物，夏天冷面几乎天天吃。泡菜也可以说是民族的象征，一日饭餐离不开泡菜。延边泡菜种类多达50多种，腌制手法也非常讲究，几乎每个家庭都有自己的独特秘方。朝鲜族有个说法，品尝一个家庭的泡菜，就能领略到这家女主人的烹调手艺，通过实践证实，泡菜是对人民身体有益的食品，所以不只是朝鲜族的喜爱，其他民族也是一样。另外，朝鲜族人民也喜欢在家酿酒，有清酒和浊酒。浊酒就是汉族说的米酒，朝鲜族称为马格丽，这是用粮食做的酒，对人体没有伤害，过花甲、结婚、平时干活劳动、日常生活都喜欢喝。米酒口感酸甜、细滑、度数低，不上头，男女老幼都能喝，是省级非物质文化遗产。

6. 朝鲜族服装的色彩很靓丽，颜色搭配很讲究，据说以前其实不是这样的？（延吉台）

服装，女性是上袄下裙，男性是上袄下裤，以前性别的区别体现在服装上，不论男袄女袄，男女老少款式相似，差别在大小肥瘦，女袄比较短，样子秀气，颜色华丽，男袄肥大，颜色朴素，小孩袄中，最具特色的是彩条袖子袄，在衣袖上有一道一道颜色，又称斑衣，红黄白青黑五方颜色组成。后来因为朝鲜族不喜欢黑色，因此改为了绿色。五种颜色在阴阳五行学说里，是具有谐和长寿的寓意。正好体现在小孩的衣服上最合适。

7. 朝鲜族的节日和汉族的节日不太一样，有很多节日是汉族所没有的，可以说是朝鲜族专属，朝鲜族有哪些比较特别的节日呢？（中央台）

朝鲜族的传统节日有旧历年、清明节、端午、流头节、百种节、秋夕、重阳、冬至节等，其中，端午节是搞民俗体育活动最多的节日，其中最主要的是妇女的秋千和男性的摔跤，节日食品有艾叶饼。流头节是农历6月15日，这天最大特点是要洗发沐浴，以洁净的身心迎接丰收，这是他的文化内涵，也要搞文艺活动。7月15日，是百种节，是祭祀农神的节日，现在在延边称为农夫节，以歌舞的形式搞隆重的庆祝活动，被列入省级非物质文化遗产目录。秋夕节，就是汉族的中秋节，朝鲜语的含义是：8月中旬里最大节日，可以说是最重要的节日，代表食品是松饼和牛肉汤，在这天朝鲜族也要举行隆重的祭祀活动，在朝鲜族节庆活动中唯一被列入国家级非物质文化遗产名录。

艺霏：听完朝鲜族民俗文化专家千寿山老师的精彩讲解后，相信大家对延吉更为熟悉了。我也搜集了一下资料，说在延吉，可以吃到最正宗的朝鲜族冷面、烤肉，而且还可以逛韩国街，买韩国的时尚衣服，简直就是女生的福音啊！

芳凝：你看把艺霏给兴奋的，说到美食，我们的记者也为我们提供了些精彩的美食推荐，我们一起来听一下：请听中央台记者李鹏飞，吉林省台记者孟汐的报道：

播放专题：《朝鲜族美食体验》

在延吉市，琳琅满目的朝鲜族特色餐饮小吃店——狗肉馆、冷面馆、酱汤馆、烤肉店遍布街头，无论店面多么小，都是整洁明亮、一尘不染。在市区周边，更涌现出了一批以朝鲜族美食为标志的民俗体验休闲馆。下面，就请您跟随我的话筒，走进一家典型的朝鲜族饮食文化体验馆。

走进这家占地一万平方米的民俗山庄，建筑的外观、内部的装修、服务员的服饰都完全按照传统的朝鲜族风俗习惯装饰装扮，最醒目的就是一个朝鲜族民居中最常见的大炕，炕头与厨房灶台相连，灶上的铁锅里炖着朝鲜族特有的锅巴汤。山庄副总经理赵淑梅邀请我们坐到炕头上品尝朝鲜族美食：

【出录音】

（记者：这种大炕有什么好处呢？）

这面烧火以后，这面炕都是热的，现在去农村也都是这种生活方式。这种锅用来做饭，全部是铸铁的锅，用这种锅做饭又软和又筋道特别好吃。

（记者：这个吃饭的格局是不就是典型的朝鲜族的？）对，典型的朝鲜族居家的那种生活方式，朝鲜族的盆碗都到碗架柜，盆都扣着放，摆在外面。这些坛坛罐罐啊放的都是各种大酱辣椒酱，大酱分好几种，辣椒酱也多，什么人参辣椒酱啊、沙参辣椒酱啊，特色的，有十几种辣椒酱。

民俗饮食的体验馆，就是外地游客国内外客人到我们民俗山庄来体验一下朝鲜族民族饮食，比如自己亲自做打糕，还有拌饭啊、延边特色的狗肉啊，还有米肠，主要是让客人自己来体验，自己来亲手制作。

这是打糕（用的），用长白山上的红松做的木制的打糕槽、木制的锤子，我们每天11点左右的时候现场制作打糕。（现场制作打糕音响）

艺霏：提到延边的文化，延吉还有着"教育之乡"的美誉，我们来到延吉后听说这里的人们对于子女的教育非常重视。在农村，有的人家庭困难，据说宁可卖了耕牛也得要送子女去上学。在这里还要向大家着重介绍一下延边大学。延边大学是一所具有鲜明民族特色的综合性大学，是国家"211工程"重点建设大学、西部开发重点建设院校。

芳凝：延边大学始建于1949年，1996年经原国家教委批准，原延边大学、延边医学院、延边农学院、延边师范高等专科学校、吉林艺术学院延边分院和中外合作办学机构—延边科技大学（筹）合并组建成新的延边大学。凭借其有利的语言优势，朝语、朝文、汉语言等专业名列全国高校亚非语言文学教育榜首。

浩名：在今天的节目中，我们还采访到了延边大学的毕业生姜明胜，我们一起来听一听他在延边大学读书的感受，以及毕业之后的幸福生活。

播放采访：《延边大学毕业生姜明胜》

（出音频：朝鲜族歌曲，压混）

艺霏：中央人民广播电台！

芳凝：吉林人民广播电台！

浩名：延吉人民广播电台

艺霏：由中央人民广播电台华夏之声、香港之声联合内地及港澳15家电台推出
的大型直播节目《城市新跨越》"多彩延边州·绚丽金达莱"到这里已经
到尾声了。

芳凝：短短的六十分钟，不足以描摹延边州延吉市的全貌，也不足以传达历久
弥新的延边州延吉市情操，但请您记得，延边州延吉市的市民，时刻欢
迎您的到来！

浩名：是的，就像《阿里郎》这首歌唱的那样，我们在延吉等着您的到来，也同
时欢迎港澳同胞，欢迎全国各地的听众朋友走进延吉，了解延边州延
吉市！

艺霏：不管你是避暑，还是游玩，或是安居兴业，我们都希望您会爱上延吉。

芳凝：好，听众朋友，今天的直播到此结束，朋友们，再见！

浩名：再见！

艺霏：再见！

（继续播放《阿里郎》）

幸福攀枝花

（《城市新跨越》大标版）

男：有一种城市，穿透千年的时光；

女：有一种跨越，坚挺时代的脊梁；

男：衔东海，跨云贵，它是腾飞的巨龙；

女：起山巅，入南川，它是翔翔的雄鹰。

（压混：常州、丽江、珠海、鄂尔多斯、佛山、潍坊、新余、芜湖、香港、吐鲁番、天津滨海新区、遂宁、攀枝花、嘉兴、澳门）

男：聆听城市的声音，

女：见证跨越的力量。

男：《城市新跨越》——中央人民广播电台华夏之声携手内地及港澳15家电台联合直播。

（开篇大气垫乐·开篇与结尾）

中央台：中央人民广播电台华夏之声、香港之声。

攀枝花台：攀枝花人民广播电台。

中央台：听众朋友，大家好！我是中央台主持人艺霏。您现在正在收听的是由中央人民广播电台华夏之声、香港之声携手内地及港澳15家电台联合推出的大型直播节目《城市新跨越》，今天我们这一站来到了被誉为"中国钒钛之都"、"中国阳光花城"、"四川南向开放门户"的四川省攀枝花市。

攀枝花台：大家好！我是攀枝花人民广播电台的主持人骥涛。钒钛之都，阳光花城欢迎您！在这里，让我们用花的芬芳，花的浪漫，花的美丽、花的热情向全国各地的听众、港澳听众以及的攀枝花听众朋友们问好！

中央台：今天我们的直播间将会有一位重量级的嘉宾，他就是中共攀枝花市委副书记，市长张剡，同时我们还会有一位我们的同行在遥远的香港给我们大家带来他的问候，他就是香港电台普通话台的主持人陈曦，下面有请陈曦：

陈曦结束语：城市新跨越圆满成功！

中央台：今天陈曦除了带来他的问候之外，还带来许多问题，在节目稍候，我们会请张剡市长为我们大家一一解答。

攀枝花台：希望大家不要走开，精彩即将呈现。

（攀枝花总片花）

男：这是一座英雄的移民城市：五湖四海，开放包容，勇于创造；女：这是一座年轻的工业城市：钒钛之都，资源富集，潜力巨大；男：这是一座以花命名的城市：钢花飞舞，鲜花怒放，现代时尚；女：这是一座四季如春的城市：阳光灿烂，生机盎然，活力无限。

男：《城市新跨越——幸福攀枝花》正在直播。

女：《城市新跨越——幸福攀枝花》正在直播。

第一篇　历史的丰碑

（压低混，带垫乐版，开场白）

中央台：花是一座城，城是一朵花。作为全国唯一一个以花命名的城市，四川省攀枝花市辖三区两县，面积7440平方公里，常住人口121万。经过47年开发建设，攀枝花市已成长为中国重要的钢铁、钒钛、能源基地，人均发展水平和城市综合竞争力连续多年位居四川省前列。

攀枝花台：攀枝花，学名木棉，在广东地区叫做英雄花，而在西南的少数民族地区，因为这种花的果实需要在它成熟之前爬上枝头去采摘，所以当地人就叫它攀枝花。

攀枝花市名的由来还得追溯到上世纪50年代。1958年，当时的地质部长李四光向毛泽东主席汇报说：地质勘察队在四川金沙江畔发现了一个大铁矿。主席问：那地方叫什么名字呢？李四光说："这地方没名字，只有一个7户人家的小村庄，村子里有一棵树，叫攀枝花。地质勘查队就把那里标注为'攀枝花'了。"毛主席笑着说："那就叫它攀枝花吧！"因此，攀枝花这个地名由此而得来。

（备用：在钢铁基地建设之初，因为备战需要，攀枝花暂时命名为渡口，1987年国务院正式批准"渡口市"更名为"攀枝花市"。）

中央台：当年，为什么会在中国西南这个偏僻的不毛之地建设一座城市呢？让我们通过一个小的专题节目来了解一下这段历史。

专题：历史的丰碑

（音响起）

20世纪60年代初期，中共中央和毛泽东从战略需要出发，根据战略位置的不同，将我国各地划分为一线、二线、三线。

在谋划"三线"战略时，毛泽东的目光就盯在了攀枝花，他说："我们的工业建设，要有纵深配置，把攀枝花钢铁厂建设起来"，"攀枝花工业基地的建设要快，但不要潦草，攀枝花搞不起来，我睡不着觉。"

时任中共中央总书记的邓小平同志亲临攀枝花审定建设方案，盛赞这里建设钢铁工业基地的条件"得天独厚"。

随着周恩来总理亲自指挥的全国第一个万吨级大爆破——"朱家包包铁矿"大爆破，攀枝花拉开了开发建设的序幕。数十万经过严格挑选的建设大军，响应党中央和毛主席的号召，胸怀为国争光、振兴中华的宏愿，从天南海北迅速汇集到金沙江畔的高山峡谷，投入了艰苦卓绝的攀枝花建设……

"我是吉林长春煤炭系统的职工，为了响应毛主席的号召建设攀枝花，65年来到了攀枝花，当时还是个娃娃。我是重庆綦江县人，1966年当兵来到攀枝花，保卫攀枝花建设。我是湖北宜昌人，1968年由学校分到攀枝花参加三线建设，这是毛主席最关心的地方。"

几多艰辛，几多鏖战，更有几多无怨无悔的青春和无私无求的奉献，终于使攀枝花成为金沙江畔的一颗璀璨明珠，铸造了共和国工业史上一轮崭新的太阳。

（音乐止）

（备用：1964年，冶金部派徐驰副部长率领专家组参加选择攀枝花钢铁厂厂址。但是攀枝花没有平坦的地方。建一个年产150万吨钢的工厂，起码要五平方千米，但这里连一平方千米的平地也没有。中国的技术人员是有创造性的，他们在金沙江边上一个叫"弄弄坪"的山坡上，左测量右比较，提出大胆建议：在2.5平方千米山坡上，依山势设厂，采用台阶式布置，安排一个大型钢铁厂。这在世界钢铁建设史上是没有先例的。攀钢又叫做"象牙微雕"钢城。后来，攀枝花又多了许多叫"坪"的地名。什么清香坪、格里坪、弄弄坪、瓜子坪。就是在建设的时候，将山包平产出来的地方。）

第二篇　钒钛之都攀枝花

（攀枝花总片花）

男：这是一座英雄的移民城市：五湖四海，开放包容，勇于创造；

女：这是一座年轻的工业城市：钒钛之都，资源富集，潜力巨大；

男：这是一座以花命名的城市：钢花飞舞，鲜花怒放，现代时尚；

女：这是一座四季如春的城市：阳光灿烂，生机盎然，活力无限。

男：《城市新跨越——幸福攀枝花》正在直播。

女：《城市新跨越——幸福攀枝花》正在直播。

（小片花）

——这里是富甲天下的聚宝盆，这里是令人羡慕的藏宝地。这里有以美丽之神凡娜迪丝命名的金属"钒"，以地球神长子"泰坦"命名的金属"钛"。这里是"中国钒钛之都"——攀枝花。

（总垫乐·呼台）

中央台：中央人民广播电台华夏之声、香港之声。

攀枝花台：攀枝花人民广播电台。

中央台：您现在正在收听的是由中央人民广播电台华夏之声、香港之声携手内地及港澳15家电台联合推出的大型直播节目《城市新跨越》。我是中央台主持人艺霏。

攀枝花台：大家好，我是攀枝花人民广播电台主持人骥涛。欢迎大家到美丽的攀枝花做客。

中央台：提到攀枝花，更多人第一时间会想到的是攀枝花丰富的资源。听说攀枝花因为资源富集，还被誉为"聚宝盆"！

攀枝花台：是的，攀枝花钒钛磁铁矿储量有将近67亿吨，我们通过一个短片来了解一下，攀枝花为什么被誉为"富甲天下的聚宝盆"。

专题：富甲天下的聚宝盆

（音响起）

攀枝花因为蕴藏着储量巨大的珍惜矿藏，被称为"富甲天下的聚宝盆"。已发现矿藏76种，探明资源储量的有39种。钒钛磁铁矿最为富集，保有储量达67亿吨，其中，铁储量占全国的20%，钒、钛储量分别占全国的61%、93%和全世界的

11%、35%，并伴生有钪、镓、钴、铂金等稀贵金属；煤炭保有储量5.6亿吨，宝鼎煤矿深部勘探预测储量达3.2亿吨以上；铅、锌、铜等有色金属和石墨、花岗石、苴却石、汉白玉等非金属矿产也十分丰富。

在攀枝花的钒钛磁铁矿资源中，钒的储量居全国首位，世界第三位；钛的储量雄踞我国和世界的首位。攀枝花因钒钛磁铁矿富集而闻名中外，被誉为钒钛之都。

（音响止）

中央台：对于钢铁在生产和生活中的应用，我们是比较熟悉的。但说到金属钒和钛，可能大多数人都不太清楚他们的用途，香港电台的主持人就有这样一个问题。

【录音：香港电台主持人】钒和钛其实无论是在工业上还是在日用产品上的应用都是非常广泛的。请钒钛专家给大家用更通俗易懂的语言介绍一下钒和钛的实际用途。

攀枝花台：现在就有请钒钛专家孙朝晖来为我们解答这个问题！

专访：钒钛专家孙朝晖

孙朝晖：钒加在钢里面可以显著的提高钢的长度、韧性、焊接性以及耐时性。特别是结构钢的强度，我们现在用的最好的，特别是在我们国家里面用的钢筋。比如我们现在提倡的抗震钢筋里面我们大量的使用。在我们过去北京奥运工程里面，比如典型的鸟巢工程也用到了钒，主要是以钒的合金形式加入。

对于钛的一个应用也可以分为两个方面，一个是军用，一个是民用。军用，我们大概现在用得比较多的是钛金、钛合金。钛金实际上是和钒连在一块的，所以钒和钛都是一种战略物资。利用钛的比重比较小、强度高、耐高温的一种性能。目前在我们军用、宇航方面运用的是非常广泛的。另外一个是民用，因为钛具有一种人体结构组织亲和力比较好的金属，所以它在人体里是无毒的。所以它做一些人的关节人的骨头之类的东西永久的植入人体。但目前用的最大的一块实际上是钛白粉，钛白粉可能大家看到的像面粉一样的非常细。但是它绝对比面粉白的多，所以它叫钛白。现在用量比较大的就是涂料工业，包括我们还有造纸钛白、化纤钛白还有我们的油墨钛白。有些纸非常漂亮，实际上是离不开钛白的。包括我们平常喝的酸奶，这些酸奶里面又白又稠的实际上是加了实用剂钛白，钛是没有毒的。

中央台：听专家这样一解释我们大概了解到钒钛的作用了，说句实话钒和钛无论是小处还是大处，都和我们的生活息息相关，说到钒和钛被发现以及名字的命名还是比较有趣的！

攀枝花台："钒"以美丽之神凡娜迪丝命名的，是19世纪才发现的新元素，它以其优异的性能在现代社会中扮演着越来越重要的角色。如果在钢中加入钒，其韧注、强度和抗腐性会立刻大大提高，是工具钢、结构钢、耐腐钢、装甲钢等工业、军工材料的最佳选择。

中央台：而"钛"是以地球神长子"泰坦"命名的，意思是"力大无比"。钛金属具有比重小、强度高、耐高温、抗腐蚀等优良性能，是现代社会航空航天等新兴行业的上乘新材料，在世界尖端科学发展下具有重要意义，钛因此又有一个别名叫"空中金属"。一个国家使用钛白的多少，被专家喻为该国家文明程度的标志之一。

攀枝花台：攀枝花钒钛磁铁矿保有储量巨大，这是攀枝花的独有优势，也是攀枝花工业的基础。

中央台：如何打好资源综合开发利用的硬仗，在推进新型工业化、加快建设中国钒钛之都上实现新突破呢？为此记者采访了攀枝花市经济和信息化委员会主任罗军，下面请听中央台记者张子亚的报道：

专访：经信委主任

（录音报道）上世纪60年代，当钢铁成为衡量一个国家综合国力的重要指标时，攀枝花仅用几年时间，便生产出钢锭，并用30多年的时间建成了"百里钢城"。47年来，攀枝花依资源而兴，靠工业而强，但进入新世纪以来，单一的产业结构越来越制约着攀枝花的发展，2008年国际金融危机时期的情景至今让攀枝花市经信委主任罗军记忆犹新：

【出录音】2008年金融危机的时候，由于市场的原因，导致了全行业全面亏损，影响到了我们，包括煤炭，钒钛磁铁矿开发利用等各个方面，带来了销售大幅度的下滑，全面地影响了我们的经济。

突如其来的金融危机给攀枝花工业造成巨大打击，也引起攀枝花决策者们深深的思考：攀枝花工业今后该走怎样的发展道路？

从2008年起，攀枝花的新型工业化再一次提速。近年来，攀枝花不断加强产业结构调整，发展特色优势产业，努力转变经济发展方式。罗军表示，2008年始，攀枝花充分发挥钒钛磁铁矿保有储量巨大的独有优势，建设一批产值千亿、五百亿的园区。在已有汽车、白酒、重装、电子信息千亿产业外，再创一个千亿新兴产业，也就是钒钛千亿产业。

加大科技开发和创新的力度，加大强科技成果的转化力度，大力发展战略新兴产业，现代制造业，所以我们当时在2008年以后，我们就提出了我们钢铁经济要向钒钛经济转变，特别是我们利用攀枝花特有的钒铁磁铁矿这一方面，今年做了一个规划，我们要打造千亿钒钛产业，今后我们的目标，就是把钒钛这个产业，我们用三到五年的时间，要把钒钛产值要达到2000亿到2500亿以上，这个水平。

按照规划，攀枝花力争在2015年打造一批钒钛百亿企业，发展一批10亿、20亿、50亿产值的中小企业。力争到2015年新增1-2家上市公司。把一大批企业创造出的专利产品争创国家名牌和地理标志，推动中国钒钛之都建设，实现从钢铁经济到钒钛经济的历史性跨越。

（小片花）

——这里是富甲天下的聚宝盆，这里是令人羡慕的藏宝地。这里有以美丽之神凡娜迪丝命名的金属"钒"，以地球神长子"泰坦"命名的金属"钛"。这里是"中国钒钛之都"——攀枝花

中央台：回顾攀枝花工业发展史，攀枝花人亲历着从"百里钢城"到"钒钛之都"的转变。作为中国西南最重要的工业基地，攀枝花肩负着改变中国冶金、能源工业格局的重任。现在，作为全国唯一以钒钛资源综合利用为主的城市，攀枝花已成为全国新型工业化产业示范基地。

攀枝花台：是的，面临国家新一轮西部大开发的重大战略机遇，攀枝花人满怀信心，主动作为，提出了：大力实施"三个加快建设"，大力推进"三个走在全省前列"，全力打好"六个硬仗"，奋力实现"四个翻番"，确保"年年有新变化、三年见新成效、五年上大台阶"的总体思路和目标任务。

中央台：哦，听骥涛刚才介绍了这么多，感觉攀枝花未来发展美好的蓝图立刻呈现在我们眼前了！今天，我们很高兴地邀请到攀枝花市委副书记、市长张剡做客我们的直播间！

攀枝花台：张市长您好！

张剡市长：主持人好，听众朋友大家好！

中央台：张市长，我想请问攀枝花是如何加快"中国钒钛之都"建设的？

【出录音】嘉宾：市长张剡

过去五年，我市加快发展"6+2"特色产业（也就是：钢铁、钒钛、能源、

化工、矿业、机械加工制造和太阳能、生物），不断优化工业结构，钒钛产业集群入选"中国产业集群50强"，荣膺"中国钒钛之都"，并作为唯一以钒钛资源综合开发利用为主的城市成功跻身全国首批62个新型工业化产业示范基地，实现了从钢铁主导向钒钛钢铁并进的战略性转变。今后一个时期，我们将强势推进以钒钛为支撑的特色产业多元发展，将攀枝花建成国际领先的国家战略性新兴基地、更具影响力的"中国钒钛之都"。一是大力推进产业集中集约集群发展。力争到2015年，钒钛钢铁核心产业产值突破2000亿元，建成全国最大的钛金属生产基地和钒制品生产基地。二是不断提升新型工业化水平。坚定不移地推进新型工业化产业示范基地、国家级攀西战略资源创新开发试验区和矿产资源综合利用示范基地建设，努力创新资源开发模式，推动攀枝花由基础原材料基地向新兴制造业基地转变。三是重点抓好涉及产业链延伸和资源综合利用的工业项目工作。今后，我们将充分发挥优势，科学挖掘潜力，特别注重内涵，坚持扩大规模与优化结构并重，使项目成为又好又快发展的重要推手。

中央台：好的，谢谢张市长，接下来来自香港电台普通话台的主持人陈曦也有问题要问张市长，我们来听听陈曦的问题！

录音香港台陈曦：在建设"中国钒钛之都"的同时，如何处理好发展与节能减排，科技创新，绿色环保的关系。

中央台：好，感谢陈曦，陈曦的问题是在建设"中国钒钛之都"的同时，如何处理好发展与节能减排，科技创新，绿色环保的关系。有请张市长回答！

【出录音】

建设"中国钒钛之都"，必须坚持以科学发展观为统领，牢固树立全面、协调、可持续的发展观，正确处理速度、质量、效益关系，统筹解决人口、资源、环境问题，努力促进经济、社会和人的全面发展。在建设过程中，我们将特别注重经济社会发展的协调性，特别注重城乡发展的统筹性，特别注重资源开发模式的创新性，加快转变经济发展方式，真正做到开发一方资源、发展一方经济、保护一方环境、造福一方人民。

第三篇　阳光花城攀枝花

（垫乐：合作篇·正文）

（攀枝花总片花）

男：这是一座英雄的移民城市：五湖四海，开放包容，勇于创造；女：这是一座年轻的工业城市：钒钛之都，资源富集，潜力巨大；男：这是一座以花命名的城市：钢花飞舞，鲜花怒放，现代时尚；女：这是一座四季如春的城市：阳光灿烂，生机盎然，活力无限。

男：《城市新跨越——幸福攀枝花》正在直播。

女：《城市新跨越——幸福攀枝花》正在直播。

（小片花）

——花是一座城，城市一朵花。这里阳光明媚，草长莺飞，这里花开四季，热情洋溢。这里是中国阳光花城——攀枝花。

中央台： 中央人民广播电台华夏之声、香港之声。

攀枝花台： 攀枝花人民广播电台。

中央台： 您现在正在收听的是由中央人民广播电台华夏之声、香港之声携手内地及港澳15家电台联合推出的大型直播节目《城市新跨越》。我是中央台主持人艺霏。今天，我们来到了有着"中国钒钛之都"、"中国阳光花城"、"四川南向开放门户"美誉的攀枝花市。

攀枝花台： 大家好！我是攀枝花人民广播电台主持人骥涛。

中央台： 骥涛如果让你到一个工业城市，临去之前你会把它想象成什么样？

攀枝花台： 雾气蒙蒙，不见蓝天白云，很灰暗！

中央台： 其实你跟我的想法是一致的，一般在大家的印象中一个工业城市、一个资源型城市，似乎很难和蓝天白云、四季花香画上等号。但是，当我们来到攀枝花，见到的却是朗朗晴空、碧蓝如洗。高楼林立，绿树成荫，街头巷尾干净整洁，鲜花绽放，现代城市的繁华与优美的环境相得益彰。我们都不由得惊叹：这和我们想象的完全不一样！

攀枝花台： 很多听众其实一说到攀枝花，也以为攀枝花是一座冷冰冰的工业城市。其实，我们攀枝花市还是一座被阳光、鲜花、水果所包围的城市。干爽的气候、充足的阳光，多元的民俗文化和现代城市风貌，在这里得到了完美的统一，我们不仅以花为名，更是四季鲜花不败。到处都是花，任何季节都有花。"花·是一座城，城·是一朵花"，这是攀枝花市独特的魅力所在。下面我们就通过一个专题小片来了解一下攀枝花！

专题：《阳光花城》

（音乐起）

攀枝花阳光资源非常丰富，年日照时间达2700多小时，一年四季阳光灿烂、温暖如春，鲜花盛开，瓜果飘香，色彩缤纷，景致怡人，特别是冬季，平均气温保持在20℃以上。攀枝花既是一座阳光城，又是一座常年鲜花盛开的城市。

由于气候资源独具特色，造就了攀枝花丰富多彩的自然景观，是名副其实的中国优秀旅游城市。既有群山林海、高峡平湖、溶洞石林、天然温泉共存一地的自然景观，布局奇巧、风光独特的城市景观，也有以多姿多彩的民族风情为特色的人文景观，还有以攀钢大型联合企业和二滩水电站为标志的工业景观。

一到冬天，就会有许多外地的老年人来攀枝花过冬，在这里一待就是几个月。我们把这些人叫做"候鸟老人"。（老人甲：这儿的优点就是空气好、光热资源优，所以到这儿来感觉很舒服。老人乙：晚上满天星斗、白天大太阳，空气好。老人丙：第四年了，每年都是一个到两个月，这个地方的太阳是灿了烂的。都是成都来的我们这几十个人。）

正是因为这样的一个气候特点，许多体育项目的冬训基地和比赛场地也设在攀枝花。近年来，国家级手曲棒垒球竞训基地、中国射箭队冬训基地、国家级皮划艇激流回旋训练基地等纷纷落户攀枝花，每年还有多支国字号运动队来攀枝花冬训，攀枝花已成为名副其实的体育运动冬训宝地。

（音乐止）

中央台：骥涛，听到这里，我都动心了。

攀枝花台：来这里定居吧！

中央台：可以考虑看看，如果你手捧攀枝花来迎接我的话。其实近年来，攀枝花正积极培育以"阳光"为核心的系列旅游品牌，通过举办"欢乐阳光节"、开通攀枝花至北京的旅游列车等系列旅游活动和推广举措，使攀枝花"阳光花城"的知名度越来越高。

攀枝花台：阳光花城攀枝花作为国家级旅游城市，到底有什么吸引人的地方呢？记者采访了攀枝花旅游局副局长刘连志。请听攀枝花台记者叶子的报道：

专访：旅游局负责人

刘局长：攀枝花市旅游资源不但很丰富，而且很独特，我们称之为冬日暖洋，夏日清凉。年平均气温都在20度以上，特别适合休闲度假。攀枝花气候干爽，非常适合中老年人居住。冬天晒晒太阳，补钙防止骨质疏松，一些慢性病也好了。所以我们也借这个新的资源特点，开展冬季度假休闲旅游，每年吸引了很多的成都、重庆的中老年游客在攀枝花疗养。攀枝花现在又许多称谓：比如说，"阳光花城"、"中国苴却砚文化之乡"、"中国块菌之乡"等。旅游商品也是琳琅满目，其中最有名的是攀枝花的热带水果，攀枝花的阳光日照很充足，一年四季不断，攀枝花的芒果、枇杷、石榴在全国都很有名。

现在，攀枝花正在打造、推介攀枝花"最温暖干爽的冬春阳光"、"诱人的鲜花水果"、"激情的体育运动"、"惬意的健康养生"、"独特的裂谷地貌"等旅游亮点，充分展现攀枝花"花是一座城，城是一朵花"的独特魅力，不断提高并强化攀枝花旅游在中国乃至世界的认知度、美誉度和吸引力。

我们的目标定位就是要与海南争锋、与三亚媲美："海南有阳光沙滩，我们有阳光山川"；"海南有生猛海鲜，我们有山珍河鲜"，衷心希望全国各地的朋友"错过了海南三亚，千万不要再错过攀枝花"。攀枝花欢迎全国各地的朋友到攀枝花享受阳光，享受花海！

中央台：攀枝花作为旅游城市的确有着自己独特的优势，来到这里最深的感触就是这里的水果很多，特别是芒果很大，很甜。

攀枝花台：我们攀枝花市还是一座被阳光、鲜花、水果所包围的城市。攀枝花本地就盛产：芒果、石榴、桂圆、荔枝、莲雾等特色水果。攀枝花阳光资源非常丰富，年日照时间达2700多小时，一年四季阳光灿烂，温暖如春，鲜花盛开，瓜果飘香，色彩缤纷，景致怡人，特别是冬季，平均气温保持在20℃以上。

中央台：这也是水果特别甘甜的一个主要原因，日照非常的充足！而且攀枝花最大的特色的四季鲜花不败，什么时候都有花，冬天还特别适合养老，温度适中，许多老人来到这里就不想走了，白天晒晒太阳，晚上去市中心跳跳舞蹈，夜晚的时候走在攀枝花的街道上，你会感觉从未有过的温馨，无论是老奶奶还是老爷爷都在街边的中心广场以及休闲地带跳着统一的健身舞。

攀枝花台：另外攀枝花的温泉是非常出名的。红格温泉旅游度假区是攀枝花旅游资源汇集较全、知名度较高、基础较好的旅游区，到红格泡温泉已经成为外地人到攀旅游度假的"必修课"。今年端午小长假，红格温泉3天内接待了3000多人，而在这当中，不少都是曾经来过的"回头客"。

中央台：攀枝花以"阳光休闲、运动健康"为主题，着力打造全国著名的阳光休闲康养旅游目的地。也深深吸引了一批知名企业来攀枝花投资"阳光"。

攀枝花台：是的。今年4月，"普达阳光国际康养度假区"项目投资协议签约仪式在攀枝花举行。该项目是依照国际阳光养生度假概念，高标准打造的世界级康养度假区，涵盖了特色服务型风情小镇、康养社区、五星级酒店、水主题公园、健康管理中心、生态农业观光区、山地运动中心、地方特色产品商业街、山地康养公园等。项目规划区域占地总面积约1.2万亩，建筑面积约200万平方米，总投资不低于80亿元人民币。那么该项目的投资商阳城金海房地产开发有限公司为什么会选择到攀枝花来投资阳光呢？

中央台：记者通过电话连线的方式采访了该公司的邓勉民总经理，下面请听中央台记者张子亚的报道：

【金海邓勉民总经理】

你好邓总，你好，给我们介绍一下，你当初为什么会选择到攀枝花来投资阳光旅游产业？

好的，攀枝花是一个以南亚为系带的气候的城市，它每年的平均温度在20度左右，而且年平均的日照达到2700多小时，作为阳光的一个城市，它是很独特的，太阳辐射也很好，具有北方的阳光南方的温度，冬天的气温它比昆明丽江还要高，打造世界阳光度假区是很合适的，冬季平均气温的指标它与地中海，加勒比海，东南亚周边的阳光度假区相比，攀枝花的气候一点不逊色的，第二点那攀枝花市是昆明到东盟最近的现代化城市，第三点那它是攀枝花，西藏旅游板块，和甘孜阿坝旅游板块，攀西旅游板块，滇西北旅游板块，这五大板块之中它的地理位置是最凸显的，加上攀枝花得天独厚的阳光优势，它具有一定的代表性，唯一性，排他性的。

作为一名来攀枝花的投资者，这个项目建成后将对攀枝花的阳光旅游产业有哪些推动促进作用。

它建成冬季阳光度假目的地，它主要向大香格里拉重要的旅游集散地为目标，全面提升旅游的发展水平，实现旅游从观光型为主体，向休闲，度假，康养，商务这个综合型发展的一个转变，第二个是借助阳光资源，发展现代服务业的产业，将会成为更多的商务旅游，候鸟客户群体来到这里，重塑攀枝花的旅游形成，成为攀枝花的一张新的名片，也将成为大香格里拉旅游集散地重要的候选地，和康养度假的首选，第三点是城市的转型，该项目推动区域农业产业升级，同时安置果农实现城乡统筹的协调发展，促进攀枝花城市转型，这个项目建成以后，通过休闲，康养，度假，康疗，医疗吸引西南地区以及国内外的游客，形成大香格里拉地区最具有核心竞争力的旅游度假区，该项目将成为每年吸引上百万旅游者，度假者，康养者，将攀枝花向第三产业转型，助推百万城市的发展目标起着积极作用。

（备用：今年6月，攀枝花市东区政府与华西希望集团签订了投资合作协议。华西希望集团将以攀枝花的优势旅游资源为依托，把攀枝花打造成为集阳光休闲度假、会展接待、避寒养生、生态观光、科普教育、户外运动、山地游憩于一体的大型综合性城市休闲度假区，塑造中国阳光花城休闲娱乐的后花园、西南企业冬季会议度假的重要目的地、AAAA级景区、国家旅游度假区和国际养生产业城。项目总投资约130亿元，占地面积约2万亩。）

（小片花）
——花是一座城，城市一朵花。这里阳光明媚，草长莺飞，这里花开四季，热情洋溢。这里是中国阳光花城——攀枝花。

中央台：欢迎继续收听《城市新跨越——幸福攀枝花》节目。今天我们的直播间请到攀枝花市市委副书记、市长张剡，来和我们的听众朋友共同解读幸福攀枝花的含义。继续有请张市长，张市长您好！

张市长：主持人，听众朋友大家好！

攀枝花台：攀枝花市委、市政府提出了"三个走在全省前列"，那攀枝花如何在实现城乡统筹发展上走在全省前列呢？

【出录音】嘉宾：市长张剡

我们将深入实施"两化"互动、统筹城乡发展总体战略，着力破解"工农差距、城乡差距、贫富差距"三大矛盾，努力实现城乡一体化发展。一是不断提高城乡规划管理水平。全面推行城乡规划一体化，实现规划对乡（镇）、村（社）全覆盖。二是切实加大城乡基础设施建设力度。重点抓好农村道路、饮水工程等农村公用基础设施建设，全面提升农村公共服务设施的供给能力和水平。三是努力促进城乡产业发展一体化。以发展工业的理念发展农业，力争到2015年，全面建成特色水果、早春蔬菜、优质烤烟、畜牧水产和林业生物等五大农业支柱产业基地，低山河谷地区基本建成新农村，农民人均纯收入达到13000元左右。四是全面推动城乡公共服务均衡化。着力完善城乡一体的社会保障制度，积极促进城乡劳动者平等就业，加快推进新农村公共服务城镇化，到2015年，基本实现社会保障全覆盖。

中央台：张市长，攀枝花的口号是打造"阳光花城"，那攀枝花在建设"阳光花城"方面又有哪些具体举措呢？

【出录音】

我们将充分依托山地城市特征和亚热带气候特点，突出阳光和花卉两大要素，大力推进城市转型和环境改善，把攀枝花建设成以花命名、以花为景、特色鲜明的中国阳光花城。一是高起点建设花城新区，力争用5至10年的时间，把花城新区建成特色鲜明、产业集聚、功能完善、环境优美的现代化新型城区。二是高标准打造沿江景观，到2015年，基本完成金沙江两岸的娱乐设施、亲水步道以及绿化、美化、亮化设施建设，形成各具特色的景观带、生态带、休闲带和娱乐带。三是高效率推进"国家环保模范城市、国家森林城市、国家园林城市、中国阳光康养旅游城市和全国文明城市"等"五创联动"工作，全面提升中国阳光花城的品位和形象。

（歌曲：《心灵的天堂》）

第四篇　四川南向开放门户攀枝花

（垫乐：创新篇·正文）

（攀枝花总片花）

男：这是一座英雄的移民城市：五湖四海，开放包容，勇于创造；女：这是一座年轻的工业城市：钒钛之都，资源富集，潜力巨大；男：这是一座以花命名的城市：钢花飞舞，鲜花怒放，现代时尚；女：这是一座四季如春的城市：阳光灿烂，生机盎然，活力无限。

男：《城市新跨越——幸福攀枝花》正在直播。

女：《城市新跨越——幸福攀枝花》正在直播。

（总垫乐·呼台）

中央台：中央人民广播电台华夏之声、香港之声。

攀枝花台：攀枝花人民广播电台。

中央台：您现在正在收听的是由中央人民广播电台华夏之声、香港之声携手内地及港澳15家电台联合推出的大型直播节目《城市新跨越》，我是中央台主持人艺霏。我们今天来到了具有"中国钒钛之都"、"中国阳光花城"、"四川南向开放门户"美誉之称的四川省攀枝花市。

攀枝花台：大家好！我是攀枝花人民广播电台主持人骥涛。

中央台：在不少人的印象里，攀枝花是四川距离成都最远的城市，只有成昆铁路是攀枝花对外联系的主要通道。

攀枝花台：这个情况在现在已经有很大改观了。今年5月，成都到攀枝花的高速公路全程贯通，从成都到攀枝花只需6个小时。现在，攀枝花正在举全市之力加强区域交通枢纽建设、加快建设四川南向开放门户，攀枝花的交通建设将有一个大的突破。下面请听中央台记者张子亚的报道！

专访：交通局负责人

——倮果金沙江特大桥现场施工声压混

这里是丽攀高速倮果金沙江特大桥施工现场，我们看到，高山深谷间，一座座雄伟的桥墩拔地而起，呈现出一幅壮丽的建设场面，一座全长1.326公里的特大桥已初现雏形。攀枝花市交通局局长雷雨告诉我们，丽攀高速是四川融入湄公河流域和东南亚经济圈、进入南亚的必经之路。该项目建成后，不仅完善了攀枝花乃至四川省的高速公路网布局，还将形成两个快捷的旅游环线，游客自驾车有望4小时内从攀枝花抵达香格里拉。

丽攀高速作为区域交通枢纽一个重要项目，预计在明年6月份，攀枝花段就会通车，等丽江段通车，攀枝花到丽江只有220公里，2个小时就可以到丽江，就可以使攀枝花人乃至成都重庆到攀枝花到丽江时间大大缩短，自驾游等等，随着西昌到香格里拉高速建成以后，将形成大香格里拉的旅游环线。这样会极大推动攀枝花旅游发展，推动攀枝花经济社会的发展。

交通畅通意味着物流、人流、资金流、信息流的畅通。从2011年开始，攀枝花大力推进交通建设，向北连接成都经济区，向南打通出川大通道，努力建设南向开放门户。攀枝花市交通局党委书记局长雷雨表示：

我们重点项目除了已经通车的京昆高速，我们正在国省干道三年攻坚，把东西南北国道108省道216，214，230，彻底改扩建，通过三年的时间彻底改变面貌，改变我们攀枝花对外通道，提高通行能力，攀枝花机场的话争取今年年底复航，开航后除了成都外，争取开通北京华东华南重点城市，铁路的话，今年我们争取到成都新线开通建设，把四川南向门建设好。

同时雷雨介绍说，连通云南，是四川快速进入东南亚和南亚市场的捷径。作为出川"南大门"，攀枝花计划打通经丽江、大理、保山、瑞丽至东南亚的出口通道，直接融入东盟自由经济贸易圈。目前，丽攀高速正加快建设；昭通——攀枝花——丽江铁路项目已纳入国家铁路中长期规划，按规划，该铁路将于2014年竣工；攀枝花——大理高速公路的前期工作正紧锣密鼓地进行。

（小片花）

——它，是四川的最南端，它，在云南的最北端。它，连接着古老的丝绸之路，它，是一路畅通的南向门户。它就是四川南向开放门户——攀枝花。

专题：南向开放门户

（音乐起）

2011年12月21日，四川省委书记、省人大常委会主任刘奇葆在攀枝花市调研强调，攀枝花要大力推进交通建设，向北连接成都经济区，向南打通出川大通道，努力建设南向开放门户。"南向开放"，是以东南亚、南亚、西亚为重点，面向印度洋的开放。这一区域涵盖50多个国家，有近30亿人口，区域内双边、多边合作势头强劲，市场广阔，潜力巨大。从攀枝花出发，由昆明至缅甸腊戍，连接缅甸铁路网到达印度洋沿岸，比绕道马六甲海峡进入印度洋缩短3000公里以上。

（音乐止）

中央台： 其实早在两千多年前的西汉时期，出现了一条被称为南方丝绸之路的通道，它以四川成都为起点，经雅安、西昌、攀枝花总长约2000公里，到云南的昭通、曲靖、大理、保山、腾冲，从德宏出境，进入缅甸、泰国，最后到达印度和中东。

攀枝花台： 对，那个时候，攀枝花就是重要的交通枢纽。当时这条路是中国最古老的国际通道之一。

中央台： 而今天，我们到攀枝花来，也的确没有觉得交通有什么阻碍以及不便。当然也没有感受到深入四川内地偏远地区的遥远。张市长，我们注意到随着四川南向开放门户的建设，今后的攀枝花将成为区域性交通枢纽，这将会给攀枝花带来什么？

【出录音】嘉宾：市长张剡

经济发展，交通先行。四川南向开放门户的加快建设，势必带来攀枝花交通的大改善、要素的大聚集、经济的大发展。今后一个时期，我们将举全市之力推动区域性综合交通枢纽建设，加快推进"两高两铁一水"重点项目，开辟更多进出攀航线，实施省干线改扩建三年攻坚，力争通过3至5年的努力，形成市内半小时城市经济圈和一小时县域经济圈，与周边县域形成两小时经济合作圈，与邻近大城市形成三小时经济协作圈，基本确立川西南、滇西北区域性交通枢纽地位。随着交通条件的逐步改善，我市还将主动融入昆明—湄公河经济圈，广泛参与区域合作，努力打造服务全川南向发展的重要平台和出国出境的重要通道。

中央台： 谢谢张市长，接下来来自香港电台普通话台的主持人陈曦也有问题要问张市长，有请陈曦：

香港电台普通话台陈曦： 攀枝花市委市政府提出建设"幸福攀枝花"，我们想知道，"幸福攀枝花"将会以什么样的远景展现给大家？

攀枝花台： 有请张市长为我们的香港同行来解答，攀枝花市委市政府提出建设"幸福攀枝花"，我们想知道，"幸福攀枝花"将会以什么样的远景展现给大家？

【出录音】嘉宾：市长张剡

未来五年，我们将每年实施一批急难险重任务、干成几件大事情、打造一批新亮点，确保"每年有新变化、三年见新成效、五年上大台阶"，到2015年，全市地区生产总值、地方财政收入、城乡居民收入、固定资产投资总量在前五年基础上翻一番。

我们坚信，在中央的高度重视下，在四川省委、省政府的坚强领导下，在社会各界的鼎力支持下，在全市人民的团结奋斗下，不远的将来，这些目标都将变为现实。我们完全可以期待：

未来的攀枝花，经济发达，实力雄厚，是全球最大、国际领先的钒产业研发制造基地，是具有世界影响力的全流程钛工业基地，中国钒钛之都名副其实。

未来的攀枝花，环境优美，风光旖旎，是产业发展与自然环境和谐共融的生态之城，是宜居、宜业、宜游的百万人口特大城市，中国阳光花城美名远播。

未来的攀枝花，开放包容，活力四射，是航空、铁路、高速公路四通八达的次级交通枢纽，是人畅其行、物畅其流、功能完备的省际商贸物流中心，四川南向开放门户实至名归。

未来的攀枝花，民生改善，文明富裕，是民族团结进步、群众安居乐业的和谐城市，是移民文化传承发扬、城市凝聚力显著提升的美好家园，幸福的含义将在攀枝花人越来越好的生活中得到诠释和升华！

欢迎听众朋友来攀枝花做客，欢迎更多的港澳投资者来到我们美丽的攀枝花旅游度假，投资发展。

（城市新跨越总片花）

男：有一种城市，穿透千年的时光；

女：有一种跨越，坚挺时代的脊梁；

男：衔东海，跨云贵，它是腾飞的巨龙；

女：起山巅，入南川，它是翱翔的雄鹰。

（压混：常州、丽江、珠海、鄂尔多斯、佛山、潍坊、新余、芜湖、香港、吐鲁番、天津滨海新区、遂宁、攀枝花、嘉兴、澳门……）

男：聆听城市的声音，

女：见证跨越的力量。

男：《城市新跨越》——中央人民广播电台华夏之声携手内地及港澳15家电台联合直播。

中央台：您现在正在收听的是由中央人民广播电台华夏之声、香港之声携手内地及港澳15家电台联合推出的大型直播节目《城市新跨越》，转眼一个小时的直播就要结束了，说实话，真有点舍不得。

攀枝花台："花是一座城，城市一朵花。"我们真诚地邀请全国各地的听众朋友，特别是港澳台的朋友来攀枝花做客，到攀枝花投资兴业。

中央台：如果让我用一组话语来定义这座城市，我想说"包容""开放""活力""热情"。攀枝花正敞开怀抱欢迎四面八方的客人们远道而来。听众朋友，《城市新跨越——幸福攀枝花》直播节目就要结束了。

我是中央人民广播电台主持人艺霏。

钒钛之都，阳光花城攀枝花，欢迎您！

我是攀枝花人们广播电台主持人骥涛。

钒钛之都，阳光花城攀枝花，欢迎您！

（歌曲《阳光在歌唱》）

烟雨南湖，和美嘉兴

（《城市新跨越》大标版）

男：有一种城市，穿透千年的时光；

女：有一种跨越，坚挺时代的脊梁；

男：衔东海，跨云贵，它是腾飞的巨龙；

男：起山巅，入南川，它是翱翔的雄鹰。

女：（压混：常州、丽江、珠海、鄂尔多斯、佛山、潍坊、新余、芜湖、香港、吐鲁番、天津滨海新区、遂宁、攀枝花、嘉兴、宁波……）

男：聆听城市的声音，

女：见证跨越的力量。

男：《城市新跨越》——中央人民广播电台华夏之声携手内地及港澳15家电台联合直播。

（《烟雨南湖，和美嘉兴》片花）

（音响：船橹声、水声）

男：这是一座历史悠久的江南古城。

女：7000年人类文明史、2500年文字记载史、1700年城市建立史。

（音响：号角）

男：这是一片播撒火种的红色圣地。

女：悠悠南湖，一艘小小的红船孕育出伟大的新中国；

（音响：吆喝声）

男：这是一张摇曳多姿的城市名片。

女：昔日江南"鱼米之乡"，今日全国文明新城

中央人民广播电台华夏之声、香港之声，嘉兴人民广播电台联合推出《城市新跨越——烟雨南湖，和美嘉兴》

宋雪： 中央人民广播电台，嘉兴人民广播电台。

黄牧： 嘉兴人民广播电台，中央人民广播电台。

宋雪： 听众朋友您正在收听的是由中央人民广播电台华夏之声、香港之声携手内地及港澳15家电台联合推出的大型直播节目《城市新跨越》，今天我们一起走进被称为"江南水乡"、"鱼米之乡"的浙江省嘉兴市，听众朋友大家好，我是中央台主持人宋雪。

黄牧： 大家好，我是嘉兴台主持人黄牧，我们向嘉兴的听众、港澳听众，以及全国各地的听众朋友问好，今天的直播过程中，我们将和您一起展开一个小时的航行，"乘坐画舫、感受嘉兴"，看一看南湖红船，逛一逛江南古镇，访一访历史名人，感受这座名城深厚的历史文化底蕴和潮湖河海四景兼得的秀丽风光。

宋雪： 同时节目中我们还将行走于嘉兴的大街小巷，来聆听一下今日嘉兴人的知足常乐幸福安康，感受在这座小城生活的和和美美。

黄牧： 当然，今天的直播节目，我们还特意请来了几位嘉宾和我们一起扬帆起航、畅谈嘉兴，首先欢迎从北京远道而来，中国城市发展研究院研究部主任白南风先生，当然，依然欢迎嘉兴市发展和改革委员会副主任朱永根先生，还有，欢迎嘉兴的地方文化学者，嘉兴市文化研究会副会长崔泉森先生。

宋雪： 同时呢，还有来自香港电台普通话台的主持人陈曦，他会为我们带来港澳朋友眼中的嘉兴。

黄牧： 在收听我们直播的过程中，欢迎大家以留言的方式，和我们互动交流。你可以直接编辑短信内容发送到106695881041，或者登录新浪微博关汪中央人民广播电台华夏之声，给我们留言。

宋雪： 嗯，那黄牧你看啊，来到嘉兴有一周的时间了，其实我一直都在感受嘉兴人民的生活，给我留下了很深的印象，在这一周里我们体会了嘉兴的风和日丽，同时也感受到了真正烟雨中的嘉兴。今年第11号强台风"海葵"已经在浙江象山登陆，袭击浙江中北部、上海、安徽东南部、江苏南部等地，而嘉兴受到海葵的影响，在持续地下雨。

黄牧： 嗯，没错，我们嘉兴的领导都在抗台救灾的一线，嘉兴一直被称作"鱼米之乡"，当然有人跟我开玩笑啊，说嘉兴也是另一个"雨米之乡"，这个雨是下雨的雨，再比如说我们今天的直播名称"烟雨南湖"，也有个雨字，说明嘉兴是一个多雨水的城市。其实说到嘉兴，对于很多朋友来说最熟悉的还是南湖上的那艘红船，因为在91年前，红船上的一次会议改变了中国的历史……

【出录音专题《南湖》】

影视片段：《密探闯会》

昨天我们讨论了党纲，如果大家有意见，今天可以发表。我有意见。第四条，不分国籍都可以……敲门声。你找谁啊，你找谁啊！你要干什么？请问你找谁？我找社联的王主席。对不起，这儿没有社联，也没有王主席。对不起，对不起。马林同志建议立即休会。我同意马林同志的意见，立即休会。

旁白：1921年7月30日晚，正在上海召开的中国共产党第一次代表大会，因突遭法租界巡捕搜查，被迫休会。虽有意外，但会还要继续，不过在哪开成为了一个难题。"一大"代表李达的夫人王会悟女士是嘉兴人，她提出建议：南湖游客少，隐蔽性好，包一艘游船，在湖中央开会是比较安全的。于是，代表们采纳了她的建议，1921年8月初，分批坐火车转移到嘉兴，在南湖的游船上继续开会。

影视片段：《开天辟地》

火车声。上车吧，同志们，现在到了最重要的时刻，讨论最后一项议题，选举党的中央机构。应到代表13人，实到代表12人，经过投票，陈独秀、张国焘、李达三位同志，当选为中央局成员。陈独秀同志，当选为中央局书记，完毕。同志们，我想朗诵一段共产党宣言，来表达我此刻的心情。让统治阶级，在共产主义面前发抖吧。无产者，在这个革命中失去的只是锁链，他们获得的，将是整个世界。全世界无产者，联合起来！全世界无产者，联合起来！

黄牧： 历史就这样选择了嘉兴。91年来，这艘见证了中国共产党诞生的游船成了嘉兴这座城市的一个重要象征。

宋雪： 那今天的南湖景象如何？今天那艘红船是否仍然荡舟湖心，我们马上开启航程，和您一起走进今日南湖。

第一站——革命圣地"南湖"

（插报片花）

您正在收听的是，中央人民广播电台华夏之声、香港之声，嘉兴人民广播电台联合推出的大型直播《城市新跨越——烟雨南湖，和美嘉兴》，前方驶入第一站——革命圣地"南湖"。

（出音频《南湖菱花开》）

（音频减弱）

宋雪： "南湖菱花开灿若星辰，红船上亮起一盏明灯"，虽然我是第一次到嘉兴、第一次听到这首歌，但是不用多说，一听就知道，这首歌唱的就是咱们今天航程第一站的目的地"嘉兴南湖"。

黄牧： 没错，这首歌的名字叫做《南湖菱花开》，作为一个嘉兴人，我特别喜欢里面的一句歌词"南湖菱花开，相依相伴只愿红船破浪乘风"。其实，很多时候红船在我们心中已经不仅仅是一艘船、一次会议，更是嘉兴人对那段历史的铭记，对美好明天的期许和愿景。

宋雪： 刚才我们一起通过影视作品的演绎，回顾了1921年夏天发生在红船上的故事，1991年后的今天南湖和红船究竟是什么样子，我们接下来就连线华夏之声的记者馨丹。馨丹你好！

馨丹： 你好，主持人！

宋雪： 嗯，给我们介绍一下，你看的南湖是什么样子，有什么样的感受。

馨丹： 好的，因为今天是台风的原因呢，整个南湖上是风雨交加，使南湖水面微波荡漾，连湖边的树木也是随风摇摆，使整个南湖变得更加的灵动，也使烟雨南湖的味道是变得更加浓郁了。那为了迎接建党九十周年，南湖革命纪念馆的新馆在去年的七月份已经正式对外开放，那这个新馆啊，和以前的老馆相比呢，新馆整个的展馆面积要比原来的老馆是大了十倍，而且增加了很多高科技的展示和新媒体的技术。那我也采访到了一位游客，现在让我们来听一听她对南湖的感受。

（出音频《南湖纪念馆采访》）

记者： 你好，请问你是嘉兴人吗？

游客： 是的，我是。我是老嘉兴，我家就住在这个附近。

记者： 哦，这样，那你会不会经常来这边逛逛？逛南湖，或者来我们的纪念馆？

游客： 会啊，会经常来这边散步，也会隔一段时间来纪念馆看看。

记者： 你作为一个生活在南湖边的老嘉兴人，能不能和我们描述一下嘉兴和南湖在你心中是一个什么样的感觉呢？

游客： 应该这么说吧，我是喝南湖水长大的，应该说，对南湖、对嘉兴真的是非常有感情，我小的时候啊，南湖的感觉没现在这么大，而且呢，就是湖的周边都是一些人家，但是现在呢，通过这几十年下来的发展吧，在我看来啊，就是南湖变大了，它周边的一些房子呢都拆了，建起了环湖的一些绿化带，还有一些园林的一些设施，感觉就是，现在是比较精致、比较漂亮的一个景区。

记者： 那这个南湖纪念馆的新馆，也是在去年的七月开放了，您觉得老馆跟新馆有什么不一样的呢？

游客： 那像去年呢，新馆建成之后呢，我也好多次的到这里来看，感觉呢就是，新馆的面积比老馆要大多了，再一个呢，到了新馆以后啊，有一种身临其境的感觉，我是亲眼目睹，亲身经历了它的变化，真的是挺为它自豪的。

宋雪： 嗯，确实，南湖的美一直没变，但是面积变大了。没有到过南湖，但是南湖的美我可早就有所耳闻，比如乾隆皇帝六下江南，八次到南湖赏景；但是当你真的走在南湖边，真的走在拥有南湖的这座城市，你就会发现，这个城市的美绝不仅仅停留在亭台楼阁、画舫游船当中，而是城市散发出的一种精神，一种内心的平和与宁静。

黄牧： 确实是，嘉兴的美有太多诗歌赞叹过，有太多的画面记录过，不过就像刚才馨丹所介绍的，今天的南湖不仅承载了传承历史的责任，更是嘉兴市民"幸福生活"的浓缩与写照。

第二站—— 千年运河嘉兴段

（插报片花）

您正在收听的是，中央人民广播电台华夏之声、香港之声，嘉兴人民广播电台联合推出的大型直播《城市新跨越——烟雨南湖，和美嘉兴》，前方驶入第二站——千年运河"嘉兴段"。

（出音频《运河专题》）

（船橹声）

这是中国古老的京杭大运河上手摇船的船橹声，船工手摇船橹拍打水面，小船在水中缓缓前行。今天我们依然能在浙江嘉兴的环城运河景区见到这种古老的手摇船，游客们坐在木制的小船里，欣赏着运河两岸的风光。（现场讲解声）

在这儿我们想到嘉兴的民谣是这样唱的："小船摇啊摇，橹声咿呀叫，长长廊棚沿河绕，沿河绕……"我们看到长长的廊棚，小小的船，还有船娘唱着非常悦耳的船歌，让大家沉浸在了我们嘉兴这座江南水乡城市所具有的独特魅力中。

嘉兴位于浙江的最北端，流淌千年的京杭大运河就是经这座城市到达它的终点杭州。京杭运河嘉兴段全长81.22公里，这一长度相当于世界著名的巴拿马运河。

（运河船只鸣笛声压混）

嘉兴城西南原有三座唐代所建的古塔，这里是嘉兴到杭州运河段的起点。三塔是嘉兴运河的标志，美国国家地理杂志1926年介绍中国运河时选用的就是嘉兴三塔的景观照片。由于历史原因，上世纪60年代末被毁。在各方的努力下，2000年得以重建。今年60岁的王天松打小就居住在运河旁。

王天松："我生在运河边，长在运河边，所以对运河抱有很深的感情，对三塔的印象很深，水面一种浩淼的感觉，当时船上还有纤夫。这几年运河环境更美了，我会带着家人沿河慢慢观赏，这是最好的一种休闲。"

（出音频《枕河人家》）

（音频减弱）

宋 雪：《城市新跨越——烟雨南湖，和美嘉兴》，接下来我们就驶入今天航程的第二站——千年运河嘉兴段，我们一起来，慢慢游运河、品文化。

黄 牧：流淌千年的京杭大运河，在嘉兴绕城而过，紧紧将嘉兴拥在当中，自然也就成为了嘉兴的护城河。嘉兴的政治、经济、文化，也与大运河密不可分。不过说到这运河文化，我就不敢班门弄斧了，因为此刻我们的直播间，就坐着一位专家，他就是嘉兴市文化研究会副会长崔泉森，崔老师您好！

崔泉森：主持人好，听众朋友们大家好。

黄 牧：很多朋友不知道啊，崔老师多年来一直关注运河，研究运河，我们来请崔老师跟我们说说运河与嘉兴的故事。

崔泉森：哎呀，运河与嘉兴的关系真是太密切了，运河可以说真正是嘉兴的母亲河，我们知道，你们主持人刚刚说过，运河是穿过嘉兴城的。而且我们知道，在运河开通之前，嘉兴不过是江南的一个小城。但是运河开通了以后，这个嘉兴城，就跟全国的，通过运河，跟北方啊，全国的交通网络都联系到了一起了，所以它是嘉兴城市发展的一个动力。

　　而且，我们这个运河啊，在过去很长的一段时间，我们称它为"水上
的高速公路"，现在的高速公路有很多条，但是过去就这么一条。所
以嘉兴就通过运河啊，和全国都联络在一起，所以它成为了一个发达
的，繁荣的江南的经济名城。而且我们一千多年来，我们嘉兴受益于
运河，同时它对运河的发展，做出了非常重要的贡献。我们知道运河
过去呢，不叫它运河，叫它漕渠，为什么呢？它的主要的功能，是把我
们南方的粮食运到北方去，而唐代以后，就是运河开通以后，我们嘉
兴就是南方最重要的粮食产区，主要就是把我们的粮食，运到北方，
所以嘉兴和运河的关系太密切了！

宋　雪：也难怪啊，我来嘉兴之后，就一直听大家说一句话：嘉兴是一座因水
而生、因水而兴的城市？是吧崔老师？

崔泉森：对，宋雪你来嘉兴一个星期了，你肯定会感觉到嘉兴有一个特点是，
河多和桥多。到处都是河，有时候走个一辆百米就是一座桥。为什么
呢？嘉兴是汉嘉湖平原的一个中心，运河呢正好穿过嘉兴，形成了一
个密集的、密如蛛网的水上的一个体系，所以过去呢，我们说，嘉兴有
八条河，放射性的向周边的城市延伸。而以运河为骨干的八大水系，
在古代呢，它是七里一横滩、十里一纵浦，开挖了大大小小的河道，
所以嘉兴是非常典型的一个江南的水乡，与运河的关系非常的密切，
而且呢我们知道，运河在北方往往是一条线，但是我们嘉兴的运河是
一个水网，它和我们的嘉兴城，我们的每一个县城，关系都非常密切。
你们肯定去过了西塘，实际上过去我们嘉兴城里也有二十多条河，所
有的人都是依河而居的。你们今天放的音乐是《枕河人家》，这个音
乐就来自于唐诗的一句，人家尽枕河，充分说明了嘉兴的一个特色。

黄　牧：你看崔老师提起运河真是滔滔不绝啊，但是崔老师有一句话给我印象
特别深刻，他就说："你们是喝运河水长大的，我是喝运河水慢慢变
老的。"崔老师，您并不是土生土长的嘉兴人，为什么会对运河有如
此深的感情呢？

崔泉森：我也住在运河边，我是江苏人，到嘉兴工作也30多年了，原来我在书
本上感受运河，因为我们知道，京杭大运河对于我们中国一个统一的
多民族国家的形成和发展的作用是巨大的，所以运河在我心中是非常
向往的，到嘉兴以后我发现，原来我就住在运河边，所以对运河的感
情慢慢就培养出来了。而且有一天我记得，过去啊在运河边是非常漂

亮的。大概有十多年之前了吧，我在嘉兴那个端平桥上，看到运河的水放出金色的光芒，两边的民居太漂亮了，所以我们对运河也是有很深的感情。

宋　雪：其实我们都说呢，京杭大运河是千年运河了，在运河沿岸呢，有很多历史遗迹，那现在大运河正在申遗过程当中，嘉兴是运河沿线联合申遗的城市之一，申遗的准备的工作进展得怎么样？我们来听记者对嘉兴市文化局副局长陈建江的采访。

（出音频《陈建江采访》）

记者：陈局长，我们听说2014年大运河也是在联合申遗哈，我们想知道目前的进展如何呢？

陈局：大运河的申遗是按国家文物局的同意部署进行的，2011年批准的，那么从2011年到2013年，主要是大运河相关的遗产点，保护整治工程。比如说，我们的文生修道院，整个投入经费，大概要1000多万。另外呢，已经完成的，修复的落帆亭，风水灯等这样一些工程，按照遗产要求，要进行进一步的整治，包括海宁、长安，堰闸的考古工程。

记者：那我们想知道，申遗成功之后，这些地方，有些什么样的设想？

陈局：保护和利用要结合起来，它最终的还是要惠及于民，比如说，我们运河啊，沿线的一些文化遗产，落帆亭，我们修复好以后，要为当代的老百姓服务。老百姓到这个落帆亭，休闲、游乐。第二个呢，像文生修道院，今后的用途，我想也还是要作为一个文化和休闲的场所，那么这样的话，我们想还是让老百姓身临其中，能够让它敞开大门。

宋　雪：陈局长在谈到申遗之后这些重新修缮的古迹会向公众敞开大门，让嘉兴的老百姓一起来享用，我想这对于嘉兴的百姓来说应该是一个好消息。今天在我们的直播间还有一位来自中国城市发展研究院的专家，白南风主任。白主任您好！

白南风：主持人好，听众朋友大家好。

宋　雪：白主任，就刚才陈局长介绍的大运河申遗后的设想，您怎么看？这样一种尝试对于其他的城市有没有价值？

白南风：当然很有价值。一个城市的发展，应该立足于自己的特点，说到特点，就离不开自己的历史文化。文化是城市发展的灵魂，也是一个城市有别于其他城市的名片。申遗成功，有利于保护文化遗产，也有利于城市的发展。

黄　牧： 还想问一下崔老师，对于运河的申遗，您有什么期待？

崔泉森： 大运河嘉兴这一段，原来是我们整个运河中最漂亮的一段，为什么呢？从嘉兴向西到杭州，这座运河上面原来有十几座漂亮的石拱桥，但是随着经济的发展，交通的需要，我们运河和以前已经不一样了。所以如果现在我们对运河的文化不加以保护的话，很多运河的文化会消失，所以我们要加强对运河的保护。我们知道，运河是嘉兴城市发展的一个动力，孕育了嘉兴这个城市，所以我们要有一种感恩的心情，保护运河的措施很重要，最主要的对运河一个感恩的心。

黄　牧： 确实，正如崔老师所说，我们都是喝着运河水长大的，现在到了我们来回报运河、保护运河的时候，让我们的子子孙孙都能继续享受最做运河儿女的幸福。

宋　雪： 可以说悠悠运河水养育了一代又一代的嘉兴人，这里自古就有"鱼米之乡、丝绸之府"的美誉，物产非常丰富，而在今天，运河怀抱的这座城市，用自己的声音记录着每天的变化，用运河所赋予的一切，让生活变得更美好。

（出音频《嘉兴发展》）

（高铁呼啸声）这是沪杭高速铁路的声音；（汽车马达声）这是杭州湾跨海大桥的声音；（小鸟鸣叫声和水流的声音）这是嘉兴早晨的声音；（弦乐舒缓响起）嘉兴，长三角的地理中心。快速而安静。（市民声音混播）这是大家的声音，也是嘉兴发展的声音。（激昂的音乐响起，钱江涌潮的声音）嘉兴，在改革中统筹，统筹中创新，创新中转型，转型中发展。（激昂音乐转变为宽阔宏大）嘉兴，中国共产党的诞生地。一切美好的事物，都在这里兴盛。（音乐推向高潮）

宋雪：《城市新跨越——烟雨南湖，和美嘉兴》我们继续今天"坐画舫、游嘉兴"的第二站"千年运河嘉兴段"。黄牧，顺着嘉兴的水，咱们这一路逛了不少的地方，也听了很多有关嘉兴的"故事"，看看时间，也有16点26分了啊，咱们"停船靠岸"稍微休息一下，解解馋，填饱肚子，你给我们介绍介绍嘉兴的吃的？

黄牧： 看来你是一个吃货哈，没问题。被大运河环绕的嘉兴自古以来就被称作"鱼米之乡"，自然是物产丰富。要先给大家介绍一种只有在嘉兴才能吃到的水果，叫做"檇李"。这种李子宋雪肯定没吃过。它熟了后像苹果似的红彤彤的，上面有一层白霜。吃的时候掐破皮，像吃灌汤包一样用嘴吸里面的汁，又酸又甜，可好吃了！有人写诗这样说，"名果檇李千年传，有幸一尝醉如仙"。只可惜檇李产量太少，又不好保存，而且上市期又短。现在已经见不到它的踪影了。

宋雪： 黄牧说的这个檇李我是没吃过，不过，这个字也特有意思，"檇李可不是喝醉的醉，而是携带的携字，把提手换成木字旁，这里边是不是有什么故事啊？

黄牧： 这里还真有故事。檇李，也是嘉兴吴越文化的一种传承。传说当年西施在去吴国途中，因病暂时在南湖休养。当地百姓送上檇李给她补养身体。她用指甲划破皮吃了几颗后就醉了。西施尝过的檇李的果核长成树，结下的李皮上都有一道细细的指甲痕。现在我们挑檇李，果皮上有"指甲痕"的最名贵。檇李栽培据说已有两千四百多年的历史了。

宋雪： 听得出来，黄牧对吃很有研究，一口气说了这么多。其实对于吃我也有研究，比如非常有名的南湖菱，我已经打听好了，在9月的时候会大量上市，想解馋的朋友，可以到嘉兴来品尝一下；另外还有黄桃，据说，在香港的超市里，都能吃到来自嘉兴的黄桃。当然，这几天我深入的研究了一下嘉兴知名度最高的特产——粽子。比如，嘉兴五芳斋的粽子早就走出嘉兴，销往全国各地，而且也进入了香港和澳门市场。接下来我们一起听听记者对五芳斋集团进出口事业部总经理李莉的采访。

（出音频《五芳斋采访》）

记者：首先来给我们介绍一下五芳斋企业在香港和澳门地区的发展状况怎么样？

李莉：香港已经成立了五芳斋香港有限公司，今年澳门也成立了五芳斋澳门有限公司。在香港，2009年公司成立以后，逐渐转化成了由香港公司进行的对外窗口，目前的华润、惠康、百佳、吉之岛，这些超市都已经有了我们的产品。

记者：而且我听说，这两年的港澳地区都会有这种粽子节？

李莉：有，我们每年一届的粽子文化节。做粽子产业的都已经到了澳门，在那个观光塔我们也有东西买，以后也会把中国的传统文化和江浙特有的文化带进去。

宋　雪：香港和澳门的市民能够吃上原汁原味的嘉兴粽子其实不仅仅是大饱了口福，更是满足了心理上对于传统民俗文化的喜爱。香港电台普通话台的主持人陈曦，对于这点就更有感触了。

（出音频《陈曦采访录音》）

【出录音】大家好，我是香港电台普通台的节目主持人陈曦，提到嘉兴，不得不提嘉兴的粽子，在我们香港和澳门地区也是可以吃得到的，每年也会举办粽子文化节。嘉兴的粽子非常的美味，我自己就比较喜欢豆沙馅的。除了传统的端午节的前后，在我们香港啊，香港的听众朋友也会以粽子作为早餐，或者是午餐，甚至是下午茶呢！这几天啊，我还采访到了几位港澳的市民，我们来听听他们对嘉兴粽子的感觉吧！

香港市民戴先生：前两年去过一次粽子文化节，那里好多粽子卖，有一个现场包粽子的很有意思。好多人围着看，一位女士把粽叶放在手里，就这样转两圈就包好了。哇，真的很厉害啊！我第一次看到包粽子可以包这么快的人，几秒钟就一个。据说是嘉兴的，很江南的感觉，特别舒服。我们当时还尝过，蛮好吃。

澳门市民李太：澳门比较重视传统节日，家里也会在那个时候买些粽子吃，澳门粽子就是腊肉的我比较喜欢。我祖籍是浙江的，家里老人爱吃五芳斋的粽子，说是老字号了，每年都托人从内地带来。年纪大的人总是思乡的，尝尝家乡的吃食，是一个美好的回忆。

黄　牧：这小小的粽子在嘉兴已经发展成为一个大大的产业。其实，承载着深厚文化积淀的五芳斋是整个嘉兴经济发展的一个缩影。而目前嘉兴发展的状况如何，我们要请教嘉兴市发展和改革发展委员会副主任朱永根先生。朱主任，您好！

朱永根：主持人好，听众朋友大家好！

黄　牧：我们嘉兴5个县市全都名列百强县前30名，实力在哪里？

朱永根：实力我觉得主要体现在四个方面的优势。一个是区位优势，从嘉兴来看，处于最具活力的长三角的腹地，处在上海、杭州、苏州、宁波等大城市的几何中心，已经构筑起了高效、便捷的市运交通网络，沪杭高速铁路，杭州湾跨海大桥，加快了嘉兴融入上海大都市，长三角一体化的进程，嘉兴的区位优势，将进一步凸显。二是开放优势，嘉兴这几年大力实施，以沪杭同行战略，创新体制机制，逐渐推进以沪杭等长三角城市在规划布局、综合交通、能源供应、环境保护、产业提升、公共服务等方面的对接融合。同时大力发展开放经济，目前嘉兴已有100多个国家的5000多家企业在嘉兴落户，有三十多家世界500强企业在嘉兴投资，到2011年底，累计实到外来资金达到155亿美元。第三方面是体制优势，我们嘉兴简化行政审批程序，兴建行政适应收费，建立诚信体系，提高行政效能，在中科院发布的《中国城市政府管理竞争力报告》中，嘉兴的政府服务能力名列榜首。在推进城乡统筹方面，嘉兴以全省统筹城乡重要改革试点为契机，创新实施十改联动，扎实推进新市政、城乡新市区工程建设，城乡一体化建设走在全省、全国的前列。第四方面是创新优势，嘉兴是浙江省区位创新体系的副中心，全国科技进步示范城市，首批国家创新试点城市，已经逐渐引进了一批创新资源，比如引进了浙江清华长三角研究院，浙江中科院应用技术研究院等一批国家级的研究机构，高等院校五所，各类人才70多万人，每万名常住人口拥有大专以上学历的人，达到768人，这些创新资源的逐渐引进，为我们嘉兴的经济增长，由投资拉动，向创新驱动转变提供了有力的保障。

宋　雪：嗯，那嘉兴目前与港澳地区有哪些合作呢，能不能给我们介绍一下？

朱永根：香港呢是嘉兴外资的主要来源地，从2011年的数字看，58.9%的合同外资以及54.1%的实到外资都来自香港。香港也是嘉兴主要进出口贸易接转地区。嘉兴与港澳地区的经贸合作活动不断加深，每年均有活动。在澳门我们是合作开展了绿色环展的经贸活动，在香港我们举办了招商引资，国务院发展工程技术和合作方面的活动。每年的9月份，我们都举办浙港企业合作周。

宋　雪：好的，非常感谢朱主任的介绍。

第三站——水乡古镇"西塘"

（插报片花）

您正在收听的是，中央人民广播电台华夏之声、香港之声，嘉兴人民广播电台联合推出的大型直播《城市新跨越——烟雨南湖，和美嘉兴》，前方驶入第三站——水乡古镇"西塘"。

宋雪：《城市新跨越——烟雨南湖，和美嘉兴》欢迎您的继续收听，我是中央台主持人宋雪。接下来"乘坐画舫、感受嘉兴"的航程，我们要进入第三站，停靠水乡古镇——西塘。

黄牧：我是嘉兴台主持人黄牧。嘉兴自古就是富饶之地，经济昌盛，商贸繁荣，人口稠密、文化发达，我们前面说了，嘉兴因水而生、因水而兴，水乡古镇是这里一道独特的风景。轮到我考考宋雪了，你能不能说出我们嘉兴的一些古镇呢？

宋雪：这个你还真难不倒我！比如乌镇、西塘，都是特别有名。

黄牧：打70分啊，因为嘉兴还有很多古镇。嘉兴古镇有两千五百多年的历史，算下来全市古镇有好几十个，比如还有澉浦、乍浦，当然，要数宋雪刚刚所说的西塘、乌镇最有名，目前它们也在向联合国申报世界文化遗产。嘉兴以大运河为骨干，形成一个纵横交错的河网，所以这里的古镇有非常典型的江南水乡风情。

宋雪：而且我不光嘴上说说，到了嘉兴怎么能不去古镇走走转转呢，我们就去西塘感受了一下千年古镇的魅力，你别说，真的收获不小。接下来我们就跟随记者停船上岸游西塘吧。

（出音频《西塘游记》）

听众朋友大家好，我是中央台的记者李寅，作为一名酷爱旅游的记者，我和我的同事馨丹终于有机会在2012年的夏天来到了这座"生活着的小镇"。俗话说得好，民以食为天，那么我们的故事，就从这里开始吧……

【出录音——品尝青豆】

哎，这是……尝尝吧，这是什么啊？青豆，我们这里特产。青豆啊？试一试。它是湿的是么？烘出来的。烘出来的？！嗯，味道非常的原汁原味，有一种豆子的清香。

离开了小铺，带着豆子的清香，我们继续闲逛在这座古色古香的江南小镇中，对于初来乍到的我和馨丹来说，一切都是那么新奇。

【出录音——西塘三多】

来到了西塘古镇的老街区了。都是用一些石板铺成的路，最有特色的其实就是路两旁的古镇的这样一个建筑，一层呢肯定都是一些小商铺，二层都是一些住户。没错，这好像也是嘉兴整座城市的一个特点哈。是的，他们都说西塘有三多，也就是说桥多、弄多、廊棚多。

馨丹说的没错！西塘的桥，一共建有104座，大都建于明清时期，工艺精湛，至今保存完整；宅弄也是西塘古镇的一个特色，可谓，宅弄深深，曲径通幽，行至尽头，豁然开朗。而"三多"中，馨丹最后提到的"廊棚多"，是说西塘古镇大多都有廊棚覆盖，我想，应该是想让人们在走路的时候，没有雨淋日晒的担忧吧。可恰巧这天一会儿日出一会儿雨，而我们可以惬意地躲在廊棚下游走，不禁让忍感叹这里悠然的生活环境和人们淳朴的生活。

【出录音——沿途感受】

其实我之前呢，是去过其他的一些地方的水乡，感觉上呢，西塘的这个水道啊，要比其他地方宽出了不少，而且呢，这儿的水就是要干净的多了，完全没有一丁点儿的废弃物，非常的整洁。而且我们也看到在这个河边啊，人们依然像以前一样，可以从廊棚下面的台阶走到河边，然后把自己的床单啊、被子啊，在河水当中涮洗，其实这也是证明了西塘的水实在是非常的清澈。

一路边走边聊，不经意之间，我们在一座高大的建筑前停下了脚步，这里是西塘古镇的钮扣博物馆，也许你会奇怪，还有人收集钮扣吗？其实啊，钮扣的制作也是一门很古老的手艺了，而且制作的原料竟然是海里的贝壳！那么钮扣到底是怎么做出来的呢？赶快一起来跟着谢师父学一学吧。

【出录音——钮扣博物馆】

我来开始做啊！嗯！现在看起来还不是太规则哈？第一步就是"落料"，就是在贝壳上打出一个大概的圆形。这是第二步了，叫磨面，就是拿着扣子在磨盘上把它磨平。磨了太薄了没有用，磨得太厚了钉在衣服上又不好看。嗯，没错，第三步叫造型。这个机器就是造型用的，就是中间把它打成一个凹面啊。这就是跟扣子是一样的了！最后一步，打眼儿。很精致，就跟我们衣服上的扣子一模一样，几分钟的时间，一颗精致的扣子就在师傅的手中呈现出来了。哎，等会儿，这儿其实还有三步，去皮、漂白和抛光。刚才的三步呢其实是一个生产的过程，现在就是把它升华到一个高档衣服所用的钮扣的程度。

嗯，原来这西塘古镇不单单是景色宜人，民风淳朴，竟然还隐藏着这样的手工艺人，真是让我们啧啧称奇！想必大家听了也想为自己订制一套手工钮扣吧？！有没有立刻动身来一探究竟的冲动呢？那都是什么样的人来西塘古镇旅游呢？而什么时候来旅游，时机又比较好呢？我们还是一起来听听浙江西塘旅游文化发展有限公司市场运行科的陈康女士给大家的专业建议吧！

【出录音——专业建议】

陈康：其实是不同的年龄阶层都可以来感受不同的生活状态，老年人，他们来了寻找什么，寻找回忆。年轻人呢，他可能是从来没有在这里生活过，所以他有一种很新鲜的感觉。西塘的话，其实一年四季都适合，但是最美的时候就是三月底四月初，这里的柳树刚发芽，那边有几颗樱花，那时候的西塘是相当的漂亮，而且春雨绵绵啊，雨天游西塘，感觉是完全不同的。

宋雪：其实那天我们游西塘的时候就是下着微微的小雨，黄牧你知道那天游西塘给我留下印象最深的是什么吗？

黄牧：是什么？

宋雪：就是刚才专题中所提到的制作钮扣的老人家，他家世代做钮扣，现在他每天的生活就是在钮扣纪念馆里向往来的游客介绍、演示钮扣的生产过程，但是他特别开心，就因为可以把这个爷爷、爸爸传下来的手艺让更多的知道，这就让我感觉到西塘民风的淳朴。

黄牧：其实也是一种美啊，不过不同季节的西塘，景色有不同的美；但是这里的人心里的甜，和生活的美，是你任何时候来都可以实实在在、真真切切地感受到。

第四站——传奇"梅湾街"

（插报片花）

您正在收听的是，中央人民广播电台华夏之声、香港之声，嘉兴人民广播电台联合推出的大型直播《城市新跨越——烟雨南湖，和美嘉兴》，前方驶入第四站——传奇"梅湾街"。

宋雪：欢迎您继续跟随《城市新跨越——烟雨南湖，和美嘉兴》大型直播逛嘉兴，我是中央台主持人宋雪。

黄牧：我是嘉兴台主持人黄牧。京杭运河进入嘉兴老城区之后就分为了东西两支，形成一个环形，居民沿河居住。因此，运河也是我们嘉兴的护城河，接下来，咱们就顺着护城河进入嘉兴城。运河进城后，在两岸则有很多的历史街区。不知道宋雪这几天有没有在嘉兴市区走走转转。

宋雪：有啊，因为住得离梅湾街不远，所以逛了逛，感觉清末民初的建筑风格很有特点。

黄牧： 你知道吗，这个小小梅湾街带给还有很多传奇故事呢？接下来咱们就停靠今天航程的第四站，也是最后一站——梅湾街。

（出音频《梅湾街》）

【出录音】 梅湾街位于嘉兴老城区，因濒临京杭大运河河湾而得名，是嘉兴现存为数不多的体现江南地方特色的传统住宅和商业街区，具有浓郁的清末民初风情。自古以来，由于梅湾街水路和陆路通达，历史上就是嘉兴商贾云集之地，嘉兴最主要的米市和丝市曾经都在这里，"商旅往返、不绝于途"就是梅湾街繁华景象的真实写照。这里也是人文荟萃之地，莎士比亚著作翻译大家朱生豪先生的故居、韩国国父金九先生的避难处、韩国临时政府的旧址、新中国水利之父汪胡桢先生的故居等具有传统特色的民居和历史遗存都聚集于此。

宋雪： 别说真没想到，小小的梅湾街，出过那么多的名人，太不可思议了。

黄牧： 是啊，而且除了片花中提到的这些人物外，中国著名社会活动家、爱国民主人士沈钧儒和褚辅成都是从嘉兴走出的。西汉辞赋大家严忌、著名唐朝诗人刘禹锡、著名诗人徐志摩、著名作家金庸等。

宋雪： 刚才为大家介绍了在今天的节目中还有一位特邀嘉宾，来自香港电台普通话台的主持人陈曦，之前黄牧一直在考我，接下来，要考一下陈曦了，听听他对于嘉兴的名人文化了解多少。

（出音频《陈曦录音》）

【出录音】 大家好我是香港电台普通话台的节目主持人陈曦，说到嘉兴的名人，我也有所了解，比如说有王国维、徐志摩、丰子恺等等；不过我想很多香港的听众都会对另外一个名字更感兴趣，那就是知名的武侠小说作家、有香港"四大才子"之一美称的金庸老先生，可能很多的朋友都不知道，金庸的家乡就是嘉兴，虽然嘉兴和香港之间的地理距离很远，不过我想因为金庸和他笔下的小说，一下子拉近了两个城市的距离。

黄牧： 没错，嘉兴不仅是金庸的故乡，而且也对金庸日后所创作的武侠小说，产生了一定的影响，我们一起来了解一下。

（出音频《金庸专题》）

（《笑傲江湖》主题曲）

沧海笑，滔滔两岸潮，浮沉随浪记今朝。苍天笑，纷纷世上潮，谁负谁胜出天知道。我们今天不管胜负，不谈江湖，我们来说一说江湖背后的大侠--金庸。

金庸原名查良镛，是新派小说最杰出的代表作家。与古龙、梁羽生并称为中国武侠小说三大宗师。被誉为"绝代宗师"和"泰山北斗"，金迷们也亲切的尊称他为"金大侠"或"查大侠"。而这位著有"飞雪连天射白鹿，笑书神侠倚碧鸳"等15部武侠小说的金大侠正是我们嘉兴人。

【录音】金庸："我是嘉兴人……初中的时候……见了很多市面……)

金庸小说的热潮最早期从香港开始，接着烧到台湾，近年来也被翻译成日文，使这股热潮延烧整个华语圈，风靡到了国际。由他的小说改编的电视连续剧、电影、广播剧、漫画、动漫、电脑游戏等，以及相关的主题曲，也深入全球华人的心。对于小说当中大量有关江南景色的描写和细腻的诠释，金庸先生也坦言这正是因为他深深喜欢这片孕育自己的温暖水乡，希望把自己了解的，感受到的美好告诉给更多的人。他也表示：

【录音】金庸："如果晚年能够在嘉兴定居会很开心。")

（歌曲《沧海一声笑》）

少年游侠，中年游艺，老年游仙。金庸一支笔写武侠，一支笔纵论时局，享誉香江。金庸的传奇人生，像一块多彩的瑰宝，在中庸平和的作品当中带给我们的还有更多的感动。

黄　牧：其实啊，诗人也好、词人也罢；古时也好、现代也罢……生在运河边、长在运河边，是他们共同的经历；千年过去，新的嘉兴人，依然在用这种魂书写着嘉兴新的历史。

宋　雪：没错，走在今日嘉兴的大街小巷，当代嘉兴人的风貌同样会给你很多触动。说说我到嘉兴的感受吧。来到嘉兴之后，有一点让我觉得感觉跟香港很像，就是"志愿者"文化，大家可能都知道香港志愿者发展得非常早也很完善，这两天走在嘉兴的大街小巷，我发现也有很多志愿者。不知道来自中国城市发展研究院的白主任您有没有注意到呢？

白主任：注意到了。嘉兴活跃着各种志愿者组织，南杨社区成立的"邻帮邻工作室"为邻居和孤寡老人提供帮助；市民自发成立的"城市啄木鸟"义工组织自觉维护社会秩序和市容市貌；还有企业家成立的义工组织，为需要者提供技术技能培训。

黄　牧：其实不止你们到嘉兴后看到的，嘉兴的志愿者队伍有着很长的历史，和不断发展的过程，也有很多非常有名的志愿者团队。而这些志愿者团体也成了嘉兴市民生活中不可或缺的一部分。我们一起来听听他们的声音：

（出音频:《志愿者专题》）

【出录音】

志愿者1：他们做不了的，其实这些事情对我来说是举手之劳，我们觉得能够帮助他们我心里也很开心的，只要是能帮到他们就好。

志愿者2：我平时外出时就会多留个心眼，见到乱设摊、乱倒垃圾就会主动上前去劝说。

市民：陪着我们聊聊天也好，因为我们平常就感到稍微空虚一点，有人能够聊聊天，海阔天空谈谈，也不错！

宋　雪：刚才我们听到是嘉兴市志愿者的声音。

黄　牧：嘉兴市的志愿者行动起步于1994年，经过十多年的发展，目前全市共有志愿者队伍2000多支，注册志愿者15万余名，我们刚刚听到的只是15万分之一，但是却能代表我们嘉兴市所有志愿者的心声。

宋　雪：其实节目进行到这儿，我们能够感受到，嘉兴深厚的文化底蕴、还有这种志愿服务精神等等，都形成了嘉兴一种良性的社会风气，借用嘉兴市政府提出的嘉兴精神，就是"勤、善、和、美"。

黄　牧：没错，经过长期的努力、十年的创建，嘉兴市在去年获得了全国第三批文明城市的称号，对于每一个嘉兴市民来说，创建文明城市不仅仅是一个荣誉，更是一个鞭策。

宋　雪：作为一个嘉兴人，我们的嘉兴的地方文化学者，嘉兴市文化研究会副会长崔泉森先生可能体会得更加深刻！

崔泉森：是的，要归纳嘉兴的精神啊，可能要两个"和"字，一个是禾苗的禾，因为嘉兴是"鱼米之乡"，是米城。第二个和是和美的和，和谐的和。嘉兴人的性格，既有江南的这种柔美的特点，同时有开放、包容和大气。外地人到嘉兴，感觉很就能够融入到嘉兴这座城市当中，嘉兴不排外，文化方面很和谐。而且这两年，嘉兴特别是在关注民生方面，做了很多的工作。这两天晚上你走在嘉兴，看到很多绿道里面，嘉兴的很多绿道非常的漂亮，走路的人群是一群一群的，同时嘉兴有很多的广场，很多人都在跳排舞，可以看到一个和美的图画。所以我们也很欢迎香港和澳门的朋友来感受一下我们和美的嘉兴。

宋　雪：崔老师说，嘉兴是一个包容性的城市，很容易融入啊，问问白主任，这两天融入的怎么样？

白南风：嗯，挺好！咱们今天直播主题是和美嘉兴，为什么说和美嘉兴呢？社会和谐，生活和美，人与自然和谐相处，是嘉兴的一大特色。水清地绿，空气清新。这几乎成了现代人的梦想。但在经济发达的嘉兴市，却随处可以享受到这样的生态美。发展的活力与秀美的环境并存，这得益于多年来嘉兴市始终坚持科学发展、打造宜居宜业之城的理念。嘉兴另一个重要特点，是嘉兴在志愿者活动的开展上表现突出，每10个常住人口中就有1人参加了义工活动和志愿者组织。义工组织的主体涵盖了不同人群，义工提供的社会服务涵盖了社会生活的方方面面。一个城市的志愿者组织发育水平，标志着一个城市的成熟度，标志着它的社会发展水平。随着经济的迅猛发展，人们的社会需求日益突出，不同社会群体的矛盾也会日益明显，这就需要社会组织在中间发挥其提供服务、进行协调和协助政府进行社会管理的作用。在经济较发达地区，这种社会需求尤其强烈。志愿者组织，就是各种社会组织中十分重要的一种。嘉兴的志愿者组织，不仅提供便民服务，而且维护社会秩序，这就是市场经济体系中不可或缺的社会中间组织。可以看出，嘉兴很重视各种社会组织的发育，这些社会组织在为市民提供服务，组织文体娱乐活动，协助政府进行社会管理方面，起着十分重要的作用，还有利于市民提高自觉维护城市形象、城市秩序和市民整体利益的意识，提高市民的自律精神，为城市的持续发展创造了重要的条件。这些，对全国的城市发展都有着重要的意义。嘉兴已经获得了国家级文明城市称号，我们希望嘉兴人民发扬"红船精神"，发挥嘉兴人开天辟地，敢为人先的首创精神，在社会管理制度创新方面，在经济和社会协调发展方面，为全国人民继续做出贡献。

宋　雪：其实对于嘉兴而言，文明城市的创建是一个新的、更高的起点，对于嘉兴的市民来说，对于这个称号能给自己的生活带来怎样的实惠，有了更多的期待。接下来我们听听嘉兴市委书记李卫宁，他对嘉兴市民一个承诺。

（出音频：《志愿者专题》）

【出录音】

今年我们也继续以更大的力度深化各项基础工作，深化各项长效机制，更加重视解决群众反映的一些突出问题，更加重视解决城市文明创建成功以后有些地方可能出现的放松和一些反弹的现象，使文明城市的创建长效化、持续化。"深化文明创建，把党的诞生地建设得更加美好。"我想这句话既是市委市政府的决心，更是嘉兴人民的心声。

（出音频：《枕河人家歌词版》）

（音频减弱）

宋雪：北京时间16点56分，耳边再次响起这首《枕河人家》，此时此刻，我们今天的节目就要跟您说再见了！

黄牧：今天呢，跟大家一起游览了嘉兴、感受了嘉兴，同时我们也感受到来自港澳听众的非常热情的回馈！

宋雪：听众朋友，今天的直播就到这里了，在两天后8月10日同一时间《城市新跨越》我们将走进浙江宁波。再见！

黄牧：各位听众再见！

阿 拉 宁 波

（《城市新跨越》总片花）

男：有一种城市，穿透千年的时光；

女：有一种跨越，坚挺时代的脊梁；

男：衔东海，跨云贵，它是腾飞的巨龙；

女：起山巅，入南川，它是翱翔的雄鹰。

（压混：常州、丽江、珠海、鄂尔多斯、佛山、潍坊、新余、芜湖、香港、吐鲁番、天津滨海新区、遂宁、攀枝花、嘉兴、宁波、澳门……）

男：聆听城市的声音，

女：见证跨越的力量。

男：《城市新跨越》——中央人民广播电台华夏之声携手内地及港澳15家电台联合直播。

（开篇：大气音乐起，垫乐·开篇与结尾）

雅雯： 中央人民广播电台华夏之声、香港之声。

彤宇： 宁波人民广播电台。

雅雯： 听众朋友，大家好！我是中央台主持人雅雯。您现在正在收听的是由中央人民广播电台华夏之声、香港之声携手内地及港澳15家电台联合推出的大型直播节目《城市新跨越》，今天我们这一站来到了中国长三角南翼现代化国际港口城市——浙江宁波市。

彤宇： 大家好！我是宁波人民广播电台的主持人彤宇。活力港城，阿拉宁波。

雅雯： 哎，彤宇，你是不是应该先给我们的听众朋友解释一下"阿拉"是什么意思啊？

彤宇： 对对，确实应该解释一下，因为今天我们的节目还有很多港澳和珠三角的听众朋友。"阿拉"呀，是宁波的方言，"阿拉宁波"就是"我们宁波"的意思。在这里，我们首先代表宁波760万人民，向港澳听众，以及全国各地的听众朋友问好！

雅雯： 从今年的5月9日开始，我们的《城市新跨越》大型系列直播节目，带领大家一起走过了十四个风采各异的城市，回味历史，品读文化，展现城市的现代传奇。今天，《城市新跨越》，我们来到有着悠久历史和活力四射的现代港城——浙江宁波。

（城市新跨越——阿拉宁波总片花）

男：七千年河姆渡文化，底蕴深厚；

女：三十万宁波帮人士，闻名世界。

男：这里有亚洲最古老的私人藏书楼——天一阁，

女：这里有世界级的深水大港——宁波港。

男：书藏古今，共读宁波故事，

女：港通天下，见证新的跨越。

男：《城市新跨越——阿拉宁波》正在直播。

女：《城市新跨越——阿拉宁波》正在直播。

序

（压低混，带垫乐版，开场白）

雅雯： 这是一座古老而又现代的城市。它是7000年河姆渡文化的发祥地，又是一个极具现代动感的港口城市，这里是宁波。来到宁波，给我印象最深的就是，它不仅是一个具有深厚历史底蕴的现代化国际港口城市，同时也是全国为数不多的文明城市"三连冠"的城市。

彤宇： 宁波就像一杯滋味独特的茶，要慢慢品尝慢慢体会。它的深厚文化底蕴和独特民俗风情需要我们放慢脚步，去发现，去开启。

雅雯： 今天，我们的直播选择了宁波这样一座具有魅力的城市，我们希望通过我们的介绍，能让宁波给您留下更深的印象。或许今天，您能通过我们的节目，感受到这里的文化底蕴、民俗风情。

彤宇： 或许今天，您能感受到这里的开拓、开放、开明。下面，允许我介绍一下今天走进直播间的两位特别的嘉宾，他们是宁波市政府副秘书长兼办公厅主任高庆丰，宁波市城市文化学者、宁波市旅游局副局长陈民宪先生。

雅雯： 高先生，陈先生，刚才我们粗略介绍了一下宁波，相信收音机前有很多朋友没有来过宁波。能否请您先向港澳听众以及全国各地的听众朋友简要介绍一下宁波这座城市的概貌。

【出录音】

好的，阿拉宁波，简称甬，是一座副省级城市、国家计划单列市，是长三角南翼经济中心，荣获国家园林城市，全国优秀旅游城市等几十个国字号荣誉。全市陆地面积大约1万平方公里、海域面积1万平方公里，人口760多万。

宁波也是国家级历史文化名城，具有7000年文明史的"河姆渡史前遗址"发源地，唐代成为"海上丝绸之路"的起点之一，四明学派、阳明学派、浙东学派在中国历史上具有重要的地位，出现了虞世南、王阳明、朱舜水、黄宗羲等一批文化名人。天一阁是国内现存最古老的藏书楼，是亚洲现存最古老的图书馆之一和世界最早的三大家族图书馆之一。

关于宁波，我觉得有几个简单的数据能更好地让听众们了解宁波。

一是宁波的经济。在全国15个副省级城市里，宁波的财政收入和人均财政收入列第五位。

第二个是宁波的外贸。每十个宁波人里就有6个从事和外贸相关的行业。去年宁波的外贸总额突破800亿，在全国200多个大中城市里居第九位。

第三个是宁波的服装。宁波是中国最大的服装生产基地，它每年的服装产量够全国人民人均一件。

第四个是宁波人民的幸福指数。宁波连续蝉联三届全国文明城市称号，宁波多次被评为最具幸福感城市。

雅雯： 好的，谢谢高庆丰先生非常精炼的介绍，宁波这个城市真是底蕴深厚、人文荟萃。接下来的时间我们将一一进行解读。

彤宇： 接下来就让我们共同走进"阿拉宁波"的悠悠古韵当中。

第一篇　宁波记忆

（城市新跨越——阿拉宁波）

男：远在他乡的思念，思念割舍不断；

女：寄托家人的祝福，祝福香飘万里；

男：余韵悠长，穿透历史的时空；

女：低吟浅唱，传承文明的乐章。

男：民俗宁波，解读宁波城市的过去，诉说现代港城的记忆。

（总垫乐·呼台）

雅雯：中央人民广播电台华夏之声、香港之声。

彤宇：宁波人民广播电台。

雅雯：您现在正在收听的是由中央人民广播电台华夏之声、香港之声携手内地和港澳15家电台联合推出的大型直播节目《城市新跨越》。我是中央台主持人雅雯。我们今天走进的城市是——阿拉宁波。

彤宇：大家好，我是宁波人民广播电台主持人彤宇。欢迎大家到美丽的宁波来做客，我们宁波地处中国大陆海岸线中段，长江三角洲南翼，因"海定波宁"而得名，是一座国家级历史文化名城。这里有深厚的文化底蕴和独特的民俗风情，今天的《宁波记忆》板块，我们将着重介绍一下老宁波人心中的宁波记忆。

雅雯：试想一下，让一位离乡的游子回想故乡的童年往事，留给它最深记忆的会是什么呢？

彤宇：我想，肯定是吃的。小时候吃过的小吃、零食、妈妈烧的菜，那肯定是记忆中最美好的东西。每个地方都有自己独特的小吃美食。说到宁波小吃，那可以说是花样众多，其中人们最为熟悉的要数宁波年糕、宁波汤圆了。

雅雯：听说宁波的小吃都是有寓意的，像吃年糕，寓意是年年高；吃汤圆，寓意团团圆圆，等等。

彤宇：你说的很对。年糕、汤圆的来历都是有典故的。我们今天请到的嘉宾有宁波著名城市文化学者、宁波市旅游局副局长陈民宪先生，现在就请他给我们介绍一下。

【出录音】

好的。年糕生产应该说历史非常悠久。在宁波流传着这样一个故事：相传春秋末期吴国大夫、军事家伍子胥在现在的宁波江北区的慈城作战。他临死前对部下说："如果国家有苦难，百姓断粮，你们到城墙下挖地三尺可得到粮食。"伍子胥死后，他的部下被敌军、军包围，城中断粮已饿死了不少人。这个时候有人想起伍子胥的话，就去挖城墙，挖了三尺多深，果然挖到了许多可以吃的"城砖"，这些"城砖"就是年糕，结果打了胜仗。从此以后，每逢过年慈城家家户户都做年糕，年夜饭就吃年糕汤来纪念伍子胥。

雅雯：原来年糕还有这样一个美丽的传说。在我印象中，宁波汤圆在国内的知名度还要高。

雅雯： 我知道这是宁波的童谣，童谣里好像唱到了宁波汤圆，但听不懂具体内容，是不是先请陈先生给我们"翻译"一下歌曲的内容，然后再给我们讲讲宁波的汤圆有什么典故。

【出录音】

好的。汤圆，宁波人也把它叫做汤团。闻名中外的宁波汤团始于宋元时期，已有700多年历史。宁波有个习俗，就是在春节那天的早晨，一家人聚在一起吃汤团，象征团团圆圆。宁波汤团以精白水磨糯米粉作皮，用猪油、白糖、黑芝麻粉作馅，汤团皮薄而滑，白如羊脂，油光发亮，糯而不粘。有一个记者从外地来到宁波后，喜欢上了宁波汤圆。吃了几次汤圆后，他还悟出宁波和宁波人的禀性，他概括为：平和、实在、精明、圆通，并且他觉得汤圆里面的芝麻糖馅——也是宁波人很重要的性格，讲仁义、有亲和力。应该说，这位记者概括的很形象，有些道理。

雅雯： 说到这里，我们觉得这汤圆已经不仅仅是一种小吃了，它更是一个地方地域文化的浓缩和象征了。

彤宇： 其实，在我们宁波，有很多老字号的小吃，像金团、油包，还有豆酥糖、面结、油赞子、十六格馄饨、黄鱼面等等，都是宁波人平常最喜欢，而且无论走到哪儿都念念不忘的小吃。尽管随着时光的流逝，很多的小吃经过了改变和革新，但是童年的味道依然让人觉得是那么美好。现在，在宁波市海曙区，有一个叫南塘老街的地方，这里汇集了宁波所有有特色的小吃，走到这里，时光仿佛倒回到了那童年时代。下面就让我们跟随中央台和宁波台记者，去哪儿逛一逛——

（特色小吃成品）

听众朋友，我是中央台记者洪涛，我现在是在宁波著名的小吃一条街——南塘老街，这里曾经是旧宁波商贸文化聚集地"南门三市"，石板路两旁，是青砖灰瓦的古建筑和仿古建筑，南塘河在老街旁静静地流淌，在这您可以一站式地找到许多宁波的名小吃。比如说年糕、宁波汤圆、四明土猪肉包子、奉化牛肉面、余姚黄鱼面、豆酥糖等等。我们发现在南塘油赞子门口排队人最多，老板这样告诉我们：

【录音】

老板：因为我们这里的油赞子是祖传的配方，有两种口味，一种甜味、一种咸味。甜味不放糖晶，比较酥松。另一种是苔调味道的，是野生的，鲜味特别重。我们是祖传的，外婆手艺传下来的。外婆说，从光绪年间开始，有100多年的历史了，我也是第三代的人了。

说起宁波的小吃，最为大家所熟知的还是要属宁波汤圆！做传统汤圆的传人非常自豪的对我们说：

【录音】

我们做的南塘汤圆主要经营的是宁波最地道的、最经典的宁波汤圆。馅料是采用传统的芝麻、猪油、口味非常醇香，制作过程纯手工，再配上自制的糖桂花，非常香的，尝过我们的汤圆，能尝到他们小时候的味道。

宁波是一座安静的城市，走在南塘老街里又仿佛置身于几百年前的江南小镇，独自怡然地走在悠悠的石板路上，感受吹过双颊的习习河风，让忙碌在都市的心慢慢沉淀；跨过高高的宅院门槛，一颗汤团，一碗馄饨，一块年糕，每一口都是回忆中的宁波味道。

游人1：味道挺好的。

游人2：这里就这个东西出名的，价格不高，比较公道。

游人3：我觉得这么多人，味道肯定比较好吃。

游人4：主要是给年纪大的带一点过去，跟小时的口味（比较像），比较正宗，我们也比较喜欢吃，所以一起来买一点。

历史融入生活，商业融入古迹，是南塘老街的特色，但我更觉得在这里忆江南，品美食，更是一种生活的享受。

雅　雯：从年糕到汤圆，再到南塘老街，我们领略了宁波民俗的丰富多彩和深厚底蕴。

彤　宇：是的，特别是在香港、澳门的老宁波人听了我们的节目后，一定会勾起他们童年的美好回忆。童年的特色小吃就是家乡的根，无论你走多远，都难以割舍；无论岁月如何变迁，都难以忘怀。不知陈先生对此有怎样的感慨。

陈民宪：可讲一些海外老宁波帮人士喜欢吃家乡的咸菜、臭冬瓜（包玉刚回乡后指明要吃臭冬瓜等故事，突出民俗小吃凝结爱国爱乡情怀。

彤　宇：陈民宪先生是宁波人，又是旅游局副局长，我想问问您，如果您的朋友第一次来宁波旅游，你会推荐他去哪些地方？

陈民宪：天一阁溪口十里红妆。

雅　雯：您刚才提到的"十里红妆"，听上去很美，是个什么概念？

陈民宪：十里红妆民俗舞剧作品、越剧作品——文化衍生品。

彤　宇：嗯，谢谢陈先生。陈先生，高副秘书长刚才在节目开始对宁波的介绍当中，提到了河姆渡文化，如果说我们今天节目的第一个环节是"宁波记忆"的话，这可是一段七千年的记忆。您是不是可以在这儿给听众朋友详细介绍一下？

陈民宪：考古发现，河姆渡遗址博物馆文化价值等。

雅　雯：通过这些小吃、这些民俗，通过两位嘉宾的介绍，我们仿佛已经触摸到了宁波这个城市的文脉。刚才我们在节目和片花里也介绍了，宁波是一座拥有7000年文明的城市，这样一片拥有深厚文化底蕴的沃土，涌现出了一批又一批像王阳明、黄宗羲、冯骥才、余秋雨这样的文人。

彤　宇：宁波的城市口号就是"书藏古今，港通天下"，刚才陈先生也提到了"天一阁"，自古以来宁波人好读书，爱藏书，亚洲最古老的私人藏书楼天一阁就是一个典型的例子。下面，让我们跟随前方记者去叩开这座古老藏书楼的大门。

（天一阁成品）

听众朋友，我是中央台记者洪涛，我们现在是在宁波的天一阁。

"书藏古今，港通天下"是宁波的城市形象口号，其中书藏古今指的就是天一阁。

天一阁建于明朝嘉靖年间，由当时退隐的兵部侍郎范钦主持建造，是中国现存最古老的私人藏书楼，也是世界最古老的三大家族图书馆之一。

天一阁位于宁波月湖西岸，占地面积2.6万平方米，院内草木扶疏，古韵悠然，蝉声鸟鸣更衬托出这里的幽静。藏书楼是一幢两层的明式建筑。天一阁博物馆典藏研究部副研究员周惠惠告诉我们，天一阁的藏书有三大特点：

【出录音】周惠惠：天一阁藏书有三大特色，第一个就是明代的地方志，我们有两百多种明代的地方志，第二个就是明代的登科录，登科录就是科举录，第三个就是证书。

天一阁博物馆典藏研究部主任饶国庆说，天一阁的存书一度达到七万多卷。

【出录音】他搜集的都比较注重当代的文献，像地方志、科举录、当代人的一些文集，以及其他的一些文献。这些东西一般藏书家都看不上的。从现在看起来，对于我们了解明代作用非常大，天一阁最大的贡献就是保存了明代的直接史料，这些史料其他图书馆都见不到了，天一阁收藏了大量的孤本。

藏书楼的建筑看似简单，却大有深意。

【出录音】周惠惠：它的建筑形式是什么呢？第二层，它是一统间，就是用书柜来隔开的，然后下面一层用七根柱子，把它分为六间。那么这就造成什么呢？天一，地六，而按照堪舆学的说法是，天一生水，地六成之，有水了就不怕火了。

藏书楼正对着一座清幽古朴的水池，这座被称为"天一"池的水池与月湖相通，作用是为了藏书楼的蓄水和防火。就在天一阁前，我们碰到了从南京来旅游的一家人：

【出录音】男：他们是第一次，我来过两次。

女：到了宁波不到天一阁，等于没到宁波。

记者：你家里有多少本书啊？

女孩：大概两个书橱左右吧。

记者：你觉得一辈子可以读多少书啊？

女孩：一辈子，只要活着都能读书啊！

历经400多年的天一阁因为年代久远，藏书还是有很多散失，新中国成立后，政府设立了专门的保护机构，探访收集了流失在外的3000多卷原藏书，又获得当地收藏家捐赠的一些古籍善本，从而使目前天一阁的藏书总数增加到30万卷册。

目前，天一阁还将3万册古籍善本全部数字化，海内外读者可以从网上看到馆藏珍贵古籍的详细内容。

【出录音】将天一阁所有的善本全部扫描，数字化以后，只要登录古籍的数字资源网，在自己家里就可以看了，而且注册非常简单。

（此段备用）

雅　雯：刚才两位嘉宾做了非常精彩的介绍，陈先生，如果让您概括一下宁波的文化特色，您会怎么总结？

陈民宪：四香：书香、鱼香、米香、心香。

彤　宇：好，谢谢陈先生！

第二篇　宁波精神

（城市新跨越——阿拉宁波）

男：他们曾经白手起家，筚路蓝缕，闯荡世界；

女：他们已经创造历史，成功转型，绽放光芒；

男：宁波帮，响当当的中国商帮，

女：滔滔宁波，唯我故乡；漂泊彼岸，从未相忘；

男：三江归海，血脉同根；前辈垂范，永启后人；

女：宁波帮，中国商帮的不老传说。

雅雯：中央人民广播电台华夏之声、香港之声。

彤宇：宁波人民广播电台。

雅雯：您现在正在收听的是由中央人民广播电台华夏之声、香港之声携手内地及港澳15家电台联合推出的大型直播节目《城市新跨越》。我是中央台主持人雅雯。我们今天来到有着悠久历史和活力四射的现代港城——浙江宁波。

彤宇：大家好！我是宁波人民广播电台主持人彤宇。自古以来，宁波就是中国对外贸易的重要港口。鲜明的海商文化、港城文化孕育了闻名遐迩的"宁波帮"。"宁波商帮"简称为"宁波帮"。直到今天，全世界依然有30多万海外宁波帮活跃在世界舞台上。在香港，有许多各个领域的成功人士，就是宁波帮的典型代表。

雅雯：20世纪80年代以来，邓小平频频会见包玉刚、王宽诚、安子介、等宁波帮重要人士，与他们商谈国是，相聚甚欢。邓小平说：宁波有两个优势，一是宁波港，二是宁波帮。他提出"把全世界的宁波帮都动员起来建设宁波"。

彤宇：闯荡天下，敢创业、不守摊。这是宁波帮。随着我国改革开放、现代化建设事业的快速发展，以及香港、澳门的回归，海外以及港澳台积极投资经济的各个领域，宁波帮又进入了一个新的发展时期。在这种情况下，海外宁波帮与新兴的内地宁波籍人士实际上正在融合为新型的宁波商帮。宁波市政府与宁波帮保持着密切的沟通和交流，在宁波经济和社会的协调发展方面，发挥了相当大的促进作用。

雅雯：我们的节目还将在香港播出，香港电台的同行也有两个问题想问一下高秘书长和陈先生，我们一起来听一下：

（香港电台提问）

在中国的商业发展史上，徽商、晋商、闽商等群体，都有自己的代表人物和长期传承的价值观、行为规范等，是中国商业文化发展的体现者。其中，"宁波商帮"也是中国近代史上最成功最具有代表性的商帮，香港也有不少原籍宁波的著名人士，像邵逸夫、李达三、王宽城、曹光彪等，我们想多了解一些宁波帮在当代为内地与香港的经济发展所做出的贡献，以及香港与宁波这两个城市的渊源。另外，"甬港经济合作论坛"已经举办十届了，今年的论坛什么时候举行？主题是什么，会有哪些议题在论坛上讨论？非常想先听为快！

彤宇： 高先生，那请您解答一下香港同行提的问题。

【出录音】

好的。在风云际会的历史舞台上，宁波商帮勇于冒险，敢于拼搏，立足宁波，闯荡上海滩，北上北平，南下香港，创造了绵延辉煌的宁波帮传奇。

可以说"宁波帮"是中国近代史上最成功最具有代表性的商帮。在19世纪初的上海，宁波人在金融、信托、纺织、航运、化工等各个领域独占鳌头。在香港，世界船王包玉刚、董建华、王宽诚、李达三以及一大批宁波帮人士也在不同的领域创造了辉煌。孙中山先生曾说过，"凡吾国各埠，莫不有甬人事业。即欧洲各国，亦多甬商足迹，其影响力之大，固可首屈一指者也"。

1984年8月1日，改革开放总设计师邓小平同志提出"把全世界的'宁波帮'都动员起来，建设宁波"的号召，海外宁波帮人士听从国家的呼唤，在外面取得事业成功后，回报家乡，掀起了"宁波帮，帮宁波"的热潮。我手上有一个数据，从1984年至2010年，海外"宁波帮"给家乡宁波的捐款已超过14亿元人民币；宁波帮还在全国其他省、市捐资兴办了很多的公益事业，海外"宁波帮"在国内的捐资总金额达到了82亿元人民币。

雅雯： 宁波人，宁波帮，这么一个特殊而又庞大的群体，我想问一下陈先生，是不是有什么共有的性格特征呢？

【出录音】

旧时候，我们宁波人的观念是，如果一个男孩子到十三四岁还不外出学生意，就要被乡人看不起，甚至日后连老婆也娶不到。只有勇于离乡背井出去闯天下，才能改变自己的命运。所以，宁波的男孩到了十来岁，就要出门闯世界了。

雅雯： 宁波人和宁波帮确实了不起！在海外宁波帮人士中，香港宁波帮在宁波改革开放进程中，应该说起到了示范和带头作用，扮演了非常重要的角色。请高先生介绍一下。

【出录音】

好的。目前，海外"宁波帮"有半数集中在香港，总数达十五万，有不少是当地政界要员、工商巨头、科技名人和社团领袖。1984年，世界船王包玉刚为宁波争取计划单列市立下了汗马功劳。包玉刚还捐款创办了宁波第一所综合性大学——宁波大学，随后，王宽诚、赵安中等一批"宁波帮"不断出资捐建，一共为宁波大学捐款4亿多人民币。香港也是宁波最早、最大的投资来源地，截至2011年9月底，在宁波港资企业已超过5500家。当然，香港、澳门也是宁波人境外游和购物的首选地。香港已成为宁波与外地开展教育、科技领域合作层次最深、最全面的地区。

彤宇：是的，宁波与香港人缘相亲，两地交往源远流长。香港是宁波对外开放最早、最重要的合作者，是海外"宁波帮"人士的重要集聚地。宁波也同样是香港经济发展繁荣可资信赖的合作伙伴。据我所知，我们宁波与香港之间还有一个甬港经济合作论坛，刚才我们的香港电台同行也问到了这个问题，高庆丰先生能否向听众们介绍一下相关情况。

【出录音】

甬港论坛开始于2002年，当年7月，香港"宁波帮"知名人士、泰昌祥轮船(香港)有限公司董事长顾国华先生提议举办甬港经济合作论坛，以促进两地的合作与交流。当年，宁波市就与香港贸发局达成了共识，在两地掀起了"甬港合作风"。到去年10月，甬港经济合作论坛已举办十届了，甬港两地的交流合作规模不断扩大，领域不断拓展，成效日益显现。今年9月17日至19日，2012甬港经济合作论坛将在宁波举行。这次论坛以"稳中求进，共谋发展"为主题，进一步加强与香港企业的全面合作，全面提升甬港两地合作交流的层次和水平。在此，我们真诚邀请在香港、澳门的宁波帮人士前来参加。

雅雯：好的，高先生。"甬港经济合作论坛"已经举办了10届，现在的甬港经济合作，越来越多地体现出交互、共赢的特色。浙江省委常委、宁波市委书记王辉忠在谈到甬港合作成果和未来发展时说：

【出录音】

宁波这十年来，外资的来源地主要是香港，到目前为止，港资在我们宁波兴办实业的，有5500多家，那么同时呢宁波的企业，有很多企业在香港建立办事处，所以我们想呢，今后我们两地的交流合作，重点就是，要依托香港的优势，特别是像金融方面，现代服务业方面，包括商贸方面，当然也包括教育，包括城市建设，城市管理，我们觉得香港有许多方面值得我们宁波学习借鉴。

彤宇：今年4月14日，对于海外宁波帮人士来说是一个难忘的日子。千名海内外"宁波帮"人士齐聚故乡，共商开创未来大计，共谋振兴家乡大业。首届世界"宁波帮"大会在宁波隆重召开，全国人大常委会副委员长韩启德出席会议并讲话，"宁波帮"人士代表李达三、周亦卿、李宗德、沈国军等宁波帮人士纷纷到会。浙江省委常委、宁波市委书记王辉忠在致辞时说：

（宁波帮大会）

今天我们召开首届世界宁波帮大会就是要弘扬宁波帮的优良传统，集聚天下宁波帮的巨大能量，激励和引导全体宁波人民创业创世界，合力兴家乡，共同创造出无愧先辈，无愧时代的光辉业绩。我们坚信有海内外宁波帮鼎力相助，有广大帮宁波的大力支持，经过全市人民的不懈努力，家乡的明天一定会更加美好！

彤宇：在这次大会上，通过了《首届世界"宁波帮"大会宣言》。宣言有六个部分：1. 砥砺艰苦创业之志。2. 勇闯自主创新之路。3. 光大诚实守信之道。4. 担当回馈社会之责。5. 深怀造福桑梓之情。6. 凝聚永续发展之魂。

雅雯：从宁波帮身上，我们看到了开拓创新、勇立潮头的创业精神，造福桑梓的爱国精神，这些可贵的精神财富深深印刻在了宁波的历史画册中。

彤宇：是的。诚信、务实、开放、创新、爱国，这是宁波人的精神。宁波是一座因海而兴的城市，正如它的名字一样，海定波宁。虽然历经大风大浪，但宁波依然勇立潮头，无论是在革命年代，还是在建设岁月，都留下了浓重华章。

第三篇　宁波畅想

（城市新跨越——阿拉宁波）

男：百舸争流，开放创新形成大合唱；

女：千帆竞发，古老文明迸发新活力。

男：历经转型升级，科学和谐发展更自信，

女：奏响时代交响，向着蓝色梦想再出发。

男：文明港城，源远流长；

女：阿拉宁波，活力四射。

（垫乐·呼台）

雅雯： 中央人民广播电台华夏之声、香港之声。

彤宇： 宁波人民广播电台。

雅雯： 听众朋友，大家好！我是中央台主持人雅雯。

彤宇： 大家好，我是宁波人民广播电台主持人彤宇。您现在正在收听的是由中央人民广播电台华夏之声、香港之声、香港电台普通话台携手内地及港澳15家电台联合推出的大型直播节目《城市新跨越》，今天我们这一站来到了浙江宁波。

雅雯： 来到宁波，我就被这个城市的景色深深吸引。天一广场，商铺林立，人头攒动。夜幕降临，市中心的三江口就像宁波这个城市一个巨大的客厅，宽阔华丽：三江六岸，霓虹闪烁，五彩缤纷；高楼倒影，河面上波光粼粼。宁波港，一艘艘巨大的轮船有序地停泊靠岸，又从这里满载远航……宁波，这座富有江南特色的现代化国际港口城市，繁华秀美！

彤宇： 哇！雅雯，你这是在写诗吗？不过，你的描述是准确的。阿拉宁波，景色美丽！她正在迈着铿锵有力的步伐，向着海洋经济强市迈进。你刚才讲到的宁波港，正是宁波的最大优势，深水良港，国际物流枢纽大港，这里是煤炭、矿砂、原油等大宗商品的交易中心，也是进口红酒、水果最大的交易集散地之一，今年的红酒交易量将突破300万升！

雅雯： 一个地方发展，与港口交通状况关系至为密切。宁波港是中国最古老的港口之一。鸦片战争后，虽被辟为"五口通商"口岸之一，但因为当时国家的衰败而日渐衰落。直到1949年还只是一个地方性的内河港。

彤宇： 而现在，宁波港已成为一个现代化的枢纽港口，拥有集装箱航线240多条，班轮通达世界的100多个国家和地区。

雅雯： 听得出来，彤宇一提起这些真是如数家珍，而且充满自豪。

彤宇： 那当然。我还要告诉你，宁波港的主体是北仑港，接下来，就让我们跟着宁波台的记者翁常春，到北仑港去感受一下这个现代化大港的磅礴气势和技术创新。

【出录音】

各位听众，在我身后的这个码头，可以全天候靠泊世界上最大的集装箱船舶。现在，有十来艘巨无霸集装箱船停在码头上，在我头顶，是像巨人臂膀一样的吊车，集装箱卡车不停地从我身边来回穿梭，站在这里，我的最大感受是忙碌和快速。宁波港的集装箱运输从无到有，现在跻身世界第六，创造了令世界惊叹的速度。

现在，我就跟着宁波港的桥吊工人竺士杰一起来感受一下什么叫做宁波港速度。在这里我要介绍一下，竺士杰是宁波港码头上一位工人代表，他自行发明的桥吊操作法，创造了世界集装箱桥吊作业的世界纪录。

（现场采访）

竺士杰你好，我现在站的位置是一个什么位置？

是我们的桥吊操作室的平台，离地42米高有那么高。

听说您是创造了这个竺士杰操作法，当时为什么要创造这个操作法？

当时的想法其实很简单，我就是想做得更好，做得更完美。

这个竺士杰操作法有什么样的特点和优点呢？

特点是能够做到三个字，更稳，更准，更快，当时相对很吃力的能做到35移动次数，现在能够很轻松地做到60个移动次数。

那现在这个方法是不是已经在全公司推广了呢？

是的，目前我们公司已经有120多名司机在使用这个操作方法，已经成为我们培训新司机的一个标准，每个司机上岗之前必须完成操作法的培训。

正是有了竺士杰这些一批优秀的职工队伍，宁波港不断超越不断创新，货物吞吐量居世界第四；集装箱吞吐量居世界第六。从港口吞吐量规模上看，宁波港已是名副其实的世界级大港。

雅雯： 嗯，彤宇，听得出现在的宁波港，正在向成为一个现代化港口和华东地区枢纽港阔步前进。

彤宇： 不错。现在的宁波正在依托宁波港，建设海洋经济发展核心示范区。今年2月份召开的宁波市第十二次党代会提出：要发挥港口龙头作用，建设海洋经济发展核心示范区。中共浙江省委常委、宁波市委书记王辉忠说：

【出录音】

就宁波来讲，当前既面临日趋激烈的外部竞争，又面临日益加剧的要素制约和各种两难问题。在推进新一轮发展中，我们一定要牢牢把握海洋经济发展的大事，进一步强化海洋战略意识，把宁波的发展放到两个一万平方公里的战略空间层面来谋划。两个一万平方公里，陆地是一万，海域是一万。大力推进陆海统筹发展，创新海洋资源开发方式，提升海洋产业发展的能级，向大海要土地要资源要能源要空间，积极构筑新的发展平台，新的竞争优势和新的经济增长点。

雅雯： 刚才王辉忠书记的讲话中提到"创新海洋资源开发方式"，这一点，在宁波的渔业发展中，已经得到了具体的体现。

彤宇： 对，我们宁波有句话，叫"宁波向海而生，倚港而兴，流淌着蓝色的血液"。

雅雯： 这倒是句很浪漫的话；

彤宇： 是个很浪漫的总结，如今，浙江海洋经济发展上升为国家战略，宁波又被推到了时代的最前沿。身处浙江海洋经济核心区，宁波的海洋经济正在谋求新的跨越，在传统的海洋渔业领域，宁波准备在10年时间里，投资15亿元打造一个规模空前的"海洋牧场"。

雅雯： "海洋牧场"？这是个什么概念呢？能不能给我们解释一下。

彤宇： 海洋牧场，顾名思义，就是像在陆地上放牧牛羊一样，在海里"放牧"鱼类。渔业尽管是传统产业，但在建设宁波海洋强市和浙江海洋强省上正发挥出不可估量的作用。今年六月，在宁波召开的海洋牧场建设推进会上，海洋领域的专家学者以及企业家与海洋渔业官员共聚一堂，对宁波建设海洋牧场进行了更科学的规划。接下来我们来听一下记者的报道，相信您对海洋牧场会有更深入的了解。

雅雯： 好，我们一起来听一下中央台记者杜金明和象山台记者邱瑞娜发回的报道：

【出录音】

在推进会上，我们遇到了黄冲明，他是浙江御龙海洋科技有限公司董事长，过去5年里，他一直在北方沿海搞海水养殖，如今他又重回家乡宁波象山，成为投资宁波"海洋牧场"项目的第一人。

黄冲明：对象山沿海岛屿考察以后，发现了新的商机.以前老的网箱养殖跟我们大围网养殖，鱼的品质是完全不一样的.网箱养殖对生态破坏很严重，是高密度的、饲料喂养的，我们是从生态角度考虑去养殖的，所以说经济价值是不一样的。

黄冲明凭借敏锐的嗅觉抢到了先机，如今在象山港白石山附近海域，大规模的围网建设正如火如荼地进行，来年，这里的黄鱼很有可能就上了您的餐桌了。我们追问黄冲明养殖的规模、效益以及全新的技术，这个谨慎的企业家回答说跟传统的养殖相比，效益要翻好几倍。

建海洋牧场的核心技术是投放人工鱼礁。研究表明，1立方米海洋牧场区比一般海区平均每年多增加10公斤资源量。由于海洋牧场是一种纯自然的养殖方式，可以保证品质。一旦海洋牧场顺利建成，宁波生态养殖面积占水产养殖总面积的比重将由现在的10%提高到40%，增殖资源的回捕量将由现在每年约3000吨提高到3万吨。

中国水产科学研究所东海水产研究所研究员王云龙说，除了经济效益，建设海洋牧场的生态效益更不容忽视。

王云龙：修复被损害的生物食物链，使重点的海域、海湾海洋环境质量得到改善，这是比较明确的，从我们已经建成的东海区的几个海洋牧场也能体会到这一点，在近海海洋资源利用保护方面，海洋牧场也能起到很大作用。

2010年底，宁波市正式出台海洋牧场建设规划，计划用10年时间，投资15亿元，在沿海建设象山港海洋牧场试验区、渔山列岛海洋牧场综合示范区、韭山列岛牧场化资源保护区等六个各具特色的海洋牧场区，总面积达100平方公里，建立未来的水中"粮仓"。按照计划，整个宁波近岸到2020年将建成6个以上人工鱼礁区，建礁区面积6000公顷，在象山港、渔山等海域移植海藻600万亩。其中，象山港海洋牧场试验区将于今年年底建设完成大型围栏牧场、研究展示海上平台等。

宁波海洋与渔业局副局长陈员祥说，宁波的海洋牧场刚刚起步，但潜力巨大。

陈员祥：在海底以贝类、在海中使用抗风力大的网箱养殖名贵鱼为主，在海面养殖藻类为主的品种，这样可以立体的养殖，全面利用有效资源。下一步，要通过工商资本、民间资本的投入，通过企业化运作，培育市场主体，这样海洋牧场才有生命力。

打造"海洋牧场"让宁波传统渔业焕发生机，而这只是宁波蓝色经济的一个缩影。

《浙江海洋经济发展示范区规划》不久前正式获批，浙江将打造"一核两翼三圈九区多岛"为空间布局的海洋经济大平台，宁波迎来了千载难逢的战略机遇。"十二五"期间，宁波计划建5个在全国或全球有影响力的交易平台，实现4000亿元以上的交易额。

宁波市海洋经济领导小组办公室副主任陈飞龙：慢慢形成全国性的国家战略物资的交易中心和配置中心。比如海洋装备制造啊，海洋生物啊，海洋能源开发啊等等，不仅要起步，到2015年，我相信会达到相当的规模。

雅雯：听了记者刚才的报道，我对宁波建设海洋经济发展核心示范区，发展海洋经济有了更新的认识。那么，高先生，宁波发展海洋经济，有怎样的理解和规划呢?

【出录音】

海洋是宁波发展的最大空间。我们必须大力实施国家海洋经济发展战略，正像王辉忠书记所说的，把未来发展放到"两个一万平方公里"的空间层面来谋划，积极推进陆海统筹，实现"海洋经济大市"向"海洋经济强市"转变，不断增强对浙江海洋经济的示范带动作用。

具体来说，一个是完善港口设施和综合运输网络，加快梅山岛深水码头建设和几条高速公路复线建设。二是建设国际贸易物流港，加快临港物流园区建设，培育大型港口物流集团。三是科学开发海洋资源，加快十大海洋产业集聚区建设，建设一批各具特色的主体功能海岛。

彤宇：高先生，您说的"建设一批各具特色的主体功能海岛"，哪是一些什么样的海岛？

【出录音】

宁波有海岛655个，约占全国的8％。自《中国海岛保护法》实施以来，宁波市在旦门山岛发放全国首本无居民海岛使用权证书，在大羊屿岛拍出全国首个无居民海岛使用权，在依法保护和科学开发无居民海岛上迈出坚实的步伐。

去年4月12日，国家海洋局公布了首批可供开发利用的176个无居民海岛名单，直接引发了一轮"岛主热"。宁波有3个无居民岛位列其中，分别是宁海的马岛，象山的大羊屿和牛栏基岛。

宁波这几个海岛，都有着岛上植被良好，生态环境优越，离陆地较近，交通方便等一些共同特点，所以为旅游开发提供了先决条件。

我打个比方，旦门山岛岛主黄益民，在岛上放养了大量野猪、野鸭、山羊，准备打造高端的狩猎区。同时岛上有还有沙滩、度假建筑，植被以草丛为主，有少量稀疏针叶林，还有全国并不多见的丹霞地貌。所以这里将被打造成高端旅游休闲基地。

同样，大羊屿大羊屿的规划定位是一个以游艇业为主，具有特色休闲和度假项目的高端旅游海岛。

当然，我们的开发必须遵守《海岛保护法》的要求。

陈民宪：宁波的海洋旅游的资源，应该说也是非常丰富。我们说海洋旅游从广义上讲实际上有四大块的内容。一块是滨海的旅游，一块是海滨的旅游，还有一块海洋的旅游和海岛的旅游，四大块。

滨海的旅游，必须有一个腹地，适合建度假村、游乐设施、主题公园。我们宁波像洋沙山，像今后要开发的半边山这一块。还有一个海滨，主要是沙滩、泥土，好多可以参与，像中国渔村的沙滩上一些骑自行车、开摩托车、海上自行车，这些项目现在都在开展。

还有一个海洋，现在我们开展的活动，比如帆板活动，游艇、游轮，这都是在海洋上面的。包括农家，捕鱼，现在老百姓最感兴趣的，在象山石浦也进行的，早上坐渔船出去，花几十块钱，自己抓鱼，抓了以后可以直接烧了吃。

还有海岛，宁波海岛资源也很丰富的，这个海岛可以海钓，上面有游乐设施，狩猎等都在发展。

我们旅游业不仅仅是景区，它包括了吃住行游购浴，像松兰山到夏天的时候一房难求。我们吃的海鲜，都是属于我们经济收入里面的一个组成部分。因此说我们这几年海洋旅游，虽然不足，也是我们旅游发展的短腿，但是势头非常良好，十二五期间我们这一块想作为一个薄弱点、突破口来进行突破。

雅雯： 感谢两位嘉宾的精彩介绍。彤宇，在听完两位嘉宾对发展海洋经济，创新海洋资源开发方式的介绍后，我对你刚才说的"宁波向海而生，倚港而兴，流淌着蓝色的血液"有了更深刻的体会。

彤宇： 嗯，现在，宁波又吹响了新一轮进军的号角，这一次的目标是向着更远、更深、更蓝的海洋。

雅雯： 是的，就在上个月的21日至23日，宁波市代表团赴韩国丽水，举办了在当地召开的世博会中国馆宁波周活动，向参加世博会的观众展现了宁波的海洋文明。现在，让我们来听一下当时的录音报道。

（世博关注）

听众朋友，7月21日到23日韩国丽水世博会中国馆举行了以善待海洋，就是善待人类自己为主题的浙江宁波活动周，独具江南风情的表演使世博观众近距离感受到宁波深厚独特的文化。21日晚上，大型景观剧《宁波的故事》在世博大厅上演。演出以惊蛰图腾、海上丝路、风华盛世三个篇章，其中展示了宁波作为海上丝绸之路的起源地，源远流长的海洋文化，历史文化和民族文化。以及宁波与韩国之间源远流长的交流历史。演出结束时候，观众们长时间鼓掌，久久不愿离去。

"演出非常的精彩，这让我对中国更进一步的了解，像这种中国方式的演出是第一次看见，这感觉非常精彩，印象很深刻。然后条件允许，有机会的话一定会去宁波看一下。"

据中国馆馆长姚瑞介绍，这次韩国丽水世博会，集中了全球102个国家和国际组织的展示和展出，中国馆是世博会期间最热门的展馆之一，每天的参观者超过五千人，浙江宁波的积极参与和丰富多彩的活动，为中国馆添加了不少的亮色。

姚瑞："丽水世博会的主题是什么？是生机勃勃的海洋和海岸，那么你想想我们宁波活动中的主题是什么？关爱海洋。中国馆的主题是什么？人海相依，人海相依现在我们要体现的是什么？是对大海的关爱，是对大海不是无穷的索取而是来与大海和谐相处，让海洋更长远的健康的发展，同时更好地为人类服务。

（《和谐宁波》，音乐稍扬起）

雅雯： 您现在正在收听的是由中央人民广播电台华夏之声、香港之声、香港电台普通话台携手内地及港澳15家电台联合推出的大型直播节目《城市新跨越》，今天我们向朋友们介绍了中国长三角南翼现代化国际港口城市——浙江宁波市。在《和谐宁波》的歌声中，转眼一个小时的直播就要结束了，我们感谢嘉宾为我们作精彩的解说。

彤宇： 相信收音机前的许多港澳听众，通过收听这期节目对宁波有了更深的了解。希望有更多的港澳地区的朋友能够到宁波观光旅游，吃宁波汤圆、年糕，让你团团圆圆，年年高；也希望更多在香港、澳门的宁波帮人士经常到家乡来走走看看。

雅雯： 好，听众朋友，今天的直播到此结束。

雅雯、彤宇： 朋友们，再见！

（《和谐宁波》歌曲扬起）